ならぬ勘弁 するが堪忍

家康を眄《み》ていた信長

杉浦 八浪

目次

〈勇者　強右衛門《すねえもん》〉

烽火があがった。

天正三年五月十六日の朝方である。淡い靄のかなた、雁峰山《がんぽうさん》のあたり、霧雨をつらぬくように一筋の煙が立ち昇ったのを、長篠《ながしの》城内の櫓の中につめていた監視の兵二人が見つけた。望楼だけではなく、本丸に居た将兵の双眸《ソウボウ》にも、その烟がとらえられた。

皆みな、遠望しつつ息を凝《こ》らしながら、目を瞠《みは》っていた。しばらくして、二本目の狼煙《のろし》が上がった。

「ほおう」

兵《つわもの》たちの口ぐちから、漸《やや》安堵した声が洩れた。程なくして、三番目の烽火《のろし》が立ち上がった。

「おお――」あたり一帯に喜悦の声が響きわたった。

「強右衛門の大手柄で、われらは助かったわい」

「でかした。でかしたぞ、強右衛門の奴」

歓喜の雄哮《おたけ》びが漣《さざなみ》のように伝播して行き、城内のいたる所へ流れついた。

寄せ手の武田の軍兵は、鯨波だと思い、籠城兵の突撃に対し身構えた。勿論、城方が打って出るわけはなく、一層守りを堅固にしただけである。

後詰めの催促のため城を抜け出る際、鳥居強右衛門は、城将の奥平九八郎貞昌と軍監の松平太郎左衛門景忠に、援軍が来なければ一回、徳川勢のみの後ろ巻きの軍ならば二回、そして、織田と徳川との大軍の後詰めであれば三回だと、狼煙を雁峰峠あたりで上げる折の手筈を打ち合わせてあったのだ。そして、そのことを城内の総ての将兵が知っていた。

「後巻きの軍勢は、どのあたりまで来ておるのかのう――」

「いかほどの兵力であろうかの――」

「牛久保に着到いたしたであろうよ」

「はや、野田城に入ったかもしれぬわ」

「大軍なるゆえ、なかなか左ようには参らぬよ」

「さてさて、強右衛門は、浜松の大殿の案内《あない》をするため、一之宮《いちのみや》方面へ戻るかのう」

「岐阜様のお供をせんとて、今一度、岡崎あたりへ向かうやもしれぬだわ」

「いずれにせよ、みごと大役を全ういたしたるゆえ、城に入ろうとせぬのが、良き分別と申せようぞ」

「そうじゃ、そうじゃ」

雑談《ぞうたん》が、まことに喧《かまびす》しい。

三回目の烽火を上げ了ったのち、強右衛門は迷っていた。

――大殿の貞能《さだよし》様の許に参って、大軍勢と行を同じゅうするのが当たりまえの了簡ではある。

強右衛門の心は揺れていた。

――されど、若殿や傍輩《ほうばい》に、後詰の陣立てや先勢の位置などを詳しう報せたいものよの。よし。武田の夫丸《ぶまる》にまぎれ込まば、なんとかなろうよ。

強右衛門は山を下った。寒狭《かんさ》川をはさんだ長篠城の対岸の有海《あるみ》村の篠場野まで忍び帰った。

そして、武田方に狩りだされて、人夫となっている百姓たちにまじって、城中潜入の機会を窺っていた。しかし不運にも、穴山玄蕃頭《げんばのかみ》信君の被官である河原崎弥太郎に怪しまれた。騒ぎたてられて、数人の雑兵に取り抑えられてしまった。

三度の烽火を武田方の将士も、当然見ただけに、警戒が厳重になっていたのである。

信君は、総大将の勝頼に曲者の一件を報告した。

昼食《ちゅうじき》をすませたばかりの勝頼が、逍遙軒武田刑部少輔に下命して、陣中を徘徊していた訳を糾問させた。

「その方、身分と姓名をまず名告《なの》れ」

「城将奥平九八郎どのの微臣、鳥居強右衛門勝商《かつあき》と申しまする」

「しからば、いかなる仔細ありて、われらが陣営に紛れ入りたるや――」

勝商は、剛毅な性《さが》なので、隠しごとをせずに、ありのままを答えた。

「岡崎への伝令の帰りにて、隙あらば城内に駈け入らんとの一念にござりまいた」

「して、その使いの次第は何か――」

「後巻きの依頼、懇願にきまっており申す」

「されば、その首尾はいかん――」

「さよう。三河守様、岐阜太守、お二人とも大兵をひきつれ、今日の日の出とともに岡崎城より出馬なされ候う。すでに牛久保あたりに着到されたはずでござる」

刑部少輔信廉《のぶかど》の傍《かたわら》で耳を傾けていた勝頼が顔を顰《しか》めた。そして眼光もするどくなった。従兄であり姉聟《あねむこ》でもある信君の耳許で、総大将が、小声で一言二こと告げた。

そして、勝頼は、勝商の前から姿を消した。

のちの梅雪斎不白が口を開いた。

「その方に是非とも聞き届けてもらいたきことがある」

強右衛門が頭《こうべ》を上げた。

「そなた。われらの厳しき囲みを抜け出でて、使命を果せしこと、実にたいした働きである。待たる者、汝のごとくありたきものよ。さて、ものは相談だが、袖振り合うも多生の縁と申す。この際、武田家に奉公してはどうかの。つかえる主を替えるのが、戦国の習いであろう。ここで当家に仕官すれば、汝の命が存《なが》らうのは無論のこと。俸禄も望みどおり取らせるゆえ、そなたの子らの為にもなろうぞ。いかがじゃ」

強右衛門は、首《こうべ》を垂れて沈思黙考するふりをした。実際、迷ってもいた。が、弱い気持を振り切って、肚裏《とり》で覚悟をきめた。

将几に腰掛けている玄蕃頭に面を向け、わずかに膝行を三度して礼容を表したのち、強右衛門が、偽りの決心を力強く述べた。

「ありがたき仰せでござる。されば、足軽頭並みの、武田家の御扶持をいただきたく存じまする」

小具足出装《いでたち》の信君が、手を強く叩いたため、佩楯《はいだて》が小さく音をたてた。

「おお、まことに良き分別である。ならば、早速《さそく》に武田の家臣として、仕事をしてもらわねばならぬ。これは、そなたの大手柄となるであろう」

北叟笑《ほくそえ》んで徐《おもむ》ろに話す信君に、厳粛な表情を湛《たた》えた強右衛門が応えた。

「承って候ふ。して、その初の役目とは何でござる。なんなりと、お申しつけくだされ」

「今よりすぐに長篠の追手門に向かう。よいか。城中の者どもに、斯ように告げよ。上方に擾乱《ジョウラン》がおこったゆえ、織田軍は退《の》き陣することとなった。信長公の後詰めはなくなったとな。徳川勢のみにては、いかんせん小勢でいたしかたなし。所詮、はや籠城は無益にござる。速やかに開城なされ、助命を乞うのが良き道理と申せよう、とな。そなたが斯ように告げたならば、城中の将兵は落胆いたし、忽《たちま》ち降参するに相違あるまい。されば、そなたの功《いさおし》となるゆえ、加恩をとらせるであろう」

「あい分かり申した」

強右衛門は深ぶかと首を下げた。

「縄目をはずせば、そなたが寝返ったと見做《みな》されよう。このままの姿にて城内に呼びかけてもらう。皆の者、よいな」

玄蕃頭の下知に、穴山家の家来たちが応えた。

「畏《かしこ》まりまいてござる」

「御下命、拝承つかまつり候ふ」

馬乗り身分の武士二名と青葉者八人に囲まれて、強右衛門は、東へ向かい長篠城に近づいた。一行は、崩れかかった追手門をくぐった。そして、焼け落ちた服部曲輪（もと家老屋敷）跡を眺めやった。

左手に碁石川とも呼ばれる矢沢川の細い流れがある。矢沢川は、医王寺あたりが水源であり、南流して弾正郭と帯郭の間の濠の働きをして本丸の西を流れ、不忍《しのばず》の滝となって、寒狭川《かんさがわ》にそそいでいる。

寒狭川には、滝川、滝沢川、さらに岩代川《いわしろ》の別称がある。渡合《どあい》で大野川と合流して豊川となる。

大野川は、宇連川《うれ》、乗本川《のりもと》、三輪川とも称される。

この合流地点の崖の上に長篠城が在る。野牛郭が渡合に一番近く、本丸は、その西側の主要の地を占めている。

野牛郭の北東に瓢丸《ひさご》が設けられており、さらに、丑寅の鬼門の位置に搦手門がある。搦手門の西に大通寺が臨まれる。

内堀を隔てて野牛郭の北に、三の丸である巴城郭、本丸の上手に、二の丸となる帯郭がある。矢沢川をはさんで、帯郭の西には弾正郭が構えられているのだ。

強右衛門は、東へ向かって真直に弾正郭の前に立った。真うしろに縄目の端を摑んだ雑兵が隠れた。そうして、竹束を持った陣笠連と侍が並んだ。

弾正曲輪で采柄《さいづか》を握っていたのは、松平親俊である。すぐに、親俊が手の者に物見をいたすべく指図をした。

三郎次郎親俊は、福釜《ふかま》城主となったのち、通り名を左馬助にあらためた。正室が奥平定延の娘である縁《えにし》により、長篠城に加勢として入城したのだ。副将として弾正曲輪の守りにつき、奮戦且つ敢闘して武名を掲げた。

勇士が、背筋を伸ばして、郭に向かい大音声をあげた。

「強右衛門でござる。鳥居強右衛門でござる」

見張りの兵が顔を出した。

勝商は、親しい傍輩の名を呼んだ。ともに、奥平家に仕える徒武者である。

「ご武運をお祈り申す。強右衛門でござるよ」

今生の暇乞いのことばであった。

「城内の方がたにお尋ねいたす。三筋の狼煙を見てくだされしか――」

おおうっとの、大きな応《いら》えの声が沸き上がった。

「嘘や偽りはござらぬ。岐阜さま直じきの采配での大兵にて、織田と徳川の後詰は、合わせて四万。今朝、卯の刻に岡崎城を出陣、今ごろは牛久保あたりに着到なされしはず。一日、二日の辛抱でござる。城、堅固に保ち候へ――」

大声を張り上げて、一気に捲し立てた。武田方の青葉者どもが、慌てふためいて強右衛門を取り抑えた。すでに後の祭であったが、一徹者を横倒しのまま担いで、西方へ運び去って行った。

その日の下春《カシュウ》、寒狭川をはさんだ長篠城本丸の対岸になる有海原《あるみはら》の篠場野で、剛直の士は磔柱に括りつけられた。

やすやすと欺かれたと知った勝頼は、烈火のごとく怒った。激しく打擲《チョウチャク》させたあと、城内から見える所での磔刑を、目を瞋《いか》らして厳命したのだ。

小糠雨《こぬかあめ》の降る中、二人の雑兵が、掛け声を合わせて咎人を鑓《やり》で突いた。二度、槍の穂が螻蛄首《けらくび》まで強右衛門の体に食い込んだ。が、何故か止めを刺さずに打遣《うっちゃ》られたままだった。

虫の息の成敗者《せいばいもの》の足下に、甲州の侍である落合佐平次道次が額衝《ぬかづ》いて言上した。

「貴殿は、まことの武士《もののふ》。見上げたものでござる。されば、御辺の姿を絵図にいたし、それがしの指物としたいが、お許しくださらぬか。いかがでござろう」

純朴にして忠勇なる兵《つわもの》は、かすかに項突《うなづ》いたのち絶命した。

尚、徳川の家臣にも落合佐平治がいた。こちらの士の実名は道久。磔刑図の背負旗《せおいばた》を用いたのが、どちらの佐平次なのか分からないとのこと。これは、名和弓雄先生の高説だ。

因みに、処刑は逆磔《さかさばっつけ》だったと云う説が、有力とされている。

さて、敵兵すら感動したほどの、忠節かつ壮絶な死にざまに、響動《どよ》めきが沸き上がった。城内は、興奮の坩堝《るつぼ》と化したのである。


松平景忠は、本丸の二階にある房《へや》の小窓から、雨晒しにされている亡骸《なきがら》に対し手をつくり、梨子打烏帽子《なしうちえぼし》をかぶった頭をやや垂れていた。物の具は付けておらず、道服《どうふく》の上に陣羽織をまとっているだけである。

傍らに家士が控えていた。若侍は、兜こそ外していたが、当世具足で身を固めている。

主に倣い一揖《いちゆう》した。

「わしは九八郎どのの許《もと》に参るが、伴は要らぬゆえ、好きにいたすがよい」

前方を遠望したまま、景忠が告げた。

「承って候ふ」

一礼したのち、階下へ降りて行った。若侍は、頭を下げた際、主の陣羽織の左右の胸のあたりに、剣五つ葵紋が刺繍されているのを眸子《ボウシ》でとらえた。

太郎左衛門景忠は、若年時の通称を弥九郎といい、主君の家康（元信、元康）と同じく、天文十一年の生まれである。

この年、三十四歳の男盛りであった。三州宝飯郡《ほいぐん》の五井城主であり、軍目付《いくさ》をつとめている。家士と入れ違いに、嫡男の弥三郎伊昌《これまさ》が顔をのぞかせた。

「ごめん、失礼いたす」

軍監が、城将の室《へや》に足を踏み入れた。

奥平貞昌は、小具足出装《いでたち》で結跏趺坐《けっかふざ》の姿勢だった。体の正面は格子造りの窓に向けられていたが、外を見ていなかった。

この室からも誰《た》そがれの中に磔柱が遠望できる。部屋中に既に夕闇がただよっているのだが、燭は無く、貞昌が一人きりで坐しているだけだ。

陣羽織の背中に染め抜かれた軍配団扇紋《ぐんばいうちわ》が、揺れ動いて見える。

城を守りきった武将が、嗚咽《オエツ》しながら漏らす、か細い独りごとに合わせるかのように、黄昏鳥の忍音が入り込んできた。

たそがれ鳥とは、ホトトギスの異称である。他に、あやなし鳥、くつて鳥、うづき鳥、しでのたおさ、夕影鳥とも呼ばれる。漢語では、子規、蜀魂、杜宇、杜鵑、時鳥、不如帰などと表記される。

「さても、さても。惜しい武者を散華《サンゲ》させてしまい、無念でござる。さりながら、忠烈の士のお蔭で我らは命ながらえ、城を守りとおせたのでござるよ。まことに御辺は良き家来を持たれしものよ」

景忠が、貞昌の左肩に右手を措いて、話かけた。

「九八郎どのが余人にすぐれたる人柄ゆえ、忠義の兵《つわもの》も育つのであろうよ」

「左ようなことはございませぬ。強右衛門は、実直なる質《たち》にて候ふ。天性、律義なのでござりまする」

貞昌は、胸もとで合掌していた両手を下ろし、顔を挙げて言い切った。

「ははは。ならば、主従そろうて正直者と申しておこうかの」

景忠が、破顔一笑して、讃辞を述べた。

「ははっ。忝《かたじけな》いお言葉にござりまする」

城将とはいえ、貞昌は弱冠二十一歳であり、奥平父子は新参者にひとしい。かたや松平景忠は、三十路半ばの譜代の老臣である。

軍目付に対し若武者は、あくまでも謙恭かつ慇懃な物腰をくずさなかった。

「わずか五百の寡兵にて、この城を保てしは、ひとえに九八郎どのの御手柄にて候ふ。三万有余の後ろ巻きが来たる上は、武田勢は、退陣《のきじん》いたすか鳶《とび》が巣《す》などの向い城に籠るか、いずれかの手立てしかござらぬ。ようよう、われらの勝ち戦になり申したわい。いや、弥《いや》めでたい、めでたいぞ」

「否《いや》いや。それがしの功にてはなく、太郎左衛門さま、ご子息弥三郎どのはじめ、福釜《ふかま》の左馬助さまなどの御助力の賜物にござりまする。無論、奥平の家の子郎党の働きには、頭の下がる思いにござりまする」

先ほど仲間男が燈火を点《とも》して退出したあとなので、明るくなった室内からは、篠場野の辺りを眺め遣っても何一つ見えない。それでも、闇に向かって貞昌は、合掌し深ぶかと首を垂れていた。

「何はともあれ、貴公が殿の婿になられること、必定である。亀姫さまとの婚儀がすすめば、徳川の御一門と申せよう。われら十八松平より奥平家は家格が上になり申す。いや、大慶、大慶」

「おそれ多いことにござりまする。殿様の御息女との縁談は口約束でござるゆえ、まだまだ判りませせぬ。去る元亀四年八月に殿様より頂戴いたしたる起請文には、知行についての記載しかありませぬゆえ」

「ははは。照ることもなかろうよ。九八郎どの戯言はともかく、明朝、敵が遮二無二攻め寄せよう。四郎めの焦りと苛立ちが目の前に見えるようだわい。されど、城兵の士気が高いゆえ、撃退するのは容易《たやす》い。明日一日かぎりにて、きびしかりし籠城も終わりとなろうよ」

「左よう然《しか》らば、甲州勢の、その後の動きはいかがでござりましょうや――」

「先ほど申せしごとく、山に登りて籠るか信州へ帰還いたすか、いずれかの手立ての術《すべ》しかあるまい」「なるほど」

「いかに四郎が猪武者とは云え、左ような阿呆な真似はいたすまい。わしは岐阜太守をよくは知らぬ。が、藤井の勘四郎の語るところによれば、よいか」

「お聞かせくだされませ。松平信一《のぶかず》どの、いや松平勘四郎どのの見聞なされしことを」

「さよう。勘四郎が申すには、われらが殿もたしかに傑物にて候ふ。なれど、岐阜様は人であって人にてはなし。あの仁は、阿修羅の化身のごとき荒武者にして、文殊菩薩と見紛うほどの知恵者にござるとな」

永禄十一年九月、足利義昭を奉じて信長が上洛戦を敢行した時、信一は代将として、徳川の兵一千を率いて従軍した。

その折、着用していた木菟形兜《みみずくなりかぶと》と黒色威《くろいとおどし》三葵紋柄胴具足を、総大将に褒《ほ》められた。その上、茶韋《ちゃかわ》地《じ》小紋染桐紋付胴服を賜《たま》わった。

この拝領品は、鹿の鞣《なめしがわ》に小紋染めを施し、白い五三桐紋を前に四、背に三つ貼り付けた胴服である。裏地は濃茶染め韋《なめしがわ》だった。

「ゆえに、四郎なんぞでは勝てぬだで。そもそも野戦において、三倍の敵勢に挑みかかって勝てる道理がなかろう。織田と徳川の後詰めは三万数千なるぞ。万が一、四郎めが、阿呆な戦をはじめれば、甲州勢は大敗北。奴も首を挙げられようぞ。武田家の宿将たちの掣肘《セイチュウ》もあろうしのん。斯《か》かれば、馬鹿げた合戦は有りえぬわ」

「まことに然り。合点がいき申した。されば、明朝の戦いの手立てをいたしまするゆえ、ご免くだされませ」

九八郎は、配下の者への指図のため、自室を出て階段を降りて行った。太郎左衛門も退室して、己の房に戻った。

窓際に近寄って外を眺めると、遠くに武田勢の炬火が点々と見える。瞼を閉じると、晡夕《ホセキ》の磔柱に縛り付けられた強右衛門の姿が思い出された。

——残念ではあれど、強右衛門が玉砕いたせしは、武士《もののふ》として覚悟の上であったがゆえ、是非もなし。が、あ奴と妻と子らが黄泉《よみ》に下りしは、身から出た錆とは申せ、見苦しく且つあわれなりしよなあ。

景忠は、大賀（大岡）弥四郎一味の謀逆と、その顚末を回顧していた。

〈暗雲　弥四郎の暗躍〉

なんとも酷《むご》たらしい結末となった一件は、今年の暮春のことであった。

四郎勝頼の将《ひき》いる武田勢を岡崎城に引き入れようという謀叛《むほん》が露見した。一味同心していた山田八蔵が、仲間を裏切り、主の三郎信康に密告したからだ。

小谷甚左衛門は、渡辺半蔵守綱の追捕《ツイブ》を振り切って、天龍川を泳いで渡り、二俣城に駆け込んだ。さらに甲州へ逃げ去った。

遁走できなかった倉地平左衛門は、今村彦兵衛と大岡孫右衛門助次ならびに助次の子の伝蔵清勝に討ち取られた。

奸計を企んだ首謀者である、大賀（正しくは大岡）弥四郎への仕置は苛酷だった。

まず、弥四郎の妻子五人が念志原《ねいしがはら》で磔にかけられた。謀叛人は、反逆のため己が拵えおきたる旗を背にし、馬の尻の方へ面を向けて鞍に縛りつけられた。

そして、法螺貝と笛と太鼓ではやしたてて、浜松城下を引き廻されてから、妻と四人の子が処刑されんとする所を見せられた。

その後、天正三年四月五日、岡崎の町口の四辻に、首だけ出して直立のまま生き埋めにされた。すでに、前歯は折られ、手の指は渾《すべ》て切断されていた。その指は面前に措かれた。

すなわち、城下を往来する人びとに刑を執行させるためである。首筋を竹鋸で挽《ひ》かせる為だった。

項《くび》（うなじ）を竹製のノコギリで鋸《ひ》かれるという極刑に処されたのに、罪人は七日間も息が通《かよ》っていたようだ。

尚、悪運強く山田八蔵は、寝返った功を賞せられ、加恩までもあった。

ところで、大岡一味が反逆を企てた素因の一つに、石川数正を頭分とする岡崎衆と、酒井忠次を領袖とする家康の旗本たちとの反目があった。

だが、家康と信康の父子の間には、蟠《わだかま》りは顕在化してなかったので、嫡男が反乱分子の後ろ楯となっていたとは考えられなかった。

それでも、城主のくせに不穏な動きを察知できなかったのか、と家康は訝《いぶか》しんだ。方寸で関与を強く否定しても、小さな疑念が胸の煙となって消えなかった。

しかし、信長は違った。岡崎の擾乱《ジョウラン》を聞き知った時、

――胡乱《うろん》だで、胡乱なることよ。と、主君が呟いたのを、近習《きんじゅ》や小姓が小耳に挾んだ。手懐《てなづ》けている徳川の家臣から、浜松派と岡崎派との不和を報《し》らされていたため、岐阜太守は、畔臣《ハンシン》の企てを聞かされても然《さ》ほど驚かなかったけれど、肚裏《トリ》で独り言をつづけた。

――信康の奴、凡庸なるか。そ知らぬふりをしておったるか。さもなくば、叛逆者どもと繫がりを持ちたるか。しかと調べねばならぬ。五徳の婿なるゆえ、三郎の通り名をも賜与したるというに。細作の工夫をいたさねばならんのう。

思慮深い、傍《はた》からは猜疑心の強い大大名と看做《みな》される、覇王樹（仙人掌）のように棘《とげ》の多い覇王が沈思黙考をつづけていた。

嘉月三月の下旬、武田勢が、濃州と三州の国境を越えて加茂郡を南下した。足助《あすけ》あたりを過ぎ、岡崎城に逼《せま》りつつあった。大軍ではなく、三千余の騎兵のみの軍勢だった。

采柄《さいづか》を握っている先頭の武将は、当世具足で身を固めてはいるが、兜はかぶっておらず、揉烏帽子《もみえぼし》を被り面頬《めんぼお》をつけていた。

その鳶鼻《とびばな》の目の下頬の武者の前に、旅装束の僧侶が立ちふさがった。騎馬隊がとまった。

割符を高く掲げて、笠の中から告げた。

武田方の細作である。

「大賀弥四郎の企みは洩れ申した。縛に就《つ》きし輩、討たれたる者。すべて成敗《せいばい》されたる由、お報《し》らせ申し上げる。ごめん」

衲《のう》の袈裟の雲水は、春霞の中に消えて行った。

「おのおの方、帰陣じゃ。しりがりが先頭となりて、このままの隊列にて行軍いたす。身どもが殿《しんがり》になり申す。いざ、順次伝えよ」

武田勢は、腹癒《はらい》せに足助の飯盛城あたりを放火して回ったあと、東濃の恵那郡へ馬首を向け、撤退して行った。

『信長公記』の記述によると、三月下旬、武田勢が三州加茂郡の足助辺りに来襲したとの一報に対応して、菅九郎信忠が、尾張衆を将《ひき》いて出陣したとある。が、その後のことには言及していない。何ごともなく、すぐに帰陣したのだろう。

〈信玄の跡目〉

元亀四年正月、信玄自ら帥《ひき》いる二万有余の将兵が、三河へ向けて進軍をはじめた。遠州引佐《いなさ》郡刑部《おさかべ》で越年した武田軍には、遠江の土豪なども加わっていた。

日の出に進発して、三州設楽《したら》郡の野田に着到したのは日没後であった。すぐさま、野田城を包囲した。

城将は菅沼定盈《すがぬまさだみつ》である。小城だが、堅固な守りであった。攻め倦《あぐ》んでいるうちに、健康体でなかった総大将の症状が悪化してしまった。

前年の十二月二十二日、三方が原において、三千の織田の援軍を加えた徳川勢一万一千に完勝した名将も、その頃すでに、病魔に侵されつつあった。

漸《ようよ》う一か月かかって開城させた。だが、信玄の病は重くなり、床に臥してしまった。

橘井《キッセイ》の御《み》宿監物《しゅくけんもつ》の稟申《ヒンシン》をうけて、総戎《ソウジュウ》が武田一門と重臣たちに帰陣を告げた。甲州勢は、粛々として三州街道を北上して行った。

奥三河の山家三方衆《やまがさんぽう》や遠江の土豪などは、隊伍を離れて往った。

重患のお屋形様を乗せた輿《こし》は、信州伊那郡を北北東へ静しずと進んで行った。根羽村、浪合《なみあい》村を過ぎ、阿智村の駒場《こまんば》に宿陣した。ここで、巨星が堕《お》ちた。

大膳大夫兼信濃守晴信卒去《しゅっきょ》の地は、根羽とも浪合とも伝わる。

時に、元亀四年（西暦１５７３）四月十二日。享年五十三歳であった。法名は、法性院機山信玄公大居士。

下伊那郡阿智村駒場の長岳寺には、信玄の供養塔が立てられている。そして、墓は、山梨県塩山市小屋敷の乾徳山恵林寺にある。

尚《くわ》えて、信玄に黄泉路《よみじ》を急がせた病名については、説がいくつもある。

まず宿痾《シュクア》の労咳、今でいう慢性の肺結核、二つ目は胃癌。そして、日本住血吸虫による肝硬変である。

日本住血吸虫は、宮入貝《みやいり》（片山貝）を中間宿主とする扁形動物の吸虫類である。現代では、筑後川流域と甲府盆地で棲息し、且つ発病例が見られる。

この寄生虫は、卵から幼虫が孵化《フカ》して宮入貝に入り込む。無性生殖して増えたセルカリアが水中に出て、終宿主である人などの皮膚に取り付き感染する。

血管に侵入すると、一旦おこりと云われる症状があらわれるが、一週間ほどで治癒する。ところが、病原虫は体内にひそんで老衰期に再発する。潜伏期間が二十年から三十年と長い。そうして、腹水などの致命的な病状を呈するのだ。全くもって恐ろしい寄生虫なのだ。

甲斐の虎も、これに嚙み付かれたかもしれない。

お屋形さまの捐館《エンカン》については、野田城を攻囲していた時に、鉄炮で狙撃されて斃《たお》れたという伝説もある。

城内に村松芳休なる、笛の名人がいた。ある夜、その笛の音色に誘われて姿を現した信玄を、鳥居半四郎が狙い撃ちにしたという話である。

国主大名が射程距離内に歩んで行って、標的となるなんぞ有りえない。

また仮にそのような、武田方に卑劣なる行為と念われる闇討ちで、信玄が致命傷を負ったなら、捕虜にした新八郎定盈と松平与一郎忠正を、ただで済ます訳がない。嬲《なぶ》り殺しにしたたに違いない。

事実無根、寝も葉もない戯言《たわごと》である。

とにも角にも乾坤一擲《ケンコンイッテキ》、信長に勝負を挑み、雌雄を決したのち可能ならば、瀬田に諏《す》訪法性旗《わほっしょうき》と孫子の旗を立てんとの、信玄の野望は、重病のため潰《つい》えた。

この時季の征西は、上洛を目指したものではないだろう。もしくは、入京は二番目の目標だった。と想われる。

一に打倒信長であり、目的地は岐阜であった。信長の方は、その前に防衛線を構築する。木曽川か庄内川を濠に見たてたであろう。尾張の平野が決戦場になった筈だ。

仮に、信玄が健勝だったとして、織田と武田の龍虎の激突があった場合、どちらに軍配が上がったであろうか。

当時、織田軍には五万有余の動員能力が有った。数か月の遠征をつづけて来た二万数千の軍勢では勝負になるまい。兵站線も延びきっている。手薬煉《てぐすね》ひいて待ちかまえている織田軍の網に搦め取られてしまうだろう。

信玄も劣勢なのを承知していたからこそ、足利義昭を盟主とし、石山本願寺を中核とする、対信長包囲網に期待を寄せていたのだ。

朝倉と浅井《あざい》の連合軍に、近江北部で攻勢に転ずるべく書状を送った。さらには、信長の家臣である、美濃の安藤守就や遠藤慶隆と遠藤胤基《たねもと》らにも働きかけていた。

しかし、叱咤激励しても、優柔不断な朝倉義景は、湖北の陣を払って一乗谷に引き上げてしまった。斯ように信長包囲網は綻びがひどく破綻《ハタン》している。

だから、信玄が長命だったとしても、武田軍は撓北《ドウホク》した可能性が高いと思われる。ただ、甲州勢が撤退し、甲斐の虎が鬼籍に入ったのは、織田と徳川にとって、好運だったのは確かである。

信長は強運だったのだ。将軍星（オリオン）が、岐阜を中心にして回っているかのようだ。

尚、余談ではあるが、信玄画像について述べてみたい。

和歌山県の高野山成慶院《じょうけいいん》に、法性院信玄を描いたとされる、絹本着色の画像がある。絵師の名は、等伯長谷川信春。

信春は、前名を奥村文四郎といって、天文八年、能登国の七尾に生まれた。安土桃山時代における超一流の画家である。

この画像は、テレビや雑誌にも登場した有名なものだ。そして、成慶院は、甲斐武田家の菩提所の一つである。

また、『集古十種』に「武田源晴信像高野山成慶院蔵」として、成慶院本の模写が木版で掲載されていることが典拠とされ、像主信玄説は揺るぎないものとなってきた。

『集古十種』は、松平定信（幼名田安賢丸）が編修させた古器物図録である。

ところが、異説が発表された。通説に挑んだ歴史学者は、藤本正行先生である。

藤本説は、像主を能登の大名だった畠山義続か嫡男の義綱と推定している。証拠だてた解説をされておられるので、藤本先生の御本を読めば、多くの方がたが納得されると思う。

先生には、すばらしい研究があまた有る。

三十数年も前に、伝足利尊氏像（京都国立博物館蔵）の像主を高師直《こうのもろなお》か猶子《ユウシ》（庶子か）の師冬だと指摘された。

さらには、『集古十種』が平重盛と源頼朝として紹介している、高尾山神護寺《じんごじ》蔵の画像二幅の像主を、足利尊氏と同腹の弟直義《ただよし》だとして、通説に異を唱えておられる。

先生の推論によれば、世の中に流布している武田信玄画像は、渾《すべ》て想像で描かれた代物だということになる。

閑話休題。ともかくも厳父の逝去により、四郎勝頼が武田家の二柄《ニヘイ》を握った。但し、正式の跡目ではなく、中次の棟梁であった。

臨終の際、信玄が重立った家臣に遺命を申し聞かせた。

「跡目は四郎といたし、己の死は三年間、喪《も》を秘して語るべからず」

「四郎の子の信勝が十六歳になった暁には、諏訪法性の兜と軍旗を与え、家督を継がせること。その間、四郎が後見せよ」

「みだりに干戈を交えること勿れ。保守に徹し、富国強兵をはかれ」などなど。

さらに、弟の孫六信廉《のぶかど》に、影武者を演ずるべく下知した。

用意周到な手くばりを済ませたのだが、信玄死するの噂が、ほどなく諸国へ流れた。七月には信長も家康も、信玄坊主の入寂《ニュウジャク》を確信していた。

元亀四年（七月二十八日に改元し天正元年）の夏、信玄病歿の風評を耳にして、動揺した奥平貞能《さだよし》が家康と誼《よしみ》を結んだ。

この作手《つくで》の奥平氏、田峰《だみね》の菅沼氏、そして長篠の菅沼氏の三家は、山家三方衆《やまがさんぽう》と称される。奥三河は設楽《したら》郡の土豪もしくは国人である。

元亀四年八月二十日付けの書状で、家康が、貞能と嫡男の貞昌に対し所領安堵のみならず、三州と遠州の中で新知行を供与するとの約束をしている。破格の恩賞である。

そして、これは奥平が徳川家の臣下になった証なのだ。

貞能と貞昌の父子を取り込んだ家康は、同年七月のうちに長篠城を包囲した。この要害は、菅沼正貞の持城だったのだが、この頃、正貞は城から離されていた。で、信州の小笠原信嶺や室賀信俊らが、在番衆として守りについていた。

急報を受けた勝頼が、山県昌景に後ろ巻きを下知した。しかし、救援に赴いても、捗ばかしく進まなかったようだ。

九月八日に長篠城は開城し、徳川方の拠点となった。降参した守備兵は、鳳来寺方面へ逃げ去った。

勝頼は、九月十八日付けの穴山信君宛ての書状の中で、「無念千万候」と認めている。

同月二十一日に、報復のつもりか、見せしめか、奥平からの人質を鳳来寺門前に引きづり出して、磔にかけた。

犠牲になった者は、貞能の二男の仙丸（仙千代）十四歳、奥平（日近）貞友の娘で貞昌の許嫁《いいなずけ》である於ふう（お安）十六歳、そして奥平（萩）勝次の二男虎之助の三名だった。

さて、家康は、城代とした松平景忠と松平家忠に長篠城の守備を委ねた。

天正元年の時点で、徳川の家来には三人の松平家忠がいた。弘治元年生まれで十九歳の、深溝《ふこうず》の又八郎家忠、弘治二年生まれの、東条の甚太郎家忠、天文十六年生まれで二十七歳になる、形原の又七郎家忠である。

城将についたのは、生母が於大の実妹である又七郎だったと推測できる。言わずもがな、於大の方は竹千代（二郎三郎元信）の実母だ。

こののち、天正三年二月二十八日に、奥平久八郎が長篠城主として入城したのである。

天正二年の元日、都および五畿内や勢州と江州《ごう》と若州の大小名が、岐阜に参上し滞在していた。そして、岐阜太守に色代を奏するため出仕した。三献の作法で酒宴が開かれた。

他国衆が退出したのち、馬廻り衆だけを集めた座で珍奇な肴が出され、宴がつづいた。

朝倉義景の首級、久政と長政の浅井父子のしるし、首三つを薄濃《はくだみ》にしたものを膳に措き、酒盛をしたのである。

岐阜城の大広間で、信長主従が遊び興じ燥いでいた頃、武田の総帥《ソウスイ》が家臣団に礪戈《レイカ》を指図していた。

天正二年の正月、武田勝頼の攻勢が強まった。まず一月下旬、東美濃へ軍を進めた。

東濃の岩村城は、已に武田方の枢要な城郭になっていた。

元亀三年の冬に、信玄が西上した際、秋山伯耆守信友（晴近）が、別動隊を将《ひき》いて攻め寄せ、翌年の二月下旬に開城させていたからだ。当時、晴近（虎繁）がこの属城の主である。

一月二十七日、恵那郡の明知城（白鷹城）を武田勢が包囲した。

二月朔日《ついたち》、注進を受けた信長が、濃州及び尾州の将兵に出陣を下知した。

二月五日、信長と信忠も出馬し、その日は御嵩《みたけ》に宿営した。

しかし、ここ可児《かに》郡から先は岨道《そばみち》が険しく、行き泥《なず》むうちに、城中で謀反が起こり落城してしまった。飯羽間《いいばさま》城主の遠山友信が、武田方に内応したためだった。

寝返りが、連鎖反応のように起こった。濃州恵那郡の諸城は、霧ケ城（岩村城）はじめ渾《すべ》て、武田軍の濃厚な靄に冒《おお》われてしまったのだ。

同年の五月上旬には、勝頼が自ら甲士を将《ひき》いて、遠江へ向け出陣した。そして、城東郡の高天神城を包囲した。

この城は、ここを制する者は遠州を制すると云われた要衝である。有力な国人である小笠原氏助（長忠）が、信玄すら落とせなかった此の堅城を墨守していた。だが、武田勢は、二万五千と呼号している大軍である。すぐさま氏助は、浜松に急使を遣わして後詰めの催促をした。

しかし、家康とて武田の大軍勢には手も足も出せない。岐阜城に援軍依頼の使い番を送る以外に術《すべ》がなかった。

信長は上洛中だった。それでも五月十六日に京を出立し東下して行った。しかし、その後が問題だった。なんたることか、信長の岐阜出陣は、六月十四日にずれこんでしまうのだ。勇名が天下に鳴る甲州勢に対し慎重になりすぎて、軍勢を掻き集めるのに、日かずを費やしてしまったのだろう。

総大将は、高天神城（小笠郡大東町）を攻囲するだけでなく、穴山信君を仲介者として、氏助に和睦の交渉をもすすめていた。

だが、小笠原勢は奮戦をつづけ、開城するのも拒んだ。それでも、抵抗するのには、限界というものがある。

六月十七日、ついに氏助が、武田方に降伏した。勝頼は、横田尹松《ただまつ》らを城番として入れ置いた。

この日は、信長と嫡男の信忠が、三州の吉田城（豊橋市）の城門をくぐった日であった。

二日後に、今切《いまぎれ》の渡しまで進んだところで、高天神の開城を知ることになる。

岐阜太守は、黄金を詰め込んだ大なる革袋を二荷、浜松城主に進呈した。そして、空しく帰路についた。

家康は、浜松から東へ進軍することなく、終わった。

小笠原長忠は、四十数日もの間、籠城戦に堪え忍んで頑張った。けれども八年後に苛酷で惨めな悲運に欷歔《キキョ》することになる。

〈十重二十重の中の長篠城〉

恵那郡の岩村城を出馬した勝頼が、矢作川《やはぎがわ》を渡河して三州設楽郡に駒を進めたのは、陰月四月だった。

武節《ぶせつ》城（北設楽郡稲武《いなぶ》町、現豊田市）の近辺に、将いてきた一万五千ほどの甲兵をとどめて小休止した。小さな山城なので、城内に入ったのは、総大将と歴々の武将以下、少数の武士だけだった。

城門を出てから名倉川沿いに南進し、分水嶺を越えた。さらに寒狭川を右に見て南下した。

天正三年の四月の下旬、雲霞のごとき大軍が、長篠城（南設楽郡鳳来町、現新城市）を包囲した。

斯くのごとき小城は一揉みで落とせると、勝頼は高を括《くく》っていた。奥平一門を中核とする徳川方の籠城兵の手向かいを、蟷螂《トウロウ》の斧だと見縊《みくび》ったことが、大敗北の嚆矢《コウシ》であった。

奥平一家を仕置したのち、この城を三河を蚕食《サンショク》するための橋頭堡にする心算だった。長篠城から十町ほど北にある医王寺の門前に、大の字を書いた、大四方の馬印が立てられた。総帥の本陣である。

搦《から》め手《て》門の北に位置する大通寺には、武田信豊と武田信綱（信廉）が陣を据えた。

大手門の西方や岩代《いわしろ》川（寒狭川）の右岸の篠場野のあたり一帯に、穴山信君、一条信竜、小山田信茂、小山田昌行らの部隊が布陣した。

さらに、大野川（乗本《のりもと》川）を隔てた対岸に、付城（向い城）を設けた。

東方から順に、君ケ臥床《ふしど》砦、姥《うば》ケ懐《ふところ》砦、鳶《とびが》ケ巣《す》砦、中山砦、久間《ひさま》砦を構築したのだ。

君ケ臥床と姥ケ懐は長篠城の東もしくは東北東、鳶の巣山は東南に、中山と久間山は豊川の左岸にあたる。

君ケ臥床には和田信業を、姥ケ懐には三枝兄弟の守友と守義と守光を、鳶の巣山には信玄の弟である武田信実を指揮者とした。

中山には名和無理之助と五味与三兵衛と飯尾祐国などの牢人衆を、久間山には、和気善兵衛、倉賀野秀景、原胤成ほか野州浪人組を配置した。

そして、連絡路になりうる豊川にも、長走《ながばしり》あたりに鳴子綱を武田方が張りめぐらした。よって、長篠城は袋の鼠となってしまった。窮鼠猫を噛むという結果になるのだが、それは後の話だ。

城に籠る将兵は、わずか五百人だが、士気はすこぶる高かった。

何よりも、五百挺の火縄銃が備えられていたことが大きかった。弾薬も糧粟《リョウゾク》も豊富に貯蔵されていた。まるで穴にもぐった豪猪《やまあらし》であった。

四月下旬、勝頼は城の防備が堅いことを否でも思い知らされた。

包囲網を完璧にしておいて、旗本勢を将《ひき》い坤《ひつじさる》へ向かって進軍した。

西南にあたる宝飯《ほい》郡の牛窪《うしくぼ》城の辺りを放火した。渥美郡の二連木城も囲んで、あたり一面に火を放った。

さらに、家康が出張って来ている、酒井忠次の吉田城を包囲して、火矢を射かけた。

この甚振《いたぶ》るがごとき攻勢にも、家康は出撃しなかった。

三方が原での完勝と高天神城への後詰めの件とを合わせて、勝頼が徳川勢を見下す要因の一つとなった。

武田の諸将は、渥美郡から設楽郡へ意気揚揚と転進して往った。

五月朔《ついたち》、いよいよ武田軍が本腰を入れて城攻めをはじめた。三方が原での野戦とは無論違い、金掘り衆や足軽による印地打ちは、なかった。

攻防戦の開始は、銃撃戦のはじまりであった。武田方も八百挺を超す鉄炮を携行して来たからだ。

大手門周辺と搦手門のあたりに力攻めをしつづけた。

武田方の鉄炮放ちは、うしと呼ばれる三角筒型の台座に竹束を掛け並べ、うしを移動させて前進して来た。

城方は、肉薄してくる敵に油を注ぎかけ、松明を投げつけて竹束を焼き払った。

すると寄せ手は、竹束に泥を塗って燃えないように工夫した。

長篠城の一部の壁は、銃弾で穴だらけになってしまった。郭内に弾丸がとび込むので、数枚の莚を簾のように掛け並べて、銃弾の勢いを削《そ》いで防いだ。

或る日の夜、帯郭（二の丸）の塀をくずすために、矢沢川を下って来た金掘り衆が、穴を穿ちはじめた。

時を同じくして寄せ手が、大手門の近くに釣り井樓《セイロウ》を高くあげて、城内の者を狙撃しようとした。だが、奥平貞昌が、大口径の大鉄砲を放って、井楼を撃破した。けれども五月十三日の夜、北側の瓢丸に猛攻が加えられた。武田の甲兵は、ここの塀に鹿の角を引っ掛けて引き倒そうとした。城兵は必死に防ごうとする。鎬《しのぎ》を削り合った末、塀は破られて曲輪は占拠された。貴重な兵糧蔵が一つ奪い取られたのが、大損害となった。

この夜、西側の服部郭も陥落してしまった。

落城が近いことを、渾《すべ》ての将兵が愓《うれ》えた。貞昌も顔を曇らせて考えこんだ。

——もう支えられぬわ。四郎めは、わし一人が腹切ったとて、皆を助けぬであろう。ここは、焦眉の急を報《し》らせて、徳川どのの後詰めだけでも懇願せねばなるまい。されど、この重囲をくぐり抜けて急使を務めうる者が、はたして居るのか。

城将が、首《こうべ》を上げて声を張りあげた。

「御辺らにお憑《たの》み申す。たれぞ、城を抜け出でて、後詰めの依頼をなせる仁はござらんか。青葉者、荒子《あらしこ》にてもかまわぬ。われと思わん者は名告《なの》られよ」

武将も雑兵も、お互いに煤で黒ずんだ顔を見回しあった。一人の足軽が、すっくと立ち上がって、濁声《だみごえ》を強く発した。

「それがしは鳥居強右衛門と申しまする。それなる大役、それがしにお任せあれ」

「おお、有りがたい。是非とも成しとげてもらいたい」

喜悦の声をあげたのは、城将だけではなかった。

「して、いずくに参れば宜しいのでござるか。お指図をいただきたく存じまする」

「徳川の殿様は、すでに吉田城に出張っておられたる由。重ねがさね岐阜城へ援軍のご依頼の早馬を走らせしと聞いておる。信長公のご出馬があれば、岡崎までお迎えに参られよう。織田軍の後巻きがなくとも、三郎様と後詰めの軍議はなされるであろう。いずれにせよ岡崎城に入られるわ。すぐさま岡崎へ真直《ますぐ》に向かえ。頼んだぞよ」

言い了《お》えて徒武者《かちむしゃ》に一揖《いちゆう》した。さらに貞昌が腰を屈めて礼容をあらわしたので、兵も将も、城将の科白《カハク》に驚嘆し目を瞠《みは》った。

「ご下命、かしこまり承って候ふ。われらには、老母と妻と亀千代なる幼子がござる。復命かなわぬ際には、よしなに、お願いいたしまする」

強右衛門は、城将と並んで立っている軍目付《いくさ》の松平太郎左衛門と、若き主君に深ぶかと低頭した。

「わが君の命にかわる玉の緒を何いとひけん武士の道」

これが、辞世の一首だとされている。

強右衛門勝商は、三州宝飯郡の八幡《やはた》村市田（豊川市）の生まれで、当年三十六歳だったと伝わっている。

五月十四日の夜半、伝令が野牛門から城を抜け出た。闇にまぎれて崖をつたって下り、渡合《どあい》の岸から流れの中に泳ぎ込んだ。

三町ほど下った長走《ながばしり》の辺りの川の中に、網が張ってあった。切り抜けようとした時、鳴子が音をたてた。しかし、番衆は、鱸《すずき》が川を昇っていくのだろうと語り合い、気にとめなかった。

勝商は、一里半ばかり泳ぎ下り、川路村の広瀬に上陸した。そして、雁峰山へ向かって進んだ。峠道で脱出の成功を報らせるための狼煙を上げた。

信長への家康の援軍依頼は、五月十日発の早馬だったとされている（『松平記』）。だが、信長が熱田社の祝人《はふりと》（祝《はふり》）に宛てた、五月十一日付けの書状の中で、「近日三州表に至り出張云々」と書いているので、もう少し早かったようだ。

五月十三日の朝、信長が信忠を伴って出陣した。同日、熱田に陣取りをした。

十四日、岡崎城に入城した。十五日も岡崎に逗留していた。

十六日、牛窪城に着陣。

十七日、設楽郡の野田で野陣を構えた。

十八日に、漸《よう》く設楽の郷に本陣を据えた。

長篠城の後詰めに駆けつけようと念っても、徳川勢のみでは如何せん歯が立たない。

そこで家康は、岐阜城へ急使として、小栗大六重常を送った。

取り次ぎをしたのは、信長の近臣の矢部善七郎家定だった。信長は承諾しなかった。

二人目の行李《コウリ》として、老臣の石川伯耆守《ほうきのかみ》数正を送り、重ねて援軍の派遣を請うた。また、信長は諾《うべな》わなかった。

数正が出立した翌日に、奥平美作守《みまさかのかみ》貞能を遣わした。貞能は、嫡男貞昌の轍鮒《テップ》の急ゆえに気が気でなく、早駆けしたので、岐阜城下で伯耆守主従の後ろ姿をとらえていた。

奏者人《そうじゃびと》は、西尾小左衛門義次《よしつぐ》と福富《ふくずみ》平左衛門秀勝だった。義次は信長の側近、秀勝は馬廻りにして近習《きんじゅ》である。

二人揃って、岐阜太守に拝謁できた。数正は二度目の謁見である。

徳川の重臣二名が、膝行を三度して平伏したまま、恐るおそる主君家康の口上を申し陳《の》べた。

「われらが主、三河守が申し越しまするには、過ぐる元亀元年の野村三田村の大戦《おおいくさ》の砌《みぎり》に、助太刀申し上げたるによって、こたびの長篠城の取り合いには、是非とも後ろ巻きの大軍をお憑《たの》み申す。もしも」

ここで数正は、生唾をのんで口を閉ざした。息子の命に関わることなので、貞能が、平身低頭してつづけた。

「援兵を賜わること能わずんば、遠江を割譲いたし、四郎めと和睦するも余儀なしとの嘆願にござりまするに」

二人とも雷が落ちてくるのを覚悟していたのだが、意外にも懇ろ且つ和《やわ》らいだ声音で、諒承《リョウショウ》した旨が告げられた。

「あい分かっただわ。まっこと、三河武士の働きがみごとであったゆえ、あの節の三河守どのの勲《いさおし》を忘れてはおらぬ。余は、明日十三日の日出を見て出陣いたす。軍勢は三万、不足はあるまいが」

両者とも予想だにしなかった、覇王の返辞であった。貞能は、身を震わせて欷泣《キキュウ》しつつ、声を振り絞って御礼を言上した。

「ありがたい仰せを賜りましたること、今生の仕合わせにござりまする」

数正も、平伏したまま稟申《ヒンシン》した。

「過分の御諚をもって、お聞き届けくだされましたること実に忝《かたじけな》く、主三河守への吉報を持ち帰る悦び、臣たる身に余る光栄にござりまする」

「そこ許ら、苦しうない。面を上げい」

「ははーっ」

数正は、満面に笑みをうかべて、頭を上げたが、貞能は首《こうべ》を垂れたままであった。

「小左衛門、書状を石川どのに手渡せ」

「畏りまいてござりまする」

義次のほうに、数正が体の向きを少しだけ動かした。

「伯耆。復命いたす時、この双鯉《そうり》を三河守どのに差し出すがよい。唐土《もろこし》の黄河なる大河に登龍門と申す所があり、鯉が登ると龍になるそうな。『後漢書』の李膺《リヨウ》列伝に記述されておる。そこでじゃ、余が龍になりて、甲斐の虎の小童《こわっぱ》を退治いたそうではないか。はははは」

信長が、機嫌よく熙笑《キショウ》した。

「ご下命、拝承つかまつり候ふ。主に代わり御礼申し上げまする」

数正が、再び平伏した。

「ところで伯耆。そなた、当家の年寄である佐久間を知っておろうの」

「右衛門尉どのならば、無論、存じておりまするが」

「その右衛門に、いささか良からぬ噂があっての。そなた、何か小耳に挾みたることはないか――」

「身どもは一向に風説なんぞ聞いておりませぬ」

「ならばよい。余のつまらぬ一人ごとゆえ気にいたすな。権六《ごんろく》も半羽介《はばのすけ》も、ともに譜代の乙名なのだがの」

信長は、言い淀んだふりをした。笹櫓《ささやぐら》、緞帳芝居である。

「心得まいてござりまする」と、応えはしたものの、数正は怪訝な顔のままだった。

――はて、面妖な。何か、ご不審なことでもお有りなのかな。

貞能も、訝しげな顔色を見せた。

「小左衛門、平左衛門、その方ら客人をお送りいたせ」

「ははーっ、畏まりまいてござる」

「ははーっ、御諚のほど承りまいて候ふ」

主君の左右に控えていた側近が立ち上がった。貞能も、膝行して退室しようとした。

「あいや、しばらく。美作には、まだ雑談《ぞうたん》したきことが有るでのん。そのままに致せ。

心が急《せ》くとも、しばし待て」

片笑みしつつ、信長が右手を軽く挙げた。

「ははっ」

貞能が畳に額衝《ぬかづ》いた。孤惑《コワク》の表情をよまれぬ為でもあった。が、叡知の塊のごとき漢《おとこ》

には渾《すべ》てお見通しだった。

「そなた、以前は通り名を監物と称せしとか。まことかや」

「左ようにござりまする」

「さればよ監物。後詰めの件で色好《いろよ》き返辞をいたさぬ儂《わし》を恨みがましく思うたであろう」

信長が、親しげにくだけた物言いをした。

「恐れ多いことにて候ふ。滅相もない仰せにござりまする」

「ははは。先ほど面語いたしおる時、顔にかいてあったぞよ。人の親なれば当然であろう」

莞爾《カンシ》として笑っていった。

「畏れ入りまいてござりまする」

貞能は正直に認めた。

「長篠城は累卵《ルイラン》の危うき、倅久八郎どのの身が轍鮒の急とあれば、わしを憎らしう思うが道理だでのん。しかしな、後ろ巻きの催促を、わしが渋っていたのには、子細がある」

信長が、炯炯《ケイケイ》とひかる双眸を貞能に向けたまま、傍らの小姓に命じた。

「竹、あれなる品を監物にすすめよ」

「あうい。畏《かしこ》まって候ふ」

長谷川藤五郎秀一が、布袋に容れられた細長い物を恭《うやうや》しく差しだした。

信長が貞能に賜給した一品は、備前長船の与三左衛門尉祐定《すけさだ》が鍛え上げた脇差だった。

義次と秀勝が戻ってきて、また主君の両側に控えた。

「忝《かたじけの》うでござりまする。有りがたく頂戴いたしまする」

平伏しつつ謝辞を申し述べた。

「そなたを苛だたせし咎を詫《わ》びんとの、わしの気持だで。さて子細と申すこと、わしの存念を伯耆の耳に入るる訳には参らぬゆえ、徳川の家老は早ばやと去らせただわ。新参者とは申せ、奥平父子が武田に返り忠をいたす虞《おそ》れは金輪際あるまじき。三河守の老臣たること以外、わしは石川伯耆について何も知らぬからのう。それゆえ、心底話をいたさなんだ。されど監物は、憑恃《ヒョウジ》するにたる仁よな」

「身どもごときに御褒詞を賜わり、恭悦至極に存じまする」

貞能の侍烏帽子が畳につきそうになった。

「そなた、吾が子のみならず一族の者が、さらに二人はりつけに掛けられしと仄聞しておる。しかも、その中の娘子は、嫡男九八郎どのの許嫁とな。四郎めが憎いであろうの」

「左ようにござりまする。武田四郎は不倶戴天の敵にて候へば、断じて、あ奴の軍門に降るわけには参りませぬ」

「然ればこそ、ここに居るわしの股肱の臣と同じく、秘事を語れるのよ」

左右に居並ぶ側近が、莞爾として少し頷《うなづ》き、貞能を見詰めた。


この年の弥生三月、信長が家康に兵粮《ヒョウロウ》を送っている。徳川の棟梁は、その糧米《リョウベイ》の中のかなりの量を長篠城に運び入れた。

同時期に、佐久間信盛が、三州設楽郡あたりの見分に赴いた。奥三河の地理を知り、諸城の偵察をするためであった。

武田方に与《くみ》する山家三方衆とも、音物《いんもつ》を送るなど様ざまに接触を図ったのだ。すべて信長の下知に従ったことだった。

奥平一族も山家三方衆なのだが、貞能は、奥三河における織田の諜報行為について、何一つ知らなかったのだ。あたかも信盛が武田に通じているかのように匂わしたのは、当然、信長の小芝居である。

「わしは、三州にて武田が兵甲を動かせば、ただちに知りぬべく手配りをいたしておった。濃州恵那郡には、細作をあまた徘徊させておる。弥生の半ば、馬蹄にて加茂郡辺りを蹂躙《ジュウリン》いたせし際も、こたびの設楽郡への乱入も、徳川の急使より先に察知しておった。それゆえ、長篠城への後詰めの手配は、渾て済ませており、時宜を待ちしのみ」

「なるほど、それで合点がいきましてござる。先ほど明朝ご出馬なさるとの仰せを拝聴いたしましたる砌《みぎり》、一夜にて軍旅が斉うのかと訝しう思いいたりたる次第。まことに手際の早きことと、感服いたしておりまする」

「つらつら思案するに、四郎めが退陣《のきじん》いたせば、すべてが水の泡となる。後詰めの軍勢に、かの猪武者が遮二無二取り掛くるべき手立てを勘考せねばならん。それゆえ織田の将兵、ひいては我ら自身をも、あ奴が見縊《みくび》るべく工夫をいたしておる所よ。されば、三河守どのに後ろ巻きの催促を再三されたるも出兵いたさず候ふ。武田の武威に怖《おじ》けおるが如く見せねばならぬだで」

岐阜太守が、明障子《あかりしょうじ》の開け放たれた大広間から、中庭の枯山水を眺めやった。勿論のこと、城の外は見えない。

「この城下には、武田の間者がうろついておるゆえ、奴らの目に見せ耳に聞かすのよ。わしの怯懦《キョウダ》の風《ふり》をな。まだまだ、四郎めが儂を侮るよう、方策をいくつも思案いたしてくれる。この節、千載一遇の好機ゆえに、武田の一党を根切りにいたすだわい」

信長が、得とくとして自信のほどを披瀝《ヒレキ》した。

「深謀遠慮のほど、しかと承りまいてござる。されば罷り出でて、三河守様に復申いたしたく存じまする」

「これこれ監物、秘事を語りし上は、この城を出てはならぬ。そなたには用があるだで。山家三方衆の者どものこと、有海原についても教えを乞わねばならぬ。当城にてゆるりと休み、明日はわれらの伴をいたせ。よいな」

「ははっ、拝承つかまつりまいてござる」

貞能が、烏帽子が畳につくほどに首を垂れた。

「小左衛門。客《まろうど》に馳走せねばならぬ。しかるべき支度をいたさせよ」

「諾。畏まって候ふ」

義次は、うしろ向きに膝行を三度したあと、立ち上がって退室して行った。

――思慮深くおわせるだけに、尾張守様は、猜疑心の強いお方よな。さてもさても後詰めが着到するまで城は持ちこたうるのかのう。計略どおりに成れば良いのだが。

貞能の愁眉の能を眄《み》て、信長が、慰めんとて話しかけた。非情にして冷酷無比な漢《おとこ》にしては、似つかわしくない声音《こわね》だった。

「監物、心配いたすな。九八郎どのは武辺者と聞いておる。大丈夫であろうよ」

五月十三日の早朝に信長が、勘九郎信忠を伴って岐阜城を出立した。三万ばかりの大軍を帥《ひき》いての出陣であった。

桶狭間合戦の折の吉例にならい、熱田社に参拝して戦捷を祈願する姿を諸将に見せた。

そして、神宮の摂社である八剣宮が朽廃《キュウハイ》しているのを知って、その修築を寺社番匠の岡部又右衛門に命じた。

五月十四日、三州岡崎に到着。岡崎城の大手門で、総戎《ソウジュウ》を徳川の棟梁と城主である信康が出迎えた。家康は、吉田城から岡崎城に移動していたのだ。

次の日の十五日も信長は逗留しつづけた。この日、貞能に伴われた鳥居勝商が岐阜太守に賜見《シケン》することになる。

総大将が、勇士に褒辞を述べた。感激した強右衛門は、拝謁できた悦びを言上したのち、長篠城へ戻って往《い》った。

ひねもす信長は、家康や徳川家の武将たちと軍議をかさねた。また、滞在中に長岡兵部大輔（細川藤孝）に書状を送って、出陣及び岡崎着到を伝え、明日には敵陣近くまで押し出すつもりだと陳《の》べている。

『多聞院日記』の記述と此の書翰により、長岡や筒井順慶の配下の鉄炮放ちが東下したことが判る。

十六日に敵陣近くまで進軍すると、藤孝には書き送っているが、その行程を追うと、十六日に宝飯郡の牛久保城に着くと、そのまま宿泊してしまった。そして、この城の警固として、馬廻りの丸毛光兼と福田真久を残し置いた。

十七日は、設楽郡の野田原に宿営したという歩みであった。長篠城が風前の燈火なのに悠長だったのである。

この行軍は、武田との決戦を惕《おそ》れるふりをした信長の偽装だった。また、雑兵や小者に柵木と縄を持たせて、いかにも勇悍な甲州兵の突撃を守りに徹して防がんとするかのように、武田方の間人《カンジン》の目に触れさせたのだ。

さらに、三千挺を超す火縄銃を調達して、軍兵に携行させて来た。だが、その多くは隠蔽しておいて、千挺しかないように吹聴していた。武田方の間使《カンシ》の耳に入れんがための、才覚者の詐佯《サヨウ》の一策だった。

家康は、信長よりおくれて、岡崎城を出馬した。牛窪を通過して、その夜は野田城内に泊った。牛久保城主の牧野新次郎康成は、家康と行を同じくした。

十八日の黎明、徳川勢が、織田軍より先に野田を出立した。

その日のうちに、徳川の軍勢が、長篠城の西方半里ほどに位置する、有海原の中のコロミツ坂の上の高松山に着陣した。しかし、陣営を構築することはなかった。日の丸を画《えが》いた金の開扇の大馬標《おおうまじるし》と浄土門旗を武田勢と長篠の籠城兵に見せることだけが、家康の意図であり、目的だったからだ。

「これにて義理は果したるぞ。武門の意地をもとおせたと申せよう。猪武者の四郎めが逆上して押し出し来たりなば、岐阜さまの計略に嵌《はま》るのだが、さて、いかなることに相なろう」

家康は、ただちに撤退すべき旨を下知した。徳川勢が、西方へ向けて転進して去った。

十八日の早朝、長篠から一里半ほどの西の台地である設楽原《したらがはら》に、織田軍三万ばかり、徳川勢七千あまりが陣を布《し》いた。

織田の軍勢は設楽の郷に広く展開した。矢部村の天神山の信忠と河尻秀隆、同じく新見堂山（新御堂山《にいみどうやま》）に北畠具豊《ともとよ》（信雄《のぶかつ》）と稲葉一鉄、川上村の茶臼山に佐久間信盛、滝川一益、丹羽長秀、池田恒興らが陣を据えた。

さらに、四高地の東側の有海原には、羽柴秀吉、水野信元、安藤守就、蒲生賦秀《ますひで》（氏郷）、森長可《ながよし》、不破光治など、加えて五畿内と若狭の国衆が布陣した。

そして、徳川勢は、竹広村の弾正山に大将家康と旗本衆。岡崎信康は草部村の松尾山に、さらに、弾正山の東には、歴歴の三河武士が勢揃いしていた。石川数正、忠世と忠佐の大久保兄弟、大須賀康高、小笠原安広、高力清長、榊原康政、柴田康忠、菅沼定利、戸田忠次、鳥居元忠、内藤家長、平岩親吉、本多忠勝、本多重次、本多広孝、三宅康貞、酒井正親、酒井忠次、松平康忠、松平清宗、松平信一、松平真乗などの武将が、陣を据えた。

ところで、一級史料である、太田牛一の『信長公記』（牛一は、通称又助、受領名和泉守、実名は信定のち資房）を読んでも、有海原と設楽原の関係がよく解《わか》らない。『信長公記』巻八の「三州長篠御合戦の事」には、「十八日推し詰め、志多羅の郷、極楽寺山に御陣を置かれ、中略、滝川佐近、羽柴藤吉郎、丹羽五郎左衛門両三人、あるみ原へ打ち上げ、武田四郎に打ち向ひ」と記載されている。

設楽原は有海原の別称なのか、設楽原の東方に有海原がつづいているのか、歴史学者の方がたも結論がだせていないのではないか。つまらぬ私見である。

信長は、極楽寺跡に本陣を据えるとすぐに、陣地の構築を命じた。雁峰山を水源として南流し豊川にそそぐ小川の右岸に防衛線を設営させたのである。

梅雨時なので水量の増えている、この前方の連吾川《れんごがわ》を水濠とみなして、西側に空堀を掘り、その土を後方に運んで土塁を築いた。盛り土には、鉄炮狭間《ざま》（銃眼）が穿たれていた。

そして、長くつづく乾堀《かわきぼり》だが、掘り残して虎口とした所の近くには、先端を斜めに削いだ青竹を埋め込んだ。堀と土塁の間には、のちに馬防柵と称される木の垣が造られた。

馬防柵は、互交《たがいちがい》に破線となった平行線の形に構えられ、横木を通して結《ゆ》わえられた。柱とした材木の、地表面より一尺ないし二尺上の部分の下枝は切り払うことなく用いられた。

この野戦陣地は、さながら掻《か》き揚《あ》げの城であった。

この野戦築城には、雑兵や小者だけではなく、竹広村や柳田村の住人なども徴集され、夫丸にされた。両村は、ともに激戦地になった所である。

臨時の普譜奉行として、佐々成政、前田利家、野々村正成、丹羽氏次、徳山則秀を任命した。

さらに信長は、家康の本陣に西尾義次と塙《ばん》直政と福富《ふくずみ》秀勝の三名を遣わして、徳川側の陣地の構築について指図を伝え、監督もさせた。

空堀、馬防柵、土居（身がくし）の三段構えの鉄炮陣地が、南は川路村連子橋より、北は森長や浜田まで、二十数町の長さで築かれた。しかも、場所によっては、二重にも構築されたのだ。

雨中での大掛かりな土木工事の最中、信長は、本陣を茶臼山に移した。その本営で詠んだ吟詠がある。

「狐鳴く声も嬉しく聞こゆなり　松風清き茶臼山がね」

翌朝にも迫っている決戦を、楽しげに心待ちしている様子を彷彿とさせるものだ。

天才信長と雖《いえど》も、野戦築城は彼の独創ではない。信長は幾人かのイエズス会宣教師（伴天連）を引見した。欧州の文化とりわけ軍事技術や新兵器についての知識欲が旺盛だったからだ。

覇王が接見したバテレンやイルマンのうち、司祭（パードレ、バテレン）のポルトガル人のルイス・フロイスは、面談の回数が十数回をこえるとのこと。

野戦築城の構造と歴史を信長に教えたのは、フロイスだったと、名和弓雄先生は推定されていた。鈴木眞哉《まさや》先生も同じ見解である。


信長は、何重にも仕かけた謀略の罠と、ヘルナンデス・コルドバ式の陣地構築によって、武田軍の撲滅も容易だとの目論見をたてた。

五月二十日の長岡藤孝宛ての書状には、「この節、根切り眼前に候」と書かれていた。また、『改正三河後風土記』の中に、信長の台詞《せりふ》として、「今日、敵兵士をば、練雲雀《ねりひばり》の如くせんものぞ」と、記載されてもいる。

棘《とげ》の多い覇王は、余裕綽綽、自信満満であった。

五月十九日、すでに医王寺から本陣が移されていた大通寺で、総大将の勝頼を囲んで軍議がひらかれた。この席上、馬場信春、山県昌景、内藤昌豊などの宿将たちは、退陣《のきじん》を主張した。

織田と徳川の後ろ巻きの軍勢は大兵であり、長篠城内には、五百挺の鉄炮を持った籠城兵が控えている。それに、われらの農民兵は、田植えのために帰郷したがっている。干戈《カンカ》を交えても勝算がない。一旦は退却すべきだ。もし、敵の追撃があれば、信州の伊那谷にて迎え撃てばよい。そのように進言した。

開戦を力説したのは、跡部大炊助勝資《おおいのすけかつすけ》だけだったようだ。

だが、武田の若き当主は、あくまで強腰だった。正式の跡目でなかったことも、武門の面目にこだわり依怙地になったことに直結していたのだろう。

東濃の十八城を抜き、父信玄でさえ落とせなかった高天神城を開城させて武名を揚げた。それで、増長し妙な自信を持ってしまった。

勝頼が、信長と家康の両将との決戦を背伸びして主張したのには、信長の調略の手が勝頼の寵臣に延びていたからだ。そんな説もある。

信長の内意により、佐久間信盛が長坂釣閑斎に密書を送り内通することを伝えた。織田と武田との合戦の節には、戦いの闌（酣《たけなわ》）の時分を見はからって反逆し信長の本陣を突くとの内容であった。

信長に怨みをはらしたいから、是非、武田の総師の出馬をお願いしたいという信盛の謀《はかりごと》を信じて、釣閑斎が主君に決戦をすすめたとのこと。はたして斯ように単純な策略に引っ掛かるものだろうか。

いずれにしろ信長は、あの手この手の謀略を張りめぐらしたのだろう。武田方の隠密だった甘利新五郎を買収して、反間として用いたとも伝わっている。

その日の夜、長篠城への包囲網を弛《ゆる》めた。

〈設楽原《したらがはら》の決戦〉

翌二十日の払暁《フツギョウ》、勝頼は西へ進んだ。寒狭川を渡り、有海原の清井田に本陣を据えたのである。

鳶ケ巣山砦など五つの付城（向い城）に一千数百の守備兵を入れ置いた。さらに長篠城に対する抑えとして、小山田昌行、高坂昌澄、室賀信俊ら二千弱の将兵を、大通寺あたりに布陣させていた。

後詰めの織田と徳川の連合軍、三万七千ばかりに対峙する武田の主力軍は、一万二千であった。しかるに、武田の若き総大将は、すこぶる意気軒昂だった。

五月二十日に留守居の長閑斎や三浦右馬助に宛てた書状に、以下のごとき文面がある。

「しからば長篠の地取り詰め候のところ、信長　家康後詰めとして出張候といえども、さしたる儀なく退陣に及び候。敵はてだての術《すべ》を失い、一段逼迫の躰《てい》の条、無二にかの陣へ乗り懸け、信長家康両敵共、この度本意に達するべきの儀、案の内に候」

合戦を控えて、弱腰な態を見せる大将はいないだろう。そうではあるが、しかるべき軍略が有るわけでもなく、きわめて劣勢な兵力で、本当に勝てるつもりだったのか。

本営を茶臼山から、さらに弾正山に移していた信長は、勝頼が、増水している滝川（寒狭川）を渡って清井田に本陣を構えたのを知って、欣喜雀躍した。

——四郎めが背水の陣をしきしとな。覚悟のほどを余に見せたるも何かはせん。汝らごときが韓信を気どるは、笑止のかぎりだわい。わしは、李左車と張良を合わせしほどの才覚者だでのん。

勝頼は、決戦の意志かつ必勝の姿勢を見せれば、武田の武威を怖れて、信長と家康が撤退するかもしれぬとの、淡い期待をした。噴飯ものの妄想だった。

大敵と間近く対峙しているだけに、総大将も侍大将たちも、織田と徳川の陣地の様子を知っておかねばならぬと念っていた。が、遠望しても木の柵以外、何も見えない。なぜなら連日、雨天がつづいていたから。時折、雨がやんでも、曇天で霧が立ちこめた。斥候を出しても、帰還しないか、実のない報告を負傷兵がするだけであった。火縄に点火した種子島や弓矢を携えた警備兵が、常に巡回していたからだ。

総大将が小幡某に偵察を下知した。すぐさま武者は、柳田の天王山を下って、無人の家屋に火を放った。敵陣を窺おうとしたのだが、狙撃され逃げ帰った。

怒った勝頼が、再びの偵候《テイコウ》を厳命した。小幡は、またも銃撃されて負傷してしまった。

従者に扶助されて帰陣した小幡は、敵が出撃して来るのを待ち受けて戦うべきだと具申した。

二十日の夜も雨だった。信長は、己が本営を構えた弾正山の北側に、織田と徳川の諸将を集合させて、軍議を開いた。

席上で総帥が、陣地から突出して攻め掛かるのを、列座する武将たちに禁じた。さらに、家康にも自分の下知に従ってもらいたいと、念を押した。徳川勢の抜け駆けで、完璧な迎撃作戦が御破算になるのを虞《おそ》れたからだ。

妙案があれば、なんなりと申し述べるがよい、との総大将の科白《せりふ》を受けて、酒井忠次が進み出て献策した。

「鳶の巣山砦は、敵の兵粮《ヒョウロウ》がございまする。また、鳶の巣ほか四つの砦をも落とせば、敵は後方の支えを失い、進退これ谷《きわ》まり申す。然れば、お味方の勝利は必定にて候ふ。このまま五城砦《ジョウサイ》に敵兵一千強を生かし置いておくと、戦い酣《たけなわ》にして我らの軍勢の背後にまわる惧《おそ》れもあり申す。今宵ひそかに兵を出し、奇襲したすべきと存じまする」

忠次の献言を聞いていた信長が、その方策を一蹴した。

「わずか一千余の武田の少兵に何ができよう。かような手立ては、寡兵をもって大敵を破る折の策である。汝は武辺者と聞こえてはおるが、所詮、小競合いの軍《いくさ》しか知らぬと見ゆる。敵は一万数千、われらの軍は、三万七千と長篠城のあっぱれなる籠城兵五百。計略を用いるまでもあるまい。堂堂の陣を構え正正の旗を掲げておるゆえ、勝ち軍間違いなし。三河守どのの旗頭である宿老の策略とも思えぬ。つまらぬ愚案を聞きしゆえ、耳がけがれたるよ」

かように信長が罵声を浴びせた。

総戎《ソウジュウ》の叱責の一声で軍議は終了した。高飛車に出た、傲慢な信長の言動の所為《せい》で、徳川の侍大将たちの顔に慍色《ウンショク》がひろがった。

忠次はじめ家臣団を従えて、家康が織田の本営をあとにした。弾正山南側の本陣に入ってから、忠世と忠佐の大久保兄弟が、主君に稟申《ヒンシン》した。

この度の合戦は本来、徳川の軍である。織田軍は加勢にすぎない。それ故、織田が先陣を切っては当家の恥となる。どうか大久保の一党に先鋒《センポウ》を命じてもらいたい。

先駆けをして戦をしかけるので、鉄炮足軽を添えていただけまいか。

大久保兄弟が不平を鳴らすのは、尤《もっと》も至極だと考えた家康は、信長公の承諾を取りつけることができたなら、柴田康忠、成瀬正一、森川氏俊、日下部《くさかべ》定好らを与力とすることを約束した。

徳川の統領が家臣と面語しているところに、西尾義次が、従者を伴って来た。そして、酒井忠次を呼び出した。

内内に織田の本陣に参上するようにとの、信長の指令であった。家康も乙名に同行して、総帥の許に急いだ。

上機嫌で両人を出迎えた信長が、すぐに本題を切り出した。

「左衛門尉。貴公の先ほどの献策は、的を射ておる。然《さ》れど壁の物言う世なれば、わざとがましく怒ったふりを見せしのみ。そなたを面罵せしこと宥恕《ユウジョ》いたせ」

信長が、深ぶかと首を垂れた。深謀遠慮のなせる業であった。乾坤一擲《ケンコンイッテキ》の合戦の直前に、徳川の諸将に不平不満が渦巻いていては、策戦に支障をきたす。そのような危惧をいだくのは、叡哲《エイテツ》な信長ならずとも当然のことである。

忠次と家康だけでなく、覇王の近臣も、主君の科白《カハク》にびっくり仰天した。

「勿体のうござりまする」

忠次は、梨子打烏帽子《なしうち》が地につくほどに叩頭《コウトウ》した。

「然《さ》れば左衛門尉、ただちに兵どもを将《ひき》い出立いたせ。余の馬廻りの采配も汝に委《ゆだ》ぬるだわ。武田の付城は総《すべ》て落とせ。よいな」

「有りがたく拝承つかまつりまいて候」

信長は、左衛門尉旗下の東三河衆の二千に己の馬廻り二千を加勢として付けた。さらに、五百挺の鉄炮をも携行させた。すなわち、馬廻り二千のうち五百人は鉄炮衆である。

忠次は、主を残して総帥の許を辞去した。

家康が、大久保兄弟の稟告したことを、総戎に恐るおそる申し述べた。

総大将が、陣笠連を柵外に出して進撃させ、敵に鉄炮を撃ちかけ、武田勢を挑発する心組であらせられるなら、われら徳川の家来どもにも、陣地から出撃して、四郎めに戦いを挑むことを、一度だけお許しいただきたい。

家康は腰を低くして懇願した。

「御辺の申されしこと、道理にて候ふ。よしなに為《な》されよ。ただし、一度のみに限るだで」

覇王の快諾に、家康は胸を撫で下ろした。

「御諚の旨、しかと承ってござる」

徳川の統領が、信長の許を罷《まか》り、己の本陣に戻った。そして、家臣一同に朗報を告げた。

二十日の戌《いぬ》の刻（20時ごろ）、奇襲部隊が出撃して行った。総指揮を執るのは酒井忠次だが、織田の将兵には五名の軍監が付けられた。

金森五郎八長近を筆頭に、佐藤六左衛門秀方、武藤弥兵衛、加藤市左衛門、青山新七郎の面々だった。

徳川勢の武将のうち松平姓の主な者は、形原の又七郎家忠、竹谷《たけのや》の玄蕃允《げんばのじょう》清宗、東条の甚太郎家忠、長沢の源七郎康忠、深溝《ふこうず》の主殿助伊忠《とのものすけこれただ》である。彼らのうち、長沢の康忠が、忠次の副将格だった。

すでに上野介を称していた康忠の母は、二郎三郎清康の息女、すなわち竹千代家康の叔母である。永禄五年、十七歳にして元康の妹を妻とした。

康忠も、鳶の巣山砦への奇襲戦で軍功をあらわした。

出立してから、まずは豊川を広瀬の渡しで渡河した。そして、南東へ進んだ。大入川の右岸を、炬火を持たずに黙々と行軍する。吉川に至った。

次は松山観音堂跡が目標となった。北東へ進んで、観音堂跡で甲冑をぬぎ、背に担いだ。騎馬武者も馬を降り、北北東へ歩みを進めて、船着山の東側の松山峠を目指した。難所を越えて東へ向かい、ようよう菅沼に辿り着いた。

菅沼山から、さらに北上して行った。合図があり、進軍がとまった。

土地の人びとが牛蒡椎《ごぼしい》と呼ぶ大木が聳える所で、各部隊が集結して、おのおの具足を着用した。

酒井忠次は、四千人を三隊に分けた。一隊を鳶の巣山城の追手に、一隊を搦手に、そして一隊を残りの四つの砦に向けて進撃させた。

刻《とき》は昧爽《マイソウ》、夜討ちのごとき朝駆けである。霧雨の舞う闇の中での奇襲は、五城砦の守備兵には寝耳に水の不意打ちだった。

鉄炮の乱射を受け松明を投げ込まれて、周章狼狽《ロウバイ》なすところなく、鳶の巣山は落城した。城将の武田兵庫助信実も討ち死にした。

他の四つの砦では、奪って奪われて一進一退の死闘がつづいていた。が、鳶の巣山を陥落させた二隊の加勢により、糸雨《シウ》が上がって薄雲を通して朝日が見える頃に、五城砦すべてを制圧した。

雄雄しい鯨波《ゲイハ》は、長篠城の籠城兵にも聞こえた。

尚、鳶の巣山の砦に鬨《とき》の声とともに真っ先に突入したのは、天野惣次郎だったのだが、寸法《ずんぼう》武者だったため、一番槍の功名は、戸田半平重之がものにした。

なぜなら半平が、紺地に銀色のされこうべの旗差物、野晒《のざら》しの背旗をさしていたからだ。

武田方の五城砦への奇襲部隊の出発時刻は、二十日の戌《いぬ》の刻であった。いずれの古記録も一致している。ところが、戦端の開かれたのは何時かはっきりしていない。

太田牛一の『信長公記』では、「五月二十一（廿一）日辰刻、取り上げ、旗首を推し立て、凱声を上げ、云々」と記載されていて、午前八時ごろに攻め掛かったと書かれている。

しかし、名和弓雄先生の研究によれば、他の古文書の多くに、五つの城砦の陥落した時刻を、設楽原の開戦前になる、未明とか暁天と記述されているとのこと。

『長篠日記』、『三州長篠軍記』、『当代記』、『三州長篠合戦記』などは、渾《すべ》て真夜中の奇襲だったと記載されているとの説だ。

『信長公記』巻八には、「前後より攻められ、御敵も人数を出だし候。一番、山県三郎兵衛、推し太鼓を打ちて、懸かり来たり候」と、記述されていることを以ってしても、鳶の巣山に火焔が上がってから、さらには五つの付城が落ちてから、山県隊が連吾川を渡って攻め寄せたのだろうと推測できる。


五月二十一日の黎旦《レイタン》、織田と徳川の連合軍の配備は、おおよそ以下の陣形であった。

中央には、信長と馬廻り衆、滝川一益、羽柴秀吉、丹羽長秀。そして北へ向かって、尾張衆、美濃衆、伊勢衆、近江衆。最北端である、佐久間信盛に任《まか》された左翼の外れは、雁峰山の山裾の森長と浜田の辺りになった。

さらに、最前線に鉄炮足軽衆を、長蛇の列のごとく連ねた。臨時の鉄炮奉行に、佐々内蔵助成政、塙《ばん》九郎左衛門直政、前田又左衛門利家、福富《ふくずみ》平左衛門秀勝、野々村三十郎正成の五将を任命した。

目付として丹羽勘助氏次と徳山五兵衛則秀の二名を付けた。

信長が、麾下の武将たちから徴発した、火縄銃と射手（いわゆる諸手《もろて》抜《ぬ》き鉄炮衆）は、繋がりのある鉄炮奉行の配下とされた。たとえば、長岡藤孝と筒井順慶の鉄炮放ちは、塙直政が指揮した。

それから予備隊として後方に、織田信忠と川尻秀隆、北畠信雄と稲葉良道（一鉄）が布陣した。

右翼には、家康と旗本、徳川信康、石川数正以下西三河衆の諸将が、気負い立って構えていた。

東三河衆の穴を補塡する形で、佐久間の寄騎の水野信元が、南端のやや後方に控えていた。

次いでほどなく、乱射される銃声が清井田の本陣にも届いた。やがて鳶の巣方面に立ち上がった火柱を見て、勝頼はじめ諸将は、味方の付城が陥落することを覚悟した。五つの要害すべてが奪われる悪い予感に、皆が顔をくもらせた。

退陣《のきじん》か前面の大敵への突進か、二者択一となった。

背後の寒狭川には、地元民が往来する在来の幅の狭い橋と、金掘り衆（黒鍬者《くろくわもの》）の架設した仮橋があるだけだ。

連日の雨で増水している川を渡って、速やかに撤退するのは、至難の業である。追撃されて右往左往するうちに、大損害をだすに違いない。

総大将も侍大将たちも肚《はら》を据えた。衆議は一決した。敵陣に突入して、信長と家康の首《しるし》を挙げるぞ。武田の本陣に、鬨《とき》の声が揚がった。

勝頼が、清井田から新間（信玄）台地の才の神に陣営を進めるべく下知した。東西両軍は、おおよそ十町隔てて対峙することになった。

武田軍の本陣と近辺には、勝頼と旗本、武田信豊、武田信綱、一条信龍、小幡信貞。左翼には山県昌景、内藤昌豊、原昌胤《まさたね》。右翼には、馬場信春、真田信綱、真田昌輝、土屋昌次、土屋直規、そして予備隊として、穴山信君、小山田信茂、跡部勝資などが控えた。

五月二十一日の彼《か》は誰時《たれどき》、徳川勢の先鋒として、大久保兄弟、柴田康忠、成瀬正一、森川氏俊、日下部定好らが率いる足軽鉄炮衆が、柵外に出撃して行った。敵陣に近づき、鉄炮を撃ちかけた。そして、すぐさま撤収した。

忠佐の浅黄色に黒餅の折懸旗《おりかけばた》と、兄忠世の金の揚羽蝶の指物が人目を引いた。

織田軍の陣地からも、鉄炮足軽が揃って繰り出した。武田方に銃を乱射したあと、すぐに撤退した。

しかし、空堀、馬防柵、土塁の三段構えの陣地の虎口（出入口）は、三列入れ違いに造られているので、身がくしの内側の武者走りに駆け込むのにもたついてしまった。それで、若干の足軽が、武田方の銃や弓矢の標的になってしまった。

何となれば、雑兵用のお貸し具足の腹当《はらあて》は、背中が丸あきだからだ。

但し、織田軍の野戦陣地に近づきすぎた武田兵も、渾て射殺されてしまった。

設楽原での決戦は、『信長公記』によれば、日の出より始まったようだ。

この日、天正三年五月二十一日は、ユリウス太陽暦では1575年7月8日だった。内田正男氏編纂の『日本暦日原典』では、ユリウス暦の1575年6月29日になるとのこと。いずれにしろ、一年で一番の短か夜の時季だから、日の出と云えば、四時半とか五時あたりだろう。

『松平記』には、卯の刻（午前六時頃）と記載されている。が、当時の本邦の太陰太陽暦は不定時法なのだから、やはり、現代の四時半とか五時と考えて良かろう。

天正三年五月二十一日の日の出に合わせたかのように、設楽原の主力決戦の火蓋が切られた。この日は、昧旦《マイタン》に小糠雨が上がり、やがて珍しく晴れた。しかし、濃い霧が立ち籠めていて見通しが悪かった。無風なので、視界は良くならなかった。

煙幕のごとき霧を切り裂くように、押し太鼓を打ちならしつつ、山県昌景の部隊が、紺地に白く桔梗紋を一つ染め抜いた幟旗《のぼりばた》を靡《なび》かせて、徳川勢の陣地に突撃して来た。

寄手は、細い街道一筋では埒があかないので、散開して農道や畦道《あぜみち》にも踏み込んで前進して行った。

田植えのあとで、田には水が満々と張られていた。泥濘《ディネイ》に足をとられて転倒する将兵も散見された。進攻が捗《はかど》らない山県隊に、土塁の鉄炮狭間から、数百挺の火縄銃が火を吹きつづけた。

もうもうと沸き上がる硝煙の下に、配下の兵とともに昌景も斃《たお》れた。主の首級は、志村光家が甲州まで持ち帰ったと伝わる。山県隊は、散々に撃ち叩かれて這這《ほうほう》の体《てい》で退却した。

二番手には、逍遙軒信綱（武田信廉）の隊が入れ替わって前に出た。白地に黒の割菱一つ紋の幟旗を振りたてて進撃した。これまた、鉄炮の釣瓶《つるべ》打ちで過半の人数が討たれたため、なす術《すべ》なく遂に退散してしまった。

『信長公記』には、「かかればのき、退けば引き付け、御下知の如く、云々」と記述されてはいるが、巻三の「しのぎをけづり、鍔をわり」と同じく、常套語による太田牛一の修辞なのであろう。

この頃には、酒井忠次を主将とする、四千ほどの将兵が、武田方の五つの付城を落としたあと、長篠城に入城していた。

それから、城中の者と一緒になって、大通寺近辺の敵陣の小屋をことごとく焼き払った。乱戦の中で高坂源五郎昌澄が討ち取られた。武田方の七名の部将に率いられていた抑えの部隊は、廃忘《ハイモウ》してしまった。挙句、悄《しお》しおと鳳来寺方面へ敗走して去った。


陽が昇って、霧は薄れた。けれども、大量の硝煙が厚い煙幕となって、設楽原一帯を覆っていた。

三番目に、西上野の小幡信貞と小幡直員の一党が、赤備えの兵を率いて、入れ替わりに攻め寄せて来た。上州の武士は、馬上の巧者ぞろいだった。それで、騎馬で突撃せんとの戦術で、押し太鼓を連打して突進して来た。

織田軍は、鉄炮足軽を揃え、身がくしの鉄炮狭間《ざま》から筒先をそろえての連射で応じた。小幡隊も、大勢の将兵が撃ち倒され、著《いちじる》しく員数を減らして退却した。

四番手は、典廏《テンキュウ》こと武田信豊の隊だった。この左馬助一党は、黒一色の具足であった。この部隊に対しても、鉄炮足軽だけで迎撃したのである。

『信長公記』巻八には、「かくの如く、御敵入れ替へ候へども、御人数一首《ひとかしら》も御出でなく、鉄炮ばかりを相加へ、足軽にて会釈、ねり倒され、人数をうたせ、引き入るるなり」と、記述されている。

織田軍の鉄炮足軽衆は、五名の奉行の指揮どおりに動いた。三人一組で三挺の鉄炮を操作した。一千組の鉄炮衆が、三千挺の鉄炮を扱ったのだ。

天文二十三年正月二十四日、尾州知多郡の今川方の村木砦《むらき》を、織田上総介《かずさのすけ》が攻め落とした節の再現と云える。合戦の規模が大きくなったことと、陣地構築をしたことが違うだけだ。

二十一年前に信長は、左右に近習を控えさせて丸込《たまご》めをさせ、鉄炮を撃ちつづけたのだ。

天正三年五月二十一日の朝、そして日中も、織田軍の銃手が、身がくしの後ろで両側の鉄炮足軽に弾籠《たまご》めを手伝わせて、火縄銃を撃ちつづけた。

五番手として、馬場信房（信春）隊、信綱と昌輝の真田隊、土屋昌次と土屋直規の隊。さらに、本陣から一条信龍の手の者が、押し太鼓を打ち鳴らして、攻め寄せて来た。

が、いずれの部隊の将兵も、過半の者が鉄砲玉の餌食となった。結果、散りぢりに逃げ、無念の退却をして往《い》った。

日の出より未の刻まで八時間ちかく、勝目のない波状攻撃を、武田の各部隊はつづけた。数多《あまた》の武田の将兵には、連吾川は三途の川となった。

武田軍も、八百挺余の火縄銃を携行して来たと思われる。しかし、長篠城攻めで、大量の玉薬と弾丸を消耗《ショウコウ》してしまった。もともと備蓄が少ないうえに、兵站線が延びきっており、補給は困難であった。

さらに、ぬかるみの中での前進で、泥に塗《まみ》れてしまった銃があった。すぐには使用できなくなった飛道具である。

武田軍は、兵員の少ないことで不利である以上に、武器の不足が切実で弾薬の欠乏が深刻なのが、劣勢の第一の要因だった。

それに尚《くわ》えて、気紛れ天気に祟られた観もあった。決戦の日の丑三つ過ぎまで、降ったり、やんだり降ったりの梅雨空だった。

五月雨がつづいたり霧に遮られては、斥候も遠目での偵察ができなかった。結局、敵陣の情況は判らずじまいだった。

なによりも決戦当日の早朝、晴天だったことが、戦局に大きく影響した。加えて、無風状態だったことも関係していた。なぜなら、火縄銃は雨と風（とくに向かい風）に弱いからである。

大雨かつ強風の下では、織田軍の鉄炮隊の上に屋根が備えてあったと仮定しても、勝敗の帰趨《キスウ》は予測できなかっただろう。

もし豪雨で、東方から烈風が吹き荒《すさ》んでいたら、日本の歴史は、全く違ったものになっていただろう。

信長と家康、両雄とも首級を挙げられていたかもしれないからだ。だが、信長は悪運が強かった。またしても、天候に恵まれたのだ。

永禄三年五月十九日の桶狭間の合戦においても、天気の急変が、信長に幸運を齎《もたら》したとも云える。

戦いが闌《たけなわ》になった頃に、織田勢の後方から今川方へ向かって、激しい突風を伴った驟《シュウ》雨《ウ》が降りそそいだのだ。戦捷の一因は、七変化の紫陽花のごとき気象の動きだったのである。

天が味方したとも云えようか。この後も覇王の亨運《コウウン》は尽きなかった。

武田軍は、多数の士分の者や農民兵たちが討ち死にして往った。のみならず、侍大将が何人も散華《サンゲ》してしまった。

山県昌景につづいて、原昌胤《まさたね》、甘利信康、真田信綱、真田真輝などなど。

敗軍が必至と見てとった跡部勝資が、主君を見捨てて遁北《トンホク》して行った。穴山信君隊も小山田信茂隊も戦場《いくさば》から逃げ去った。裏崩れである。

戦闘可能の部隊が、わずかになってしまった。重い足をひき摺って、諸将が本陣に集まった。そして、鳩首《キュウシュ》したすえの結論は、ただちに退陣《のきじん》することだった。

総退却の合図である、退き貝と呼ばれる法螺貝が、いんいんと設楽原に響き渡った。

天正三年五月二十一日の未《ひつじ》の刻（午後二時ごろ）のことである。

武田勢は、どっと総崩れになった。総大将も侍も雑兵も、われ先にと鳳来寺方面へ敗走して行った。ほとんどの将兵が右往左往する中に、気骨のある武将もいた。

馬場信春は、勝頼に撤退を勧めたあと、踏みとどまって比類のない働きをした。それから、織田の大軍の中に突進して散華《サンゲ》した。

ついで、内藤昌豊も、主君の戦場からの離脱を見届けると、鑓先するどく煌めかせて、敵中におどり込み討ち死にした。

両将の他にも、川窪備後詮秋《まさあき》、望月甚八郎重氏、小幡備前直員、小山田十郎兵衛盛昌、土屋備前直規などの勇士が、己が楯となって敵を支えた。

武門の意地をつらぬく為、或いは主を逃がすために、皆そろって首級を挙げられた。


武田信豊は、主従三騎で落ちて行った。前方に勝頼一行の後ろ姿をとらえた。この時、敗軍の総大将は、側近の土屋昌恒と初鹿野《はじかの》昌久を随えていた。

ふり返った際、信豊が近づいて来たのに気づいた。一瞬、喜色を浮かべたが、すぐ怪訝な顔付きに変わった。信豊が幌《ほろ》を掛けていなかったからだ。

「典厩《テンキュウ》の用いたる母衣《ほろ》は、紺地に金泥のものなり。

わしは、あの母衣を掛けて信玄公の先駆けをいたしておった。父信玄が臨終の折、遺命により左馬助に与えしものぞ。それゆえ、あの母衣には四郎勝頼と書いてある。もし敵の手に渡れば、わしの恥辱となる。伝右衛門、急ぎ典厩に仔細を問い質《ただ》せ」

主君の下知を受けて、昌久が、その旨を信豊に尋ねた。

「母衣は、家士の青木尾張に持たせておるわ。ただし、串は捨てて絹地のみとなっておる。お心に掛かるならば、お返し申す」

信豊は、青木信時が首に巻いていた幌を昌久に手渡した。そして、慍色をみせて、胸中を吐露した。

「身どもにゆずられし母衣を、衆人の面前にて取り戻されたること、返すがえすも面目なき次第に候ふ」

左馬助信豊は、勝頼と馬が合わなくなり、やがて疎んずるようになった。

斯くして、急に馬が動かなくなって、勝頼が、如何ともせん進退これ谷《きわ》まることになった。主君の窮状を見て、河西満秀が駆けつけて来た。

そして、急いで下馬して、己の駒に主を乗せようとした。が一往、勝頼も辞退した。

それでも、諫言して主君を乗せた。そして、満秀が一鞭《ひとむち》当てて、走り去らせた。おもむろに勝頼が乗り捨てた馬に跨がり、数町ばかり取って返した。やがて、追撃して来た敵兵の真中に突入して往った。忠勇の士の玉砕であった。

惨敗の大将は、主従わずか六騎で遁北《トンホク》をつづけた。その途中に、勝頼が渡河した地点は、小松ケ瀬（新城市只持）だという伝承がある。

甲州に落ちる途次に、田峰城主の菅沼定忠の案内で、田峰城に入らんとするも叶わなかった。留守居役である、定忠の叔父や今泉道善の叛逆にあって、断念せざるを得なかったのである。

段戸山中を抜けて、武節《ぶせつ》城（北設楽郡稲武町、現豊田市）に辿り着いてから、ようやく勝頼は一息いれることができた。ここで、梅酢を出されて、渇きを凌いだと伝わっている。

大敗した武田軍にとって、増水していた滝川（寒狭川）が、なんとも大きな障碍となった。背水の陣を布いたのだから、当然の結果であった。

寒狭川の右岸から転落し、流されて水死した者が、何百人と出てしまった。橋から突き落とされて落命した雑兵も多かった。味方討ちと同じであった。

長走り辺りから豊川を渡河しようとして、泳ぎきれずに溺死した落武者も数えきれなかった。

辛うじて滝川を渡って修羅場から逃れ去った敗残兵の群れを、織田と徳川の軍勢、それに長篠の籠城兵も加わって、追撃戦で仕留めようと追い縋《すが》り、駆け回った。

追手に討たれし者、これまた数知れず哀れであった。山道に迷って飢え死にした落人《おちうど》もいたと云う。また、落武者狩りで生害された武将も若干数えられる。

ようよう落ち延びて郷里に生還できた、好運な将兵は、三千人ほどだったと伝えられている。

『信長公記』巻八には、「此の外、宗徒の侍雑兵一万ばかり討死候」、と記述されている。

「勝頼と名乗る武田の甲斐なくて　軍《いくさ》に負けて信濃のわるさよ」

これは、『松平記』に記載されている狂歌である。

さて、織田と徳川の両軍において、城持ちや侍大将で討ち死にしたのは、唯一人だった。深溝《ふこうず》城主の松平主殿助伊忠《これただ》である。行年《ギョウネン》三十九歳だった。

因《ちな》みに、名高い武将では、真田信綱が享年三十九。羽柴秀吉、奥平貞能、大久保忠佐が同甲だった。

そして、連合軍の戦死者が六千人とされているが、名和先生の考察によれば、後方に控えていた雑兵どもの逃亡兵がほとんどだったとのこと。

数時間にも及び武田方の波状攻撃に怯え、迂回して来る敵兵に後ろから攻められるのを愓《おそ》れた結果だと推定されたのだ。

織田軍の足軽は、銭穀で雇われた傭兵集団だった。もともと溢《あぶ》れ者やならず者だった輩である。戦況が不利になれば、命あっての物種とばかりに逃げ出した。

逃亡して他国へ流れて、渡り者になるだけの事だったのだ。織田軍の軍律がきびしかったのは、信長自身の性格にもよるが、一つには、彼らを統御する為だったのだ。

かたや、武田の農民兵には、帰るべき郷村があった。悪事を働けば勿論のこと、軍場《いくさば》で卑怯な振るまいに及ぶと、村八分にされて、たつき（生計）に困る虞れがあった。

逆に勇敢に戦えば、村落での評判が良くなり、村長《むらおさ》などに推挙される可能性もあった。

武田勢の雑兵は、軍紀に縛られなくても勇士に成ろうとしたのである。

その武田の総大将が乗り損じた馬を、乗り心地のよい駿馬だと聞いて、総戎《ソウジュウ》が己の厩に収容した。

この年、その勝頼は、而立《ジリツ》の三十歳、信長は四十二歳、家康は三十四歳、信忠は十九歳、信康は十七歳。そして、戎功《ジュウコウ》をたてた貞昌は、まだ二十一歳であった。

大勝利の後、菅九郎信忠が長篠城に入り、九八郎貞昌と奥平家の乙名を褒賞した。

さて、翌二十二日のこと、西尾義次を奏者として奥平一門の許に遣わした。信長が、有海原のコロミツ坂に、貞昌を召し出した。そして、賞詞を若武者に与えたのだ。

「九八郎、大儀であった。こたびの合戦において斯くのごとき大利を得たるは、ひとえに汝《なんじ》の働きによる。四郎めの大兵を向こうにまわし、よくぞ城を守りとおせしものかな。そなたは真の武辺者よ。不肖信長、心底より礼を申す」

総帥《ソウスイ》が、将几から立ち上がって、深ぶかと首《こうべ》を垂れた。諸将は、信長の科白《カハク》にびっくりして、われと吾が目を疑った。

「勿体なき仰せにござります る」

九八郎は、武家烏帽子が地につくほどに額衝《ぬかづ》いた。

のちに貞昌は、後詰めに駆けつけてくれたことに御礼を言上するために、岐阜城を訪《おとの》うた。酒井忠次の供の形での伺候であった。

そこで、名字伏を与えられ偏諱《ヘンキ》を賜わった。以後、信昌と名乗ることになる。

さらに、備前福岡一文字の名刀を下賜《カシ》された。吉房作と思われる、この業物は、国宝に指定されており、長篠一文字と称されている。

正使いである忠次も、岐阜太守から眉尖刀《なぎなた》を授与された。

これより先、大手柄を褒章した主君家康が、嫁婿になる貞昌に大般若長光《ながみつ》を賜給《シキュウ》していた。

もともと東山御物だった、この至宝は、三好長慶から三好義継か松永久秀の手を経て、信長の所蔵となった。その大名物を、岐阜太守が、姉川合戦の節の助太刀に対する謝儀の印として家康に進呈したのである。

さまざまな恩恵を稟《さず》けられるほどの勲功を、貞昌は、長篠城を死守したことに因《よ》ってたてたのだ。

三州設楽郡の仕置を家康にまかせて、貞昌の高名《コウミョウ》の地を、総帥が大満足の体《てい》であとにした。追撃戦を了《お》えた日に、信長は、山城の青龍寺《ショウリュウジ》城に居る長岡藤孝に1通の書状を送った。

曰わく、

「今日早天より取り賦《くば》り、数刻一戦に及び、残らず敵を討ち捕り候。生捕り已下《いか》数多候間、仮名改めの首注文、これより進めるべく候。かねてより申し候ごとく、始末相違なく候。弥《いよいよ》、天下安全の基に候」

兵を戢《おさ》めて、五月二十五日に信長と信忠は、永楽銭の幟旗《のぼりばた》をなびかせつつ岐阜城に凱陣した。

さらに、二十六日付けの藤孝宛ての書翰には、意気天を衝かんばかりの信長の気負いが綴られていた。

「略、相聞こえ候ごとく、即時に切り崩し、数万人討ち果たし候。四郎首、いまだこれを見ず候。大要切捨て、河へ漂い候武者若干の条、その内にこれ有るべきか。何編甲信三の軍兵さのみ残るべからず候。近年の鬱憤を散じ候。信玄入道重恩を忘れ、恣《ほしいまま》の働き候いける。四郎また同前に候。是非なく候いき。何時も手合わせにおいては、かくのごとく大利を得るべくのよし、案に違わず候。祝着に候。この上は、小坂（大坂、石山本願寺）一所の事、数に足らず候」

当然のように信長は、諸国の群雄たちに意気揚揚と、この大勝利を伝えた。

不識庵謙信こと上杉輝虎への六月十三日付けの書状には、

「略、四郎赤裸の躰にて、一身北《に》げ入り候と申し候。大将分の者共さえ二十余人死に候。このほかの儀は数を知らず候」と、陳《の》べられていた。

その後、陸奥の伊達政宗、下野《しもつけ》の小山《おやま》秀綱、常陸の佐竹義重、陸奥の田村清顕などにも報《し》らせた。

〈天下人への階《きざはし》〉

武田勢に圧勝した意義は大きかった。東方の脅威を払拭したことで、天下布武への自信を深めた信長は、北陸方面へ鋒先を転じた。

越前を取り戻すべく礪戈《レイカ》にとり掛かった。さらに、虎視眈眈と、加賀と能登をも覘《うかが》いはじめた。

加えて、朝廷との交流にも意を致すようになった。天下人への動きが活発になったのだ。但し、当時の本邦においては、全国統一をしていなくても天下人たりえたのである。

かつて畿内近国の最大九か国に及ぶ版図を誇った三好長慶は、洛中の町衆を実効支配し、裁許状を発給していた。これを以って都人は、修理大夫長慶を天下人として認知していたのである。

だから、長篠の役以前の信長も、五畿内に加え、尾張、美濃、伊勢、志摩、近江、それに若狭を分国としていた。

さらに、将軍義昭を追放したのちには、京師《ケイシ》に織田政権を樹立させていたのだから、京雀は、岐阜太守を天下人と称していたに違いない。

尤も、信長ほどの男が、そのような虚名に満足する訳がないのだが。


強敵武田との決戦から一月半ほど経った七月三日、信長は、禁中における誠仁《さねひと》親王主催の鞠会《まりかい》に出向いた。

そこで官位昇進の勅諚を賜わった。だが、辞退した。代わりに、重臣たちへの賜姓と任官を請願し、勅許された。この折、九人の老臣が賜姓を受け任官している。

任官された受領名《ずりょうめい》は、明智光秀の日向守、塙直政の備中守、羽柴秀吉の筑前守、村井貞勝の長門守、滝川一益の伊予守と、総《す》べて未征服の西国のものである。

そして姓は、光秀の惟任《これとう》、丹羽長秀の惟住《これずみ》、簗《やな》田《だ》広正の別喜《べっき》、直政の原田。いずれも九州の名族と称される姓である。

このような官や姓が有名無実なのは勿論だが、信長の思惑にそった草案に基づいて、朝廷が割り振ったものと推測できる。

すなわち、西方へ向けて統一戦を推進せんとの、信長の目論見を、朝廷側が斟酌《シンシャク》して行った除目《じもく》と考えられよう。

この四か月後の十一月四日に従三位権大納言に、七日には右近衛大将に叙任された。たぶん七月三日の時点でも、同じ官位を勧められたと思われる。

ところで、従三位権大納言なる官位は、当時、紀伊国の由良に逼塞《ヒッソク》していた足利義昭と全く同等なのだ。

義昭が兼征夷大将軍であるのに対し、信長は兼右近衛大将に叙任されたことにより、両者は官位の上で同格の存在なのである。

ここにおいて、信長は天下人として公認されたと、谷口克広先生は解説されておられる。

六十余州の天下人たらんとする信長の画期として、注目されることが今一つある。それは、こののち七月三日を境として、家臣による信長の尊称が、殿様から上様に格上げされた事実である。

天正三年の八月六日付けの立石惣中宛て武藤舜秀《きよひで》の書状では、「その浦の儀、上様御陣お懸け成さるべく候間」（『立石区有文書』）とある。

さて、信長文書の薄礼化と家康の織田家臣への移行は、同時に進んで行った。徳川三河守は、一門に準ずる織田政権下の一大名という立場に徐徐に吸い寄せられていったのだ。とにも角にも、天下人への階梯《カイテイ》に信長が陟《すす》んで行ったのは、天正三年五月二十一日にはじまる。設楽原の合戦に完勝したことが、嚆矢《コウシ》なのである。

そうして、七月三日の勅諚、さらに、十一月の右大将任官など。つづいて、同月二十八日に織田家の家督を嫡男に譲渡した。

これは、天下人と、その下の大名である織田家当主とを分担したことになる。

尚《くわ》えて、信忠に岐阜城を明け渡した信長は、天下人の新たな城郭となる安土城の建築を推し進めていくのである。

さて、越前を再び領国とするということは、越前から一向一揆勢を駆逐するか、彼らを殲滅《センメツ》することに外ならない。

門徒宗の一揆は、加賀から越前にも燎原《リョウゲン》の火の如く広がっていて、もと朝倉分国も、百姓の持ちたる国になっていた（但し、正確には違う）。

すでに天正二年九月二十九日に、伊勢長島の一向一揆勢を、信長は殄滅《テンメツ》していた。長島近辺の五城の中、八月三日に大鳥居城が陥落。十二日、篠橋城が開城した。降伏した門徒兵を長島城に追い込んだ。兵糧攻めを効果的に進めるためである。

斯くして、一か月半が過ぎた。糧粟《リョウゾク》が全くなくなった長島の籠城兵は降参した。城内に居る者を助命し、速やかに退散させることが、降伏の条件だった。

包囲軍の総帥が一揆勢の嘆願を承諾した。痩《や》せこけた門徒兵たちが、小舟に乗って退城しつつあった。その時、寄せ手の鉄炮衆の火縄銃が、一斉に火を吹いた。

騙し討ちだった。一揆勢を根絶やしにするつもりの信長が、約定を守るはずがない。そもそも、空手形や二枚舌は、信長の得意技の一つなのだから。

ところが、羸卒《ルイソツ》である一揆勢が、猛然と反撃したのである。まさに窮鼠猫を噛むの譬えのごとき一撃であった。

当時、降伏した将兵が開城して退《の》き去る際、完全なる武装解除はされなかった。鉄炮、鑓、弓矢は没収される場合が多かったが、打ち刀は所持できたのだ。

裸になった七、八百ばかりの門徒兵たちが、織田軍の本陣に突進して行った。抜き刀のみで捨て身の斬り込みを敢行したのだ。油断大敵とは、まさに此のことであった。

瘦瘁《ソウスイ》しているはずの一揆ばらが、打ち刀を一振り二振り持ったところで、戦力になる訳がない。それが、当時の且つまた、織田の将兵の常識だったのだ。

しかし、予期せぬ奇蹟とか惨劇も、時として起こるということだったのか。

瞬時に、織田軍の本営が修羅場になった。

乱戦の中で、信長の身内が斃《たお》れて逝《い》った。叔父信次、庶兄信広、弟秀成、いとこ信成（孫三郎信光の子）など。妹婿の佐治信方の戦死も、この折か。そして、数多の馬廻り衆も討ち死にした。

危地を脱した勇士らは、空の陣小屋に乱入して身拵《ごしら》えを済ませてから、悠悠と多芸山を越えて、大坂方面へ逃げ去った。

六天魔王は、生き残っていた門徒すべてを戡殄《カンテン》すべく厳命した。

中江と屋長島《おくながしま》の二城砦の中に、老若男女二万人が閉じ込められた。両城の周囲には、逃げられぬように、柵を幾重にも築かせた。

手筈がととのったところで、門徒を鏖殺《オウサツ》せんとの一念にて、四方八方からの放火を下知した。当然、一人残らず焚殺《フンサツ》された。

天正二年九月二十九日、勢州桑名郡長島から一向一揆勢が消滅して、本願寺王国の地方の拠点が、一つ潰《つい》えたのである。

その日のうちに、信長は岐阜城に戻って行った。妙に慌ただしい凱陣であった。


天正三年八月十二日、信長が、越前へ向かって岐阜城を出陣した。

府中城（もと武生《たけふ》市、越前市）を攻囲した一向一揆勢が、富田長繁の首級を挙げたのが、天正二年二月十八日だった。だから、越前の一向一揆に対し一年半も、信長が甲兵を用いなかったことになる。

一旦は織田の分国になった越前を、富田を斃した一向一揆勢が蹂躙した。だが、百姓の持ちたる国にはならなかった。本願寺王国に組み込まれたのである。

大坂の本山の指令により、越前支配の体制が新しく整備された。

越前守護に下間《しもつま》頼照、大野郡司に杉浦玄任、足羽郡司に下間頼俊、府中周辺の郡司に七里頼周が就任した。

守護の頼照には、軍事の総大将たる権限のみならず、寺領安堵などの行政上の宰領権も与えられていた。

新たな支配体制は、石山本願寺を頂点とする階層社会となった。本覚寺や専修寺などの有力寺院には、大坊主としての特権が認められたが、中小の寺には何一つ権益がなかった。

さらに、越前を一揆持ちの国にした功績は、在地の土豪や百姓に有ったはずなのに、農民門徒は、彼らの属する寺院の苛斂誅求の対象にされているだけであった。底辺の門徒衆には、不平不満が渦巻いていたのだ。

このような二重の軋轢や悶著《モンチャク》により、流血の事態にまで至っていた。斯かる一向一揆の上下の反目や内訌を、信長は十二分に把握していた。

越前の中に放ってある間諜からの報告があった。加えて、一揆の下に身を措きながら、岐阜太守にも通じていた。安居《あご》（朝倉）景健や堀江景忠などの朝倉旧臣からのご注進もあったからだ。

しかし、信長は動かなかった。否、動けなかった。東辺に脅威が居坐ったままだったからだ。

武田勢が濃州恵那郡を占拠していた。さらには、奥三河を窺う動きをも見せていたからである。尚《くわ》えて、勢州長島の一揆勢が、なんとも目障りであった。

信長は、越前の一揆勢が近江にまで進攻することは有りえないと判断した。だが、敦賀郡への進出は有りうるので、羽柴秀吉と武藤舜秀《きよひで》に敦賀表の守りを堅固にすべく下知した。

そうして、越前への出兵は後回しにしたのである。

但し、いずれは取り戻すつもりなのだから、できうる限りの必要な手は打った。

まず天正二年五月二十日、若狭と丹後の船を敦賀半島の立石浦に着岸させる準備をすべき旨を秀吉に命じた。さらに七月二十日には、景健や景忠など朝倉旧臣と、高田専修寺などに宛てて、越前出張の節には忠節を尽くすべく下命していた。

主君の厳命どおり、一揆勢の南下を阻むため、秀吉は寄騎である堀秀村と阿閉貞征《あつじさだゆき》を木の芽峠の砦に配置した。両将とも北近江の国人である。

織田軍の主力部隊が長島攻めを行っていた八月十七日、越前の一揆勢が攻勢に転じてきた。弟の小一郎長秀（のち秀長）を長島攻めに加わらせていたが、秀吉自身は敦賀表に詰めていた。

にわかに一揆勢が木の芽砦に攻め寄せて来た時、守備についていたのは、堀秀村の宿老である樋口直房と阿閉貞征だった。

二将は迎撃につとめた。しかし、羽柴と武藤の後ろ巻きがおそいため、このままでは支えがたいと考えた直房は、一揆勢と勝手に和睦を結んだ。そして、駆け落ちした。

羽柴勢が一揆勢の南進を阻止した。けれども砦は奪取されてしまった。激忿《ゲキフン》した秀吉は、樋口一行を懸賞金をかけて捜し出そうとした（『保保《ほぼ》文書』）。

逐電した直房を捕えたのは、秀吉の追っ手ではなかった。

江州《ごう》甲賀《こうか》郡に逃げ込もうとした樋口夫婦は、蒲生賢秀の許に預けられていた関盛信（万鉄斎宗一）に捉《つか》まった。そして、斬られた。妻夫《めおと》の首級は、長島攻め酣の信長の陣所に送られた。

樋口直房を討ち取った信盛を称賛した、天正二年八月二十二日付けの信長朱印状が伝わっている。

木の芽峠を奪った一揆勢は、この要害に本覚寺と西光寺の坊主どもを配置した。さらに、峠の北西につづく鉢伏山にも砦を構えた。ここには、杉浦玄任と専修寺賢会《けんえ》が守備についた。

越前の一揆退治のために、岐阜城を出陣した八月十二日より二か月以上も早く、一揆勢討伐の準備をはじめていた。

天正三年六月六日付けで信長は、越前大野郡池田庄の地侍や、反本願寺である寺院に朱印状を発給した。

忠節をつくせば旧罪があっても寛宥《カンユウ》し、知行の安堵や宛行《あてがい》もすることを約束した内容である。加えて、六月十四日に越前三ケ寺（誠照寺《じょうしょうじ》、証誠寺《しょうじょうじ》、専照寺《せんしょうじ》）にも、朱印状を送付した。

大坂の本願寺とは別派たることを認めるゆえ、信長に忠節を尽すべしとの主旨であった（『真宗誠照寺派本山誠照寺史要』）。

越前進攻の手配をすすめる一方で、信長は恵那郡の鎮定をも目論んだ。長篠・設楽原の合戦で大勝利を得た勢いを以ってすれば、東濃から武田の勢力を駆逐するのは容易《たやす》いと思ったのだ。

菅九郎信忠に岩村城の奪還と武田勢の掃討を命じた。信忠は、尾張と美濃の国人や地侍で組織した己の軍団を将いて岩村城を包囲した。兵糧攻めであった。

岩村城は、規模の大きな山城である。備中の松山城、大和の高取城とならべて三大山城と云われている。

遠山一族が濃州恵那郡一帯に蟠踞して、多くの城館を構えていた。その遠山氏の宗家の城であった。

永禄年間、美濃侵攻に邁進していた頃、信長は宗家の景任に叔母を嫁がせた。尚《くわ》えて養嗣子として、四男のお坊（のち信房、勝長とも）を入れていた。

ところが、西方進攻を目指した武田信玄が、東濃を窺うようになった。斯かる情況の中で、当主たる景忠が病のため急逝してしまった。

直後の元亀三年（１５７２）十一月、武田の侍大将の秋山信友（晴近）が岩村城を囲んだ。未亡人は、抗戦を諦めて開城した。この後、信長の叔母と晴近は、女夫の契りを詰んだと伝わる。

翌年の四月、西上を断念した信玄が病死したけれども、岩村城は、武田の西方侵攻のための橋頭堡として保たれていたのだ。のみならず、遠山一族の明知城や飯羽間《いいばさま》城などものちのち武田方になっていた。

信忠は、岩村城の攻囲をつづけた。八月の越前進攻にも参陣しなかった。

天正三年八月十二日に信長が、越前へ向けて進発した。その日は、濃州不破郡の垂井《たるい》に野陣を布いた。

翌日は江北まで進軍し、羽柴筑前守の小谷山《おだにやま》城に宿泊した。この時、秀吉が渾《すべ》ての将兵に兵糧を配給した。

十四日に愛発《あらち》の関跡を抜け、左手西側の引壇《ひきた》（疋田）城址に目を向けた。敗走をつづける朝倉義景を追撃して、この敦賀郡に入ったのも、二年前の八月十四日の朝であった。

信長が、片笑みを浮かべて胸裏で呟いた。

――吉日だで。二年前《ふたとせ》、左衛門督めを追うて来たる砌《みぎり》と同じく、一揆ばらなんぞ一揉みで退治できよう。楽しみなことよ。今宵は、宗右衛門の館にて好《よ》き夢をみるといたそう。

この日は、武藤舜秀《きよひで》の城館に本陣を据えて、軍兵にも十二分に休養をとらせた。

敵勢が楯籠《たてこも》っている城砦の守将や情況については、詳細に解《わか》っていた。内通している堀江景忠らの注進と細作の偵察によってである。

八月十五日は思いの外、風雨が強かったのだが、すべての将兵が出撃して行った。前《まえ》波《ば》孫太郎と弥五郎、富田弥六、毛屋猪介など、越前の牢人衆を先鋒とした。道案内を兼ねて進軍させたのである。

織田軍主力がつづいて進撃して行った。

佐久間右衛門尉、柴田修理亮、滝川左近将監、羽柴筑前守、惟任《これとう》日向守、惟住《これずみ》五郎左衛門、別喜《べっき》右近大夫（簗田広正）、長岡兵部大輔、原田備中守（塙《ばん》直政）、蜂屋兵庫頭、荒木摂津守、稲葉一鉄、稲葉彦六貞通、氏家左京亮直通、安藤伊賀守、磯野丹波守、阿《あ》閉《つじ》淡路守、阿閉孫五郎貞大《さだひろ》、不破河内守、不破彦三直光、武藤宗右衛門、神戸《かんべ》三七信孝、津田七兵衛信澄、織田上野介信包、北畠三介信意《のぶおき》（信雄）及び伊勢衆など。三万有余騎の大軍だった。

おのおのが己の軍法を以って、大良越《だいらごえ》へ向けて幾筋もの通い路から乱入して進んだ。

立石浦から出撃した若州の国人土豪は、粟屋勝久、逸見《へみ》昌経、粟屋弥四郎、熊谷伝左衛門、白井民部少輔など多数いた。

同じく立石浦を経由して出帆した丹後の面々は、一色左京大夫、矢野、大島、桜井などであった。

数百艘もの舟艦《シュウカン》を繰り出した。幟旗を立てて浦うらに近づき、湊に入港して在々所々に放火して回った。

府中（越前市）の円強寺《えんこうじ》や長門と甚七郎の若林父子が、軍兵を率いて出撃してきた。が、惟任日向と羽柴筑前の両将は、物ともせずに追い崩した。たちまちの中に二百、三百と討ち取ったのである。

さらに、若林父子や円強寺の籠る、河野丸砦と杉津《すいつ》砦（ともに敦賀市）に突入して焼き払ってしまった。殊に河野丸は、堀江景忠の裏切りにより瞬時に陥落した。

八月十五日に首級を続ぞくと敦賀表に送り届け、総戎《ソウジュウ》に披露したのである。

快進撃をつづける羽柴隊と惟任隊は、その日の夜には府中の町に乱入した。そして、三宅権丞が楯籠っていた龍門寺の要害に突入して乗っ取った。近辺をも放火して、府中一円を占領したのである。

木の芽峠、鉢伏、今城、火燧《ひうち》城などの守備についていた一揆勢なんぞは、北陸道を押し進んだ織田の大軍勢の前には手も足も出なかった。

拠点《キョテン》を焼き立てられて、胆を潰し散りぢりに敗走していった。敗残兵どもの逃げて行く先は府中だった。ところが既に、府中の町は制圧されていた。

明智と羽柴、両将の指揮する軍兵が、網を広げて待ち構えていたのである。二将の部隊は、この町中で加賀や越前の一揆勢を二千あまりも斬り捨てたのだ。

また、三郎と与三の阿波賀兄弟が、赦免を願って詫言を言上したが、信長が容赦する訳がない。原田直政に仰せ付け、屠腹させた。

十六日に総大将が敦賀を出立した。馬廻りとその外、一万有余を引き連れての堂堂たる陣容であった。

木の芽峠を越え、無人の荒野を行進するかのごとく府中に入った。信長は、龍門寺の郭内に本営を据えた。

ここで、街道筋や四辻の警備を、馬廻りの福田三河守に指示した。福田は今城に配置された。すでに町中いたる所が、惨烈たる光景であった。残虐趣味の仁君には、快哉《カイサイ》すべき眺望だったのだろう。

「府中の町は死がいばかりにて一円あき所なく候。見せたく候」(『泉文書』)。

これは、覇王が京都所司代の村井貞勝に宛てた書状の一文である。

殺戮はつづいた。織田軍は、四方八方に散って山谷を隈なく捜索した。そして、老若男女を手当たり次第に捕縛した。抵抗すれば、即、首を刎ねたのだ。

十七日、二千あまりの首級が本陣に届けられた。十八日も数百ずつ方々から持ち込まれた。

『信長公記』によれば、「八月十五日より十九日まで御着到。しかして、諸手より搦め取り進上候分、一万二千二百五十余と記すの由なり。御小姓衆へ仰せ付けられ、誅させられ候。其の外、国々へ奪ひ取り来たる男女、其の員《かず》を知らず。生け捕りと誅させられたる分、合せて三、四万にも及ぶべく候しか」

さらに、『越前国相越記』には、二十九日になっても、一揆がらみの探求や追捕《ツイブ》がつづいていたことが綴られている。

『越前国相越記』とは、興福寺の大乗院門跡だった尋憲の著わした旅日記である。興福寺には、越前の坂井郡に、河口荘と坪江荘という荘園があった。それゆえ尋憲は、領民の救援のため越前まで出張って行ったのである。

大乗院の高僧は、首尾よく織田軍の総帥から、朱印銭を支払って制札をもらい受けることができた。河口と坪江の住民を一揆狩りから保護することに成功したのである。

当然のことだが、一揆勢の首魁たちは、ほとんどの者が九泉《キュウセン》に沈んだ。越前守護に任じられていた下間《しもつま》頼照はじめ、下間頼俊と専修寺賢会は、捕えられて頸を刎ねられた。西光寺真敬は戦死した。

但し、七里頼周と若林長門は、加賀に逃げ込むことができた。以後も一向一揆の領袖として、信長への反抗を執拗に続けたのである。

八月十八日には、柴田修理亮と惟住五郎左衛門と津田（織田）七兵衛が将いる軍勢が、鳥羽城（鯖江市）に攻め寄せた。たちまち陥落させて、一揆勢を数百人斬り捨てた。

もともと鳥羽城は、朝倉旧臣だった魚住景固《かげかた》の持城であった。

景固は、朝倉義景の奉行人の一人だったが、織田の大軍が越前に侵攻してきた天正元年八月、主家を見限って信長に降服した。そして、今立郡の本領をも安堵してもらい、鳥羽城主であり続けることができた。

富田《とみた》長繁が、桂田（前波）一族を滅ぼして越前を統御しようとしても、逆らうことなく従っていた。温厚な性格だったようだ。それなのに何を思ったのか、長繁には、景固が疎ましい存在になったのだという。

桂田を亡ぼして四日後の一月二十四日のことであった。弥六郎長繁が、魚住父子を朝食に招待した。

景固は無警戒だった。二男の彦四郎を伴って府中城を訪れた。城中で魚住一行を凶刃が襲った。

魚住父子を謀殺した長繁は、景固の嫡男彦三郎が留守居をしていた鳥羽城に、軍兵を差し向けた。魚住一族を殲滅《センメツ》したのだ。

この件に関して、『越州軍記』の著者は、魚住に好意的である。

「ねんごろの仁なる間、さまでの非道の事有るまじきを」と、記述している。

景固を騙し討ちにして、且つ鳥羽城を陥落させたことが、越前を修羅の巷にする嚆矢となった。

長繁の愚かな所行が、協同の歩調をとっていた朝倉旧家臣団に疑心暗鬼を生じさせた。安居《あご》（朝倉）景健も朝倉景盛も、富田から距離をおくようになった。斯くして、国衆に不和と葛藤がひろがるのを見て、一向一揆が、越前一国の掌握を目論むようになったのだ。

天正元年八月に遡る。越前国主の朝倉氏が滅亡した。大野郡山田荘で、朝倉同名衆筆頭の式部大輔景鏡《かげあきら》が、裏切って、主君の義景を自刃に追いこんだのだ。

信長は、越前の統治を、柴田勝家や佐久間信盛などの老臣に任せたかった。が、断念した。本願寺門徒の存在が足枷《あしかせ》となったのだ。

越前は、浄土真宗の盛んな国であった。かつて文明三年七月に、八世蓮如兼寿が、本願寺の拠点として、北端の地に吉崎御坊（もと坂井郡金津町）を開いたことに起因している。

加えて、隣国の加賀は、八十年あまりも一向一揆の治める、百姓の持ちたる国である。三年前から石山本願寺と干戈を交えている信長を、門徒たちが受け入れる筈がなかった。

それで、朝倉の旧臣に委《ゆだ》ねることにした。守護の朝倉家は五代にわたって、一向一揆と或る時は戦い、ある時には講和して何とか共存してきた歴史がある。

信長は、守護代とした前波吉継以下、越前の支配を朝倉旧臣に総べて委託する形にした。次善の策とはいえ、ある意味、朝倉家の重臣だった彼らには、寛大な処置であった。

この新体制とは別に、暫時、信長は、有能な武将を残すことにした。滝川一益、羽柴秀吉、明智光秀の三将である。

有力部将を三人も越前に張りつけておく訳にはいかないので、信長は、代わりとして、津田九郎左衛門元嘉と木下助左衛門祐久と三沢秀次（明智老臣の構尾庄兵衛か）に、政《まつりごと》の目付を務めるべく下知した。三名は、北ノ庄にとどまった。

十一月十日に信長が入洛《じゅらく》した。五畿内の公方与党だった大名小名の仕置、河内の若江城（東大坂市）に逼塞《ヒッソク》している将軍義昭の処遇など、政務は山ほどあった。

十一月末まで都に滞在していた間に、岐阜太守に挨拶するため、一斉に越前衆が上洛して来た。

彼らは皆一様に朝餐に招かれた。盛饌《セイセン》だった。その場で新たな姓を賜与された。

守護代に取り立てられた前波吉継は、桂田播磨守長俊と名乗ることになった。

朝倉同名衆の面々は、景鏡は土橋《どばし》に、景健は安居《あご》に、景綱は織田《おた》に、景冬は三富《みとめ》に改姓することとなった。前波以外は、居城の在る所の地名である。

さて、越前衆からも多くの品じなが、新しい主君に献上された。とりわけ桂田が進呈した物は、瓊瑰《ケイカイ》だと称され、人びとを驚かせたと伝わる。

なにゆえか。守護代の長俊は、他の朝倉旧臣とは待遇が格段に上だったからだ。

朝倉同名衆は然《さ》ほどでもなかったのだが、前波の栄達を嫉《そね》み妬《ねた》む者が、一人いたのだ。

富田弥六郎長繁である。長俊は、さまざまな経緯があって、長繁の憎悪の的になったのだ。

『越州軍記』も『信長公記』も、同じような筆致でもって長俊を批判している。云わく「栄華栄耀《エイヨウ》に誇り、傍輩《ホウバイ》に対し、無礼至極に沙汰を致す」、という内容である。

横死した者への過度の誹謗の類であろう。しかしながら一面、桂田の国衆への対応に、失策や越度があったことも間違いないだろう。

十二月に守護代は、京を罷り越前に帰国した。なんと厄介なことに、道中で目疾《めや》みになった。ついには両眼の視力を失ってしまった。

長俊が眼病に苦しんでいる間に、桂田討伐の計策を富田が押し進めていた。長俊に敵愾心をいだく国衆に働きかけただけでなく、一向一揆にも協力を求めた。のちに是が誤算となって、わが身に跳ね反ることになる。

門徒どもは利用するだけの烏合の衆だと見縊《みくび》ったことが、長繁自身を滅びの淵に落とす濫觴《ランショウ》となった。

天正二年正月十八日に一向一揆が蜂起した。安居景健や朝倉景胤も加わっていた。富田の配下も合流した。翌十九日、一乗谷に攻め寄せた。

盲目の身で甲冑をつけ、長俊が館から出撃した。だが、何も見えない状態で采配を振ったところで、太刀打ちなんぞできる訳がない。

瞬時に、敵勢に囲まれ馬から敲き落とされた。主が首級を挙げられる前に、前波一族は館を抜け出した。

雪深い山道を逃げて行った。けれども途次で一揆勢に見つかってしまった。そして、数多《あまた》の者が殺された。

桂田の一党は殄滅《テンメツ》した。が北ノ庄には、織田の奉行である津田と木下と三沢がいた。二十一日に一揆勢が、北ノ庄の城館に押し寄せた。三奉行は、兵卒を督戦して鉄炮で迎撃した。しかし、敵は圧倒的に優勢である。玉砕をも覚悟した時、寄せ手に加わっていた景健と景胤が間に入って、一揆側と交渉した。

朝倉旧臣は、覇王を敵に回したくなかったのだ。なんとか彼らの仲介で、三名は九死に一生を得た。漸《ようよ》う組下を率いて、濃州へ向かうことができたのである。

長繁にも信長に反逆しようとの意図はなかった。桂田を蹴り倒したあと、己が守護代として越前を統馭《トウギョ》するのを、岐阜太守に認許してもらうつもりだった。

全くもって見とおしが甘い。猿猴《エンコウ》月を取らんとする類の願望だったと云える。

草木の更生する如月になった。

富田が目覚めさせてしまった一向一揆の頭分たちが、寝刃《ねたば》を合わせた。勢力を国中に布衍《フエン》し、越前をも百姓の持ちたる国にしようと企てたのだ。

それで、加賀の一揆の領袖の一人である七里頼周を呼び寄せた。そして、七里の采配のもと、一揆勢が府中城を包囲した。『越州軍記』には、およそ十四万と記述されているとのこと。水増しされた数値にも思えるが、どうなのだろうか。

富田弥六郎は、浅はかな痴漢ではあったが、勇猛だった。天正元年九月の長島攻めの殿《しんがり》備えの折にも、寄騎武将の毛屋猪介ともども、栄《は》える武功を揚げている。たんなる陸《ろく》でなしではなかったのだ。

富田は、雲霞のごとき一揆勢に向かい奮戦した。先鋒として突撃して、多くの敵を討ち取った。だが如何せん多勢に無勢である。

十八日の朝に城から出撃した直後、裏切った家臣に狙撃されてしまった。当然、首《しるし》を挙げられた。

溝江氏は、朝倉同名衆ではなかったが、譜代の重臣だった。溝江一族は、織田軍の侵攻の節、即時に降服した。本領安堵をされただけでなく、新領まで与えられた。

優遇措置を受けたのだ。『越州軍記』によると、早くから信長に内通していたからだと云う。斯くのごとき溝江一門の、坂井郡内に構えられた金津の館城に、一揆勢が押し寄せた。

時は、二月十日だったと記録されている。采柄《さいづか》を握っていたのは、加賀から出張って来ていた杉浦玄任《げんとう》だった。

攻防戦ののち、十六日になって一揆側から、和議を持ち掛けた。持ち前の外交の巧さゆえに、溝江一党は、本願寺の坊官にも知己がいたのだろうか。

十九日に大将の杉浦が、使者と人質を館内に遣わした。ところが、和睦成就の際になって、手違いが生じてしまった。

再び合戦になった。当主の長逸《ながゆき》、父親の宗天景逸《かげゆき》、長逸の弟たち、妻子ら一族郎党《ろうどう》のほとんどの者が自裁して逝《い》った。

唯一、長逸の子の一人のみ、炎上する館から脱出し逃げ延びた。命果報であった。

のちに、この大炊助《おおいのすけ》は長澄（長氏とも）を名乗り、信長に仕えた。さらに秀吉の馬廻りから、昏弱《コンジャク》金吾中納言こと小早川秀秋の家老となった。

溝江長澄は、一万石余の大名格として、天寿を全うしたのである。

朝倉同名衆の首座だった景鏡は、朝倉の姓を捨てて土橋《どばし》と称していた。実名も偏諱《ヘンキ》を賜わって信鏡《のぶあきら》と改名した。

新たな主君から本領安堵を受けた大野郡は、越前の東端に位置している。盆地を山岳が囲う形の地勢である。斯ような土地に踞肆《キョシ》していた信鏡だが、それでも一向一揆の疫《エキ》鬼《キ》から身を守ることはできなかった。

二月上旬、居地の周辺にも一揆が蜂起した。土橋城に攻め寄せるとの風説を耳にして、一家一門を伴って、平泉寺に逃げ込んだ。

平泉寺は、六千もの堂宇を構え、八千人の僧兵を擁していた天台宗の名刹である。信鏡は、この大寺院に助けを求めたのだ。

二月二十八日、一揆勢が平泉寺に押し寄せた。大将は杉浦玄任だった。加賀の一揆の領袖である若林長門守と、本願寺坊官の下間頼俊が輔佐し、越前の本願寺派寺院に属する軍兵が従っていた。

数度の攻撃を平泉寺の僧兵たちが撥ね除けた。一旦は一揆勢を追い返したものの、結局は、兵力の多寡で勝負が決まった。

一揆勢が村岡山《むろこやま》に築いた向い城を、平泉寺側が攻め倦《あぐ》んでいる間に、後ろ巻きの大軍に本拠《ホンキョ》を攻められた。寺を焼き打ちされたのだ。

僧兵だけでなく、院主も高僧たちも若衆も稚児も火焔にまかれた。鬼籍に入ったのだ。

信鏡は、残兵数十人を率いて、三万と呼号する一揆勢の真中に駆け入って一戦した。そして、自刃した。首級は、豊原寺《とよはらじ》(もと丸岡町、坂井市)に居た、本願寺家司《けいし》の下間《しもつま》頼照の許に送られた。

信鏡には、幼い息子が二人いた。兄弟も捕らえられて斬首された。そして、父の首と並べられて梟首されたのである。

『越州軍記』の著者は、信鏡に辛辣な非難をあびせた序《つい》でに、大野の芻蕘《スウジョウ》の落首を載せている。

「日本ニ隠レヌ其名改メテ　果ハ大野ノ土橋トナル」

天正三年八月に、金森五郎八長近と原彦次郎長頼(政茂)は、濃州北部の郡上表で軍勢を催した。そして、根尾山や徳山あたりから越前の大野郡の中に攻め入った。数か所の小城を攻め落とし、数多の敵兵を斬り捨てた。諸方の攻め口と連絡をとって、在在所所を放火して回った。

これに依り、国中の一揆の輩は、瞬く間に敗亡し、逃げ去った。取る物も取り敢えず右往左往して、山やま谷だにに逃げ込んで行った。

八月二十三日に信長は、本陣を一乗谷に移した。そこに注進が届けられた。先鋒の軍勢が、既に加賀にまで攻め入ったという報らせであった。

その先備えは、一鉄と彦六貞通の稲葉父子、惟任日向守、羽柴筑前守、長岡兵部大輔、別喜右近大夫であった。

八月二十八日、さらに本営を豊原に進めた。

然《そ》う斯《こ》うするうちに、堀江景忠と小黒の西光寺は、予《かね》がね言上していた申し訳の筋が通っていると云うことで、信長が彼らを赦免した。両者は、宥免《ユウメン》の御礼を稟申《ヒンシン》すべく参上した。

加州の中、能美と江沼の二郡が、織田軍の占領する所となった。檜屋《ひのや》の城と大聖寺山城を構築した。それらの要害に、別喜右近、佐々権左衛門長穐《ながあき》、信重と一正の島兄弟、それに堀江景忠を入れ置いた。

わずか半月ほどの間に、信長は、越前一国と加賀の二郡を領有したことになる。

一向一揆に加担して生き長らえた朝倉旧臣のうち、朝倉同名衆は渾《すべ》て滅没するか表舞台から消え去さった。また、堀江景忠の好運も長つづきはしなかった。翌年の四月に誅殺されたからだ。無論、命じたのは天下人である。

朝倉孫三郎すなわち安居景健は、下間頼照と下間頼俊と専修寺賢会が山林に隠れて居たのを捕縛して、頸を斬った。

景健は、これらの首級を苞苴《ホウショ》にして、赦免の訖言を稟白《ヒンパク》した。が、信長は聞き入れなかった。

筑前守頼昭については、死に様に異説がある。乞食姿に身を窶《やつ》し加賀に逃亡すべく三国湊を目指した。けれども途次において、高田専修寺派の黒目称名寺の門徒らに捕捉された。

そして、手酷く打擲《チョウチャク》されつづけた。頸を刎《は》ねられる前に瀕死の状態となっていた。

頼照の首級を挙げたことは、称名寺の大手柄となった。柴田勝家から感状が与えられたとのことだから、この伝承が正しいように思われる。

八月十六日、覇王が、朝倉旧臣の向《むかい》駿河守に安居を生害させるべく仰せつけた。

その場で、景健の家来の金子新丞父子と山内源右衛門の三名が、忠義をあらわして追腹を切った。胆をつぶした向は、その殉節に感動したとのことであった。

朝倉景胤《かげたね》は、一揆の頭目の首級を手土産として降伏し詫を申し上げた。これまた信長は寛赦しなかった。奉行衆に厳しい仕置を下知したのだ。

織田《おた》景綱は、命辛がら逃げ延びた。途中から景綱は、一揆勢と袂別《ベイベツ》して、織田城に楯籠った。そして、寄せ手の本覚寺や専修寺の門徒兵と攻防戦をつづけた。

五月下旬、郎等や被官を置き去りにして、妻子のみ連れ小舟で脱出して去った。いずくへ己と家族を韜晦《トウカイ》したのか、誰にも判らなかったのである。

九月二日に一旦、豊原から北ノ庄に信長が移って来た。城郭を構え設けるべく、縄張りを命じたのた。堅固な構造にすべきこと肝要なりとの下知であった。

この北ノ荘の普請場において、江州高島郡の打ち下《おろし》の土豪である林与次左衛門員清《かずきよ》が、詰腹を切らされた。

『信長公記』には、「子細は、先年、志賀御陣の時、浅井《あざい》、朝倉引き出だし、早舟にて渋矢《さびや》を射懸け申し、緩怠の条々、御遺恨に候ひしか」と、記載されている。

これは、信長一流の言い掛かりか詭説《キセツ》、でなければ、太田牛一の主君に対する弁護である。

志賀の陣は五年も前のこと。当時の員清は、信長に完全に与《くみ》していた訳ではなかった。そののち織田の軍門に降り、明智軍団の一員として、また水軍の頭分として信長のために骨折りをしてきた。全くもって、林の成敗《せいばい》は理不尽だったのだ。

畢竟《ヒッキョウ》、覇王は、鵜《う》の目鷹の目で、鳰《にお》の湖《うみ》のまわりの国人土豪を見ていたのだろう。

樋口直房の誅殺、堀秀村の改易、磯野員昌の逐電など、渾《す》て流れは一筋なのだ。

信長による、信長のための、江州一円支配の構想の被害者だったのだ。

浅井長政も、信長の罠に嵌った獲物の類だったと云えよう。

さて、義景が自刃して、戦国大名の朝倉家が淪滅《リンメツ》してから、きっちり二年が経っていた。越前の一向一揆を殲滅した信長は、戡定《カンテイ》した大国を譜代の家臣に分け与えた。

柴田修理亮に八郡を支配させた。大野郡の内、三分の二を金森五郎八に、三分の一を原彦次郎に与え、両者には大野郡内に在城させた。

府中に要害を構えさせた。佐々内蔵助と前田又左衛門と不破彦三直光の三名に、今立と南条の二郡を治めさせた。

敦賀郡には、元どおり武藤宗右衛門舜秀《きよひで》が留め置かれた。

それから惟任日向守に、すぐさま丹波へ赴き、一円を平均《へいぎん》すべき旨の指図をした。

丹後一国を、あらためて一色左京大夫に安堵した。丹波の中、桑田と船井の二郡を長岡兵部大輔の支配地とした。

荒木摂津守に、これも明智と同じく、越前より直ちに播州奥郡へ向かい、甲兵を動員して人質を取りまとめるべく、命令を下した。

坂井郡の要害の地であり、一向一揆勢の拠点だった豊原寺に火を放つよう、信長が厳命した。全山で数百の坊舎を焼き払ったあと、九月十四日に天下人が、騎馬で豊原から北ノ庄に移動した。

滝川左近将監《さこんしょうげん》、原田備中守、惟住五郎左衛門の三将に、北ノ庄の足羽山《あすわやま》に陣屋の普請を申しつけた。馬廻りや弓衆の面々が前後を警固して行軍した。なかなかに壮観であった。

加賀と越前の多くの侍が馳せ集まった。縁しを憑《たの》み、天下人に帰参できた御礼言上のため、門前市をなす有りさまであった。

加州奥郡の一揆の者どもが、信長の帰陣を聞き付けたのか、軍兵をくり出して来た。

羽柴筑前守が、天の与えし好機ゆえ逸すべからずと念い、すぐさま駆けつけた。一戦に及び、屈強の兵どもを討ち取ったのち、首級二百五十あまりを手土産にして、凱陣した。

九月二十三日に信長が、北ノ庄より出て府中に着到。二十四日、栃ノ木峠を踰《こ》えて江《ごう》州伊香《いか》郡へ至った。椿坂《つばいざか》に陣取りをして宿泊。

二十五日、濃州不破郡垂井に陣宿した。

九月二十六日、岐阜城に天下人が凱旋した。

越前の一向一揆を殲撲《センボク》し且つ加賀の南半国を征服した。それで信長は、加州一円から一揆勢を一掃するのも容易《たやす》いと考えて、増長していた。

さらに、加賀の敵勢は防戦一方である。押し並べて、能登も越中も北陸の門徒どもは、本山に援兵を送る余裕なんぞなき故、たかが長袖の指揮する石山本願寺は、間もなく降参するはずとの予測をたてた。

已に勢州の長島一揆は粉砕した。大坂を優勢な織田軍団で包囲している。本願寺が屈伏しない訳がない。斯ように信長は楽観していた。しかし、計算違いが幾《いく》つもあったのだ。

まず、加賀の一向一揆が侮れない存在だったことである。

信長は、未征服の加賀一国を、簗田広正（別喜右近）に与え、加州一円の平均《ヘイギン》を下知した。広正は、檜屋《ひのや》城と大聖寺城（ともに石川県加賀市）を拠点として、一揆勢の芟夷《サンイ》をすすめようとした。

ところが逆に、加賀の門徒兵が南進して来た。失地回復を目指した動きだった。簗田勢は、橋頭堡の大聖寺城までも攻め込まれる始末だった。広正が築かせた天神山砦も落とされてしまった。

柴田修理亮と、勝家の甥の佐久間玄蕃允《げんばのじょう》盛政の軍勢が、後ろ巻きとして駆けつけて、砦を奪還したこともあった。

広正は、尾州の国人出身である。ごく最近まで馬廻りであった。寄騎武将の配下を加えても、その兵力は、せいぜい五千ほどだったと思われる。

加賀の一揆勢は手強すぎた。かくして、広正は抜擢に応えられなかった。

翌天正四年の秋、信長は、簗田を尾張に召喚した。そして、柴田勝家に加州征服を下命したのだ。

信長の見込みどおり、北陸道から大坂へ番衆が送られることはなくなった。が、摂津、河内、和泉、紀伊、淡路、播磨などの近隣の門徒が、その穴を埋めただけのことだった。

さらに石山本願寺の戦力は、信長が見下したような生易しいものではなかったのである。

水軍と強力な鉄砲隊を保有していた雑賀衆《さいか》が、ことあるごとに本願寺からの召集依頼によって、上坂したからであった。

雑賀荘は、紀伊国の海部《あま》郡と名草《なくさ》郡に跨っていた。雑賀衆すなわち雑賀一揆とは、雑賀荘を中核とする、紀ノ川下流域の五荘郷の土豪の連合組織であり、惣国一揆だった。

五荘郷は、雑賀荘、十ケ郷、中郷《なかつ》、南《なん》（三上）郷、宮《みや》（社家《しゃけ》）郷で、五搦《からみ》と称したとのことである。

宮郷、中郷、南郷を三搦（三緘《からみ》とも表記）と呼んでいた。

顕如光佐の書状（『顕如上人御書札案留』）には、三搦を除外して、他の二荘郷だけを雑賀と書かれている。

さらに、信長の近習である万見《まんみ》重元の書翰でも、三搦と雑賀が使い分けられていた。斯ように、雑賀衆の範疇は複雑だったのだ。

紀州の名草と海部の二郡には、蓮如兼寿の説法により、本願寺派の浄土真宗が普及した。地縁的に成立した惣と、本願寺門徒としての信仰上の組織が一体化して、結び付きが強固になっていった。雑賀の土豪地侍の門徒化によって、紀州も一向一揆の跋扈《バッコ》する国になったのである。

本願寺の文書では、紀州門徒と雑賀門徒とに宛先が使い分けられていても、ほぼ同義に用いられていた。

雑賀衆は、大大名を凌駕するほどの、何千挺もの鉄炮を保有していた。また、警固衆と称された水軍も強力だった。

天台宗の延暦寺及び園城寺《おんじょうじ》や、法相宗の興福寺と違い、本願寺は僧兵を持っていなかった。それで、本山防衛のため、番衆の制度を設けた。蓮如の時代から始まった、武装門徒による警備は交替制だった。

各地から門徒たちが、代わるがわる山城山科へ、後には摂津大坂に登って来て、本山に詰めたのである。

当初は加賀を主に、越前、越中、能登など、北陸道の人びとが多かった。天文年間になると、本山に近いこともあって、紀州門徒の名が頻出するようになる。

永禄と元亀の頃になると、雑賀衆の活躍が目立ってくる。戦闘能力が、きわめて高かったからであろう。

とりわけ元亀元年九月から、天正八年八月の、新門跡となった教如光寿の退去までの石山合戦においては、雑賀衆が、本願寺側の主戦力だった。

三度の講和を除き、鈴木孫一を旗頭の一人とする雑賀の鉄炮放ちが、信長と対決する一方の主役だったのだ。

蓮如の遺訓として墨守していた、一向一揆に対する抑圧の方針を放棄して、顕如光佐が、各地の一揆を使嗾《シソウ》した。

本願寺門跡は、雑賀衆を憑《たの》みにして、鈴木孫一ら雑賀の領袖たちを叱咤激励しつづけた。

石山合戦は、雑賀衆の武名を、六十六州に轟かせることとなった。


天正三年六月二十六日、信長が京へ向けて出立した。その日は、江州犬上《いぬかみ》郡の佐和山城で休息したあと、早船に乗り込んだ。少し風が吹いていたが一路、坂本まで湖上を渡りきった。


六月二十七日に、小姓衆を数人伴って入洛《じゅらく》した。そして、万年山相国寺に宿泊した。

七月朔日《ついたち》、五摂家と七清華《せいが》の上達部《かんだちべ》が、顔をそろえて伺候した。

その他、別所小三郎長治、別所孫左衛門重棟（主水正《もんど》重宗）、咲岩（笑厳）三好康長）、武田孫八郎元明、粟屋勝久、逸見《へみ》昌経、熊谷伝左衛門、山県秀政、内藤重政、白井民部少輔、松宮玄蕃允らが在京していて、岐阜太守の許に出仕した。

五畿内及び近国の大名や国人たちが、覇王に拝謁したのである。その中、塩河長満は、馬を下げ渡された。

七月三日は禁中において、皇太子である誠仁親王《さねひとしんのう》が、鞠会《まりかい》を催した。

信長は、馬廻りのみ引き連れて、蹴鞠の場に出席した。そして、黒戸の御所の置縁まで祇候《シコウ》した。

忝くも、天盃を内侍所で拝領した。見物したのは、清涼殿の庭であった。

この御座前にて当日、官位を陟《すす》めよとの趣旨の勅諚が下された。が、信長は辞退した。請けない代わりに老臣たちへの任官や賜姓を庶幾《こいねが》い、それは勅許された。

『信長公記』や日記の類によると、八名が対象になったことは確実だが、滝川一益も、この時に任官した可能性が高い。

松井友閑は宮内卿法印、武井夕庵《セキアン》は二位法印、村井貞勝は長門守、光秀は惟任《これとう》日向守、秀吉は筑前守、直政は原田備中守、広正は別喜右近大夫、丹羽長秀は惟住《これずみ》、一益は伊予守であった。

惟任、惟住、別喜（戸次《べっき》）、原田は、いずれも九州の名族とされていた姓である。受領名の五つは、都《すべ》て未征服の西国である。

信長の言行や書状、そして織田軍の動向は、大名や国人の注目の的であったに違いない。

この賜姓と任官は、信長の意向を斟酌《シンシャク》して、朝廷が割り振った除目《じもく》であろう。

そして、普通に考えれば長門守と備中守と筑前守の任官は、毛利一門を刺戟したはずだ。なぜなら西方へ向けて天下布武を推し進めんとの意図を感悟するからである。

このの ち毛利家は、石山本願寺と歩調を揃える方角へ向かって行く。

この頃、紀州由良《ゆら》（日高郡由良町）の鷲峰《じゅぶせん》山興国寺に逼塞《ヒッソク》していた足利義昭を、翌年には毛利が分国内に受け入れた。

信長を警戒していた毛利一族が、将軍義昭の備後の鞆《とも》（広島県福山市）への移徙《イシ》をしぶしぶ許容したのである。

天正四年二月に結局、毛利は織田と対決することになった。

一旦、官位昇進を遠慮した信長が、四か月後の天正三年十一月四日に従三位権大納言に、七日には右近衛大将に叙任された。もともと用意された官位と同じだったと思われる。

従三位権大納言の官位は、由良に流浪している義昭と全く同じである。義昭が兼征夷大将軍なのに対し、信長は兼右近衛大将なのだ。両者は、同じ高位高官だったのである。

信長は、前年の三月に参議に任じられたことになっている。が、実際は権大納言に任官させるため、次第の昇進を取り繕ったのだ。弾正忠《だんじょうのじょう》から一足飛びに、権大納言に陞《のぼ》ったのが実情であった。

天正三年十一月七日に織田信長が、天下人として公に認められたことになる。

天正三年十一月二十八日、織田家の家督を嫡男に遜譲《ソンジョウ》した。天下人と、その下に位置する大名である織田家の惣領とを分けたのだ。

そして、信忠に岐阜城を譲与して、信長は天下人の城として、安土城の縄張りと普請をはじめるのである。

〈恵那郡の鎮定〉

天正三年五月の設楽原合戦で、武田軍を完膚なきまでに粉砕した信長は、東濃から甲州勢を掃蕩すべく策戦をたてた。

依《よ》って菅九郎信忠に、恵那郡の岩村城の奪還を命じた。翌月の水無月から信忠は、己の軍団を指揮して岩村城を包囲した。そして、じっくりと兵糧攻めをつづけていた。

十一月十日、籠城兵が出撃してきた。織田の本陣が構えられている水晶山に夜討ちを仕掛けたのである。

河尻与兵衛秀隆と毛利河内守長秀、菅九郎の馬廻りである浅野左近や猿荻《さろおぎ》甚太郎らが、ここかしこで迎撃戦を展開した。そして、水晶山から敵勢を追い払った。

城内から加勢の軍兵が、さらに繰り出してきた。前鋒《ゼンポウ》の者どもと一手になろうとして攻め寄せたが、信忠が自ら先駆けして、岩村城中に追い返した。

夜討ちを試みた者たちは、山中に逃げ散って竄《かく》れた。それらを捜索して見つけだした。

甲州信州の大将分の者を二十一人、さらに屈強の侍を千百あまり斬り捨てた。

岩村城に半年近くも楯籠っていた将兵は、精根が尽き果ててしまった。そこで、信忠の家臣である塚本小大膳を仲介者として詫言を申し伝えた。城兵の赦免を条件として、降伏を申し入れたのだ。

信忠は、その嘆願を聞き届けた。因《よ》って、小大膳に対する目付の役を塙《ばん》伝三郎に下知した。

この頃、覇王は都に居た。権大納言兼右近衛大将の任官、拝賀の式、殿上人《てんじょうびと》への宛《あて》行《が》いなど、朝廷及び堂上《とうしょう》衆との付き合いの日々だったのだ。

そこに、急報が逓伝《ティデン》されてきた。岩村城の後詰めのため、武田勝頼が、軍兵を将《ひき》いて近づいているとの報《し》らせだった。

十一月十四日の戌《いぬ》の刻（夜八時頃）、天下人は、京を罷《まか》り夜を日に継ぎ急行した。十五日には岐阜に着到し、下馬した。

しかし、信長の出陣はなかった。すでに岩村城将の秋山伯耆守晴近（信友）が、城兵の助命を条件として、開城を申し入れていたからだ。

十一月二十一日に秋山虎繁（晴近）と座光寺助左衛門と大島杢之助の三将が、織田の本営を訪れた。赦免への御礼を言上するためであった。

するると信忠は、赧顔《タンガン》することもなく、降将三名を捕縛してしまった。そして、岐阜へ押送《オウソウ》した。

天下人は、彼らを長良川原で逆磔《さかさばっつけ》にかけて殛《ころ》した。信長と信忠の父子には、たぶん合わせて四枚の舌が有ったのだろう。

武田方に城を明け渡し、晴近と夫婦になったと伝えられる叔母は、信長が自ら斬り殺したようだ。

天下人の指図だったのか、この後の信忠の仕置も、父に肖《に》て残忍であった。

開城した岩村城中の将兵の投降を許さず、諸卒を遠山市之丞の曲輪に追い込んだ。遠山一族は、時を移さず果敢に出撃した。

市之丞はじめ渾《すべ》て遠山姓である。二郎三郎、三郎四郎、徳林、三右衛門、内膳、藤蔵らが奮戦した。

縦横に切り崩し、数多《あまた》に手傷を負わせたが、玉砕した。残兵は、ことごとく焚殺《フンサツ》された。

勝頼は、岩村城の陥落を聞き、悄《すご》すごと本国に戻って行っただけの体たらくだった。

霞城（霧ケ城とも）に河尻秀隆を入れ置いて、霜月の二十四日に信忠は、岐阜に凱陣して、兵を戢《おさ》めた。

〈水野信元と元茂の屠腹〉

濃州恵那郡から武田の勢力が掃討されて、一か月あまり経過した十二月二十七日のことである。

水野信元と嫡男（養子とも）の元茂（藤四郎信政）が、家康の指令で岡崎城に呼び出された。

浜松城主は、使者の役目を、生母於大の夫である久松俊勝（もと定俊）に依頼した。

俊勝は、尾州知多郡の阿久比《あぐい》城主だった。この平城は、英比《あぐい》城、阿古居《あぐい》城、坂部《さかべ》城とも表記された。現在、城址の西側半分は、阿久比町立図書館になっている。

坂部から、信元の持ち城のある緒川と刈屋は至って近かった。緒川地区が含まれる東浦町は阿久比町の隣町であり、刈谷市は東浦の東隣である。隣接していても、かつては緒川は尾張で刈屋は三河であった。

但し永禄四年頃より、俊勝と於大の夫妻は、岡崎城の二の丸に住んでいた。当時の阿久比城主は、実質的には俊勝の庶長子である信俊であった。裏の事情を告げられぬまま、俊勝が義兄を迎えに行った。そして、岡崎城内において、信元と元茂は自裁を命じられた。

詰まる所、松平家の菩提寺の成道山大樹寺で、水野父子は切腹させられたのだ。何も知らぬままに、愛妻の兄の誅殺に手を貸してしまった俊勝は、嘆息し且つ懊悩《オウノウ》したと伝わっている。

水野信元の墓所は、楞厳寺《りょうごんじ》（刈谷市天王町）に在る。当山は、水野家の檀那寺であった。

家康に嫌な役を押し付けたのは、当然、信長だった。藤七郎信元は、竹千代の生母である於大の実兄である。

家康に伯父を成敗《せいばい》させるのは、嫌がらせ若《も》しくは絵踏みとも云えるだろう。罠の臭いすら感じられる。

家臣の立場にあった水野父子が、大罪を犯したとするなら、信長が宣告し処断すべきであった。信義とは無縁の、非情な鬚眉《シュビ》の所業だったのだ。

四郎右衛門信元は、信長の父の信秀の代からの同盟者であった。同盟とはいえ、水野家が、織田弾正忠《だんじょうちゅう》家に従属した形だった。

当主が信長に替わっても、良き協力者だった。但し、被官ではなかった。朝廷への献上を信長や家康とは別個にしたり、独自に勅使の訪《おとな》いを受けていた。これらの行為は、『言継卿記《ときつぐ》』などの日記で確認できる。

斯ように水野信元は、遠隔地の者には、独立した大名だと認知されていたのだ。

だが、信長が甲兵を動かした時には、信元は、さながら織田家臣のごとく働いていた。それも一度や二度ではなかった。

元亀三年十二月の三方ケ原合戦の折には、佐久間信盛と平手汎秀《ひろひで》とともに、援軍として派遣された。が、この軍《いくさ》で水野勢は、武田方と干戈《カンカ》を交えなかった。

「下野守《しもつけのかみ》（信元）は三河岡崎迄遁れ行く。比興成る躰《てい》也。大方信玄と一味有るべき企て也と云々」と、『当代記』には記載されている。

戦わずに遁走したということだが、戦意がなかったのは、佐久間も同様だった。三将の中では一人、平手のみが、若さゆえか猪突猛進して、討ち死にしてしまった。

澄んだ双眸で観れば、三方ケ原における織田の援兵は、武田軍に対し徳川勢を当て馬にすべく、或いは家康その人を監視するために派兵したものだろう。

信長の奸図が透けて見えるではないか。たった三千の援兵では、徳川の統領も、落胆し立腹し歯噛《はが》みしたに違いない。

もっとも家康ほどの人物は、そのような感情なんぞ噯《おくび》にも出さないものだ。三将には慇懃な挙措で接した筈である。

信盛は、織田軍の部将の中、柴田勝家と双璧をなす大物だった。平手汎秀は、弾正忠家の代代の家老の家柄の若武者。

そして、信元は、尾州と三州の両国に広大な領地を有する大身である。

彼ら三将の軍勢が、合わせて僅か三千だったとは少なすぎる。

信元は、天正二年の勢州長島攻めにも、翌年の長篠の役にも出陣した。この設楽原合戦において武田軍に完勝したことにより、織田軍団の中では皮肉なことに信元の影が薄くなってしまった。

信長も、水野宗家を且つ信元自身をも、薬籠中《ヤクロウチュウ》の物とは思わなくなっていった。

天下人の統一戦が、畿内を中核として、西方と北陸に向けて進められるようになったからだ。徳川と水野は、東方の担当である。

そして、実質的には織田の家臣になっていた信元ではあるが、独立した大名だととらえていた者も多かったようだ。

その代表が足利義昭である。彼は、都を追われた後も、諸国の大名小名に御内書（将軍の書簡）を頻繁に送っていた。打倒信長を呼び掛け、蜂起を煽動しつづけていたのだ。大樹《タイジュ》が追放されてから八か月後、その御内書が、家康と信元の許にも届られた。天正二年三月二十日付けの書状であった。

内容は、「近般信長 恣《ほしいまま》の儀相積もるに就き」、武田と和睦して「天下静謐《セイヒツ》の馳走頼み入り」、要は信長を討伐して、公方たる己が京に帰れるよう力を貸してほしい、ということである。

家康宛ても信元宛ても、ほぼ同文だった。全く差はなかったのである。

義昭の料簡では、徳川も水野も織田家から自立した存在だった訳である。

軍旅を発興するたびに、家臣化が進んでいったのだが、尚おも信元は、信長にとって特殊な配下だったのだ。

さて、水野父子の切腹について書かれたもので、良質の史料は無いとのことだ。

古文書や軍談の類で、その顚末について詳細に述べているのは『松平記』だそうだ。記載された内容を現代文に、谷口克広先生が意訳されたのが以下の文章である。

「岩村城では次第に兵糧が欠乏したため、城兵はさまざまな道具を持って密かに城を抜け出し、近くの村で食糧に替えていた。信元の所領である緒川と刈屋は岩村に近かったので、家臣の中でその交換に応じる者が多かった。それを知った佐久間信盛は、日頃から彼と仲がわるかったため、主君に讒言した。信元が、岩村城の秋山と通じて糧米《リョウベイ》を送っていると告げ口したのだ。信長は、糾明するため使者を信元の許に派遣した。それを伝え聞いた信元は驚愕した。そして、すぐに家老を一人弁明のため遣わした。この老臣が、信長の使い番と途中で遭遇し、一緒に酒を飲むことになった。ところが、二人は泥酔して喧嘩になってしまった。斬り合った挙句の果て両者とも命を落としたのだ。そのため、信元は申し開きができなくなってしまった。信長は、信盛の讒訴《ザンソ》を聞き入れ、信元を誅殺するよう家康に命令した」

『松平記』は、徳川氏創業史の中では、最も古いとのこと。慶長年間に成立したとされている。著者は不明ではあるが、事件の関係者が生存中に書かれたものだけに、信憑性は高いと云えようか。

そこでだが、荒唐無稽とまでは思わないが、いくつかの疑問点がある。

まず、主君の一大事が勃発しているのに、家老ともあろう者が、泥酔するまで酒を呷《あお》るだろうか。

また岩村から刈屋や緒川までは、直線距離でも二十里ほどある。九十九折《つづらおり》の山道を通って行ったら、百キロメートルは超えてしまうだろう。けっして近くはないのだ。容易に物品の取り引きができたとは思えない。

両人が斬り結んだ末に、双方とも死んだのが事実なら、それは、信長の奸策か狡算が目論見どおりになったという事ではなかったか。

天下人が、気の利いた馬廻りに白羽の矢を立てて、計画が成就したあかつきには、子息や兄弟を取り立ててやるからと宣《のたま》って、因果を含めたと推測する。

使者は、信元に上使殺害の罪を付け加えんが為の、相討ち覚悟の刺客《セッカク》だったと想われる。

信元には、武田と通じているとの噂があったようだ。真相は判らないが、信玄が健在だった頃なら、十分あり得ることである。

信玄は、西方へ向けて軍旅を発《おこ》すにあたり、美濃の国衆にまで働きかけた。郡上郡の遠藤一族は、しばしば武田方と連絡し合っていた。美濃三人衆の一人である安藤守就も、信玄に通じていた可能性がある。

より大身であって、しかも織田家臣とはいえ、特別な存在の水野信元に、信玄が目を付けなかった筈がないだろう。

それに対する信元の応答は判らない。しかし、反応のいかんに関係なく、そのような風聞を耳にすれば、信長が糾察の姿勢をみせるのは明らかである。

なにしろ此の覇王は、人一倍、執念深く且つ猜疑心が強い変わり者なのだから。

〈天下人の城〉

天正四年正月に天下人が、江州蒲生郡の安土山《あづちやま》に築城することをきめた。この睦月の中旬から普請をはじめるべく、惟住五郎左衛門に下知した。この安土の地は、もとは常楽寺と称されていた。

二月二十三日、寓居していた佐久間信盛の私宅から安土に動座した。まずは城の作事が信長の意にかなっていたので、褒美として名物の珠光茶碗を長秀に下賜した。

馬廻り衆には、安土の山裾に各自の屋敷地を与えた。そして、それぞれの普請を申し付けた。

四月朔日《ついたち》から、安土山中の大石を用いて縄張り内に石垣の構築をすすめた。また中心部に、天守閣を建設すべく指示をだした。

尾張、美濃、伊勢、三河、越前、若狭、そして五畿内と近江の数多の武将たちが、馳せ参じた。殊に重要である、京と奈良と堺の多くの寺社番匠や諸もろの職人などを召集した。そして、全員に対し、安土に逗留すべき旨を申し伝えたのだ。

さらに、瓦焼き職人である唐人一観を召し出した。本丸御殿や天主などは、すべからく唐様に造営すべく下知した。

巽（東南）に連なる繖山《きぬがさ》（観音寺山）、さらには長命寺山、長光寺山、伊庭山《いばやま》など、所どころの大石を引き下ろした。それらを、千、二千、或いは三千人がかりで安土山に牽き上げたのだ。

石奉行に任じられたのは、西尾小左衛門、小沢六郎三郎、吉田平内、大西某の四名だった。大石を撰び取り、小石は払い除けた。

この砌《みぎり》、津田七兵衛信重（織田信澄）が、大石を安土山の麓まで、配下の者どもに運んでこさせた。しかし、蛇石と称される此の名石は、途轍もない岩石だったから、いかんせん山上へは輓曳《バンエイ》することができなかった。

そこで、羽柴秀吉、滝川一益、惟住長秀の三将が、助勢一万あまりの人数でもって、昼夜三日がかりで、山頂にまで輓《ひ》き上げた。山や谷が動くかと思われるほどの大騒ぎであった。

天下人は、都にも城館を建てようと思いたった。それで安土城造営の件は、秋田城介信忠に委細を言い置いて、四月晦日《みそか》（二十九日）に上京した。そして、洛中の妙覚寺を宿所とした。

二条晴良の屋敷地が、幸いに空き地になっていた。泉水や庭の眺望が面白いと感じたので、信長は、ここに館城を構えることにした。

造営計画のあれこれを、村井長門守に説明した。且つ、普請及び作事を貞勝本人に下命したのである。

そもそも安土城は、奥深くして広い山の中に在る。山裾には、多くの住居が甍《いらか》を争い軒を連ねていた。

西から北に琵琶湖が渺渺《ビョウビョウ》と広がっている。遠浦帰帆、漁村夕照、浦うらの漁り火、まことに絵画のごとき景勝である。

湖中はるか北方に竹生島《ちくぶじま》なる有名な島がある。沖島が目の前にある。長命寺観音の鐘の音が聞こえてくる夜明けや晡夕《ホセキ》もある。

湖の西のかなたには、比良の峰嶂《みねみね》である、四明岳や蓬莱山や武奈ケ岳がそびえている。南方には、村むらの田畠が平坦につづいている。坤《ひつじさる》（南西）の方角に不二山に譬えられる、近江富士の三上山《みかみやま》のいただきが見える。東には観音寺山がある。山麓に街道が通っていて、人びとの往還は引っ切りなくつづいて、昼も夜も途絶えることがなかった。安土山の南側にも淼漫《ビョウマン》たる入江があった。四方の景色も町の殷賑《インシン》も、すべてが華やかであった。

城址の二の丸に向かって、百々橋《どどばし》口から小道を登って行くと、直ぐに山門が見えてくる。摠見寺《ソウケンジ》の入口である。門をくぐると三重の塔が在《まし》している。荘重である。甲賀《こうか》郡の長寿寺から移築したものとのこと。

その長寿寺の本堂（石部町東寺、現湖南市）は、国宝である。因《ちな》みに常楽寺（もと石部町西寺、湖南市）の本堂と三重塔は、ともに国宝に指定されている。

城内において城下町に一番近い所に在った摠見寺には、江戸時代末まで、表門と三重塔以外にも多くの堂宇が残っていた。

このことは、天主閣炎上の謎もしくは、安土城放火犯捜しについて推理するのに、手掛かりとなると思う。

閑話休題。安土山下町《さんげまち》の人口は、段段に増えていった。天正九年ごろには、六千人も住む大きな町になった。

惣構えの中にセミナリヨ（キリスト教神学校）までも建てられて、国際色まで帯びるようになったのだ。この城下町は、天正十年五月まで発展の一途を辿っていったのである。

そして、安土山一帯に築城をすすめるだけでなく、山裾に点在する集落を整備して町を造成していった。安土山下町、いわゆる安土城下町である。

それまで周り一帯の聚落には、湖からの水路が縦横に張りめぐらされていた。

信長は、それらを埋め立てたり、流路を変更したりして区画整理をした。新しい町を造りあげたのである。

少数の近習や寵臣は、主要な郭の近くに住居を与えられた。だが多くの馬廻り衆には、山下町に住むべしとの指令が出された。そして、商人や職人に対し、大通りに沿って店舗などを構えるよう布告した。

天正五年六月に、「近江安土山下町中掟書」が、定められた。

全十三カ条の中、その第一条にある楽市楽座の規定は、殊に有名である。

商工業に携わるのが自由であり、誰にでも認められていた。のみならず様ざまな税も免除されていたのだ。

他には、安土近辺を通過する旅人に対し、山下町で宿泊することが課された。

普請や伝馬の労役は免役されていたが、近江国内での馬の売買は、必ず山下町内で行わねばならぬ、と義務づけられていたのだ。

斯くのごとき優遇策をもって、匠や賈人《コジン》をより多く呼び集め、城下町を繁栄させるべく工夫したのだ。そうして、天下人のねらいは的中し、成功したのである。

〈本願寺の再三の蜂起〉

天正四年四月十四日、またも石山本願寺が挙兵した。直だちに信長は兵甲を発した。荒木村重、惟任光秀、長岡藤孝、原田直政の四将が中核となり、五畿内の将兵も加わって大坂へ向けて出陣した。

まず村重には、尼崎から海上へ出動し、石山の北の野田（大坂市福島区）に、砦を三構え築くこと。且つ、川筋の通路を遮断すべき旨の指令が出された。

さらに信長は、光秀と藤孝に、大坂の東南にあたる森口（守口市）と森河内（東大阪市）の二か所に砦を構築するよう命じた。

また直政には、天王寺（大坂市天王寺区）に堅固な要害を設けて、木津（大坂市浪速区）を占拠すべく下知した。

何となれば敵が、楼岸《ろうのきし》（大坂市中央区か東区京橋前之町）と木津の両所を橋頭堡として、難波口から海路で外部と連絡をとり、補給を受けているからである。

そして信長は、天王寺の向い城に佐久間甚九郎信栄《のぶひで》と光秀を入れ置いた。尚《な》お検使として猪子高就と大津長昌（もと長治）を派遣した。

天下人の策戦指令に順《したが》って、原田備中守が出撃命令を発した。五月三日の仏暁《フツギョウ》であった。

先備えは、三好康長と根来寺の僧兵及び、和泉の国人や地侍であった。

全軍を指揮する原田直政は、山城と大和の国衆を将《ひき》い先陣につづいて、木津の城砦《ジョウサイ》の中、三津寺砦（大坂市南区）に攻め寄せた。

敵の来襲を察知していたのか、本願寺側が、すかさず軍兵を繰り出した。楼岸から後ろ巻きの軍勢が駆けつけ、織田軍に攻めかかった。

数千挺の鉄炮を備えた、一万有余の大軍だった。織田軍の先鋒を包囲する形で、鉄炮を次つぎと発《はな》ちつづけた。その上に鑓働きも鋭《するど》かった。まず三好勢が崩れて敗走した。

直政は、踏みとどまって支えようとしたが、頽勢《タイセイ》を立て直すのは、むずかしい。暫時、奮戦したものの撓敗《ドウハイ》してしまった。

とうとう、直政、塙《ばん》喜三郎、塙小七郎、蓑浦《みのうら》無右衛門、丹羽小四郎などなど悉尽《シツジン》、枕を並べて玉砕した。

勝ち戦に乗じて、そのまま大坂方が天王寺の砦に攻め寄せて来た。此の時この砦に楯籠っていたのは、佐久間甚九郎、惟任日向守、猪子兵介、大津伝十郎、そして近江の国衆だった。

本願寺の軍兵は、俄か普請の砦を包囲して攻めたてた。この折節、信長は都に居た。戦況の報らせを聞いて直ぐさま、分国内に出陣命令を触れ廻らせた。

五月五日に後詰めのため、信長が出陣した。湯帷子《ゆかたびら》を着ただけで、小具足すら身に付けていなかった。わずか百騎ばかりを従えて若江（東大阪市）に至り、陣を構えた。そして、翌日も逗留した。

先備えの将兵の様子を聞き、軍兵の着到を待って編成をしようとした。しかし急な出陣だったので、軍勢が思うようには揃わなかった。雑兵や夫丸などが集まらず、頭分の侍たちが着陣していただけだった。

然《さ》りながら、五日どころか三日の間だに支えがたしとの報告が届けられていた。たびたびの注進を受けて、信長は進撃を決心した。

籠城兵を攻め殺されて、都鄙《トヒ》の者どもの物笑いの種になるのを虞《おそ》れ、臍《ほぞ》を固めたのだ。

信長ほど輿論《ヨロン》とか外聞を意識した戦国大名は、他にいなかったと思われる。彼の書翰には、天下の面目、天下の覚え、天下の取り沙汰、天下の褒貶《ホウヘン》、天下の嘲弄などの言葉が、しばしば見られるのだ。

五月七日に天下人が出馬した。

『信長公記』には、「一万五千ばかりの御敵に、纔《わず》か三千ばかりにて打ち向はせられ」と、記述されてはいるが、太田牛一の誇張した表現としか考えられない。

信長は、五倍の大軍に対し、軍勢を三段に配置して、住吉口から攻めかかったと記載されている。

先鋒は、佐久間信盛、松永久秀、長岡藤孝、そして若江衆であった。

この折、荒木村重に先陣をつとめるべく下知したのだが、我われは木津口の抑えを仕りたく存じまする、と申し述べて受けなかった。のちに天下人は、摂津めに先備えをさせざりしこと満足なり、と述懐した。

二段目は、滝川一益、蜂屋頼隆、羽柴秀吉、惟住長秀、稲葉一鉄、氏家直通、安藤守就。三段目の後ろ構えは、馬廻り衆であった。

このように指図してから、信長は、先手の陣笠連と一緒になって駆け回った。ここかしこで下知をとばしている時に、軽傷を負った。脚に鉄炮玉が中《あた》ったのだ。

しかし、天道照覧とでも言うべきか、たいした傷ではなかった。敵方は、数千挺の鉄炮で以って、雨霰のごとく射撃を繰りかえした。が、物ともせずに一揆勢に、どっと攻めかかって突き崩した。

門徒兵を数多《あまた》斬り捨てたのち、天王寺砦に駆け込み守備兵と合流した。

ところが、敵方は大軍ゆえに撤退しようとはしなかった。陣形を強固にして、応戦をつづけたのだ。

そこで信長は、再度の攻撃をすべきだと決意をあらたにした。しかし、部将たちは、口を揃えて異を唱えた。御方《みかた》は無勢であるから、この度は合戦を控えられるべきだと、奏陳《ソウチン》したのである。

信長は、諸将の奏上を聞き入れなかった。今この時、敵が目前に寄り集っているのは、天の与えたもうた好機ゆえ、逸するべからず、と主張したのだ。

直ぐさま陣容を二段に構えて、一気に突撃した。総崩れとなった敵勢を追撃して、惣構えの木戸口まで追い詰めた。

結果、首級二千七百あまりを討ち取る大勝利となった。斯ように『信長公記』には誌されている。

斯くして、石山本願寺の東西南北に構えられた城砦に対し、十か所の付城を築かせた。

天王寺砦には、信盛と信栄の佐久間父子、松永久秀と右衛門佐久通、進藤賢盛、水野守隆、池田景雄《かげかつ》（秀雄）、山岡景宗、青地《あおぢ》千代寿元珍《もとよし》などを城番として入れ置いた。

また、住吉の海岸沿いに要害を構築した。ここには、真鍋七五三《しめ》兵衛《ひょうえ》と沼間《ぬまの》（沼野）伝内を、海上の警固役として常駐させた。

三津寺砦攻めにおける敗北に関して、信長が責任を追及した。塙《ばん》一族と一党は、厳しい糾察を受けたのである。

直政たちの討ち死にから十日経った五月十三日、代官として大和で権勢を誇っていた丹羽二介が、井戸若狭守良弘に捕らえられた。それから、信長の本営に押送された。

哀れにも頸枷《くびかせ》をはめられた姿だったと伝わっている。塙孫四郎も真木島城で捕縛された。

つづいて、新たに大和の支配を任《まか》された筒井順慶から御触書が回された。直政の一類の輩から預かった物は、紙一枚にても差し出すべく、また塙一族を寄宿させることも厳禁とのことであった（『多聞院日記』）。

多聞院英俊も、塙小七郎から米を預かっていた。のちに露見して、没収されてしまった。敗戦のけじめを敢えてつける序《つい》でに信長は、大和における些細な失政をついた。毛を吹いて疵《きず》を求めたのだ。

塙直政は、政《まつりごと》に長《た》けていたので、三段跳びの出世をした。しかし、大軍を将《ひき》いる将領には適していなかったのか。敗軍の将となり、散華《サンゲ》してしまった。

いずれにせよ、敢闘のすえ玉砕した武将の一門と一党に対する、天下人の仕打ちは、非情にして冷酷であった。

直政の後妻は、柴田勝家の娘だったと伝わっている。一子安友の生母は、この夫人なのであろうか。

安友は、佐々成政から豊臣秀吉、そして田中吉政に仕えた。のち江戸の町人になって、杏林《キョウリン》を生業《すぎわい》としたと云う（『寛政重修諸家譜』）。

六月五日、信長は戦場をあとにした。当日は若江に一泊した。次の日、槙島城（宇治市）に立ち寄った。そして、この城を井戸良弘に与えたのである。

入洛《じゅらく》して、二条の妙覚寺の山門をくぐった。翌日には安土城に帰り着いた。そして、数かずの戦果を創作して宣伝につとめた。堂堂たる凱旋だった。

七月朔日《ついたち》、安土城の普請や作事における指図を重ねて下した。孰《いず》れの者も粉骨砕身の働きをして、天下人の意にかなった。

ある奉行は衣裳を与えられた。また或る武将は、金銀や唐物を下賜された。品じなが夥《おびただ》しい数にのぼった。

この頃のことである。名物である「市の絵」を惟住長秀が召し上げた。また、大軸の山水画を羽柴秀吉が入手した。天下人の上意による行為であった。当然、両将は、おのおの一品を所有することを許されたのである。

天正四年七月十五日のことであった。

毛利の分国の中の安芸と周防《すおう》の水軍、加えて伊予の海賊衆が、摂津の沖合に来航してきた。

能島《のしま》の村上武吉、来島《くるしま》通総、児玉就英、粟屋大夫、乃美宗勝らが率いる七百あるいは八百艘の軍船が、大坂表の海上に姿を現した。石山本願寺に兵糧を搬入すべく、手筈をととのえて来援したのである。

迎撃せんとて打ち向かったのは、真鍋七五三兵衛、沼野伝内、沼野伊賀守、沼野大隅守、宮崎鎌大夫、宮崎鹿目介《かなめのすけ》、尼崎の小畑大隅、花熊の野口らであった。こちらは三百余艘を漕ぎ出し、木津川の河口に防衛線を張って、待ち構えていた。

たちまち、双方が漕ぎ寄せて海戦になった。

一方で陸上における大坂方は、楼岸や木津の城砦から出撃して来て、住吉の浜手の要害に陣笠連を攻めかからせた。

対して、佐久間信盛が、天王寺砦から軍兵を繰り出した。そして、敵勢に横槍を入れたのだ。押しつ押されつの長い戦闘になった。

その間に海上では、敵の水軍が、織田方の軍船を押し包んだ上で、火矢を発《はな》ち且つ焙《ほう》烙《ろく》を投げ込んで、焼き崩してしまった。

真鍋、沼野伝内、沼野伊賀、小畑、野口、宮崎鎌大夫、宮崎鹿目介などなど、他にも多くの歴々の武者が討ち死にした。

兵船数、操船技術、武器の装備、すべてに雲泥の差があったのだ。

完勝した毛利水軍が、大坂へ糧米を陸揚げして、本願寺に運び入れた。それから、順風に帆を挙げて、意気揚揚として西方へ引き上げて行った。

信長は出馬しようとしたけれど、既に落着したと聞き、如何ともしがたく思った。常になく落胆したのである。

これ以後、住吉の浜手の砦には城番として、保田《やすだ》久六郎、塩井因幡守、伊知地《いちぢ》文大夫、宮崎二郎七郎を入れ置いた。

さて、去る元亀四年に犬上郡佐和山で建造させた大船は、かつて将軍義昭が謀叛した際に、一度きり使用しただけだった。これからは此の巨船は必要ないとのことで、解体することになった。

信長は、分解して早舟十艘に造り替えるべく、猪飼野《いかいの》甚介昇貞《のぶさだ》に指図した。

十一月四日に京へ向けて出立した。陸路を瀬田まわりで入洛《じゅらく》した。そして、二条の妙覚寺に到着して寓舎とした。

同月十二日、赤松弥三郎広秀、別所小三郎長治、別所孫右衛門長棟《ながむね》、浦上遠江守宗景、浦上小次郎らが上洛して、天下人に伺候した。

天正四年十一月二十一日、信長は、内大臣に陟《すす》んだ。この節に五摂家や七清華《せいが》に知行地を進上した。

さらに禁中へは、黄金二百枚、沈香、巻物など色いろと取りそろえて献上した。

そして勿体なくも御衣を頂戴したのである。官位の次第は、吉例に則って行われた。

天下人は、直だちに石山の世尊院へ向かった。

美作守景隆と玉林斎景猶《かげなお》の山岡兄弟が、内大臣任官を祝す盛饌《セイセン》をしつらえた。二日間も信長は、石山あたりで鷹狩を楽しんだ。

そして十一月二十五日、安土城に帰った。

十二月十日、三州幡豆《はず》郡の吉良荘にて鷹狩りをするため、佐和山城に泊った。

十三日に尾州の清須城に入城した。何ゆえか長ながと滞在をつづけ、三州吉良に至って落ち着いたのは、二十二日であった。

天下人は、徳川家康の領国内に三日間も腰を据えていた。その間、さまざまな案件について下知を送った。

二十六日に清洲まで戻った。大晦日に濃州へ向け出立した。岐阜城で年を越すこととなった。

天正五年正月二日に信長は、岐阜から天下人の城に帰った。

正月十四日、またしても入洛したあと直ぐに、具足山妙覚寺を目指した。寺の堂に陞《のぼ》り室に入った。

すでに、近隣の武将たちが在京していて、天下人に伺候して式体をした。

別所長治、浦上宗景、武田元明の面々であった。信長が、諸将に天下の沙汰を下命した。

そして、正月二十五日、安土城に帰着した。

〈紀州雑賀への南征〉

二月二日、雑賀《さいか》惣国一揆の内の三緘《みからみ》(宮郷、中郷、南郷)の者と根来寺《ねごろじ》の杉坊《すぎのぼう》とが、信長に味方する旨、申し入れてきた。前まえから進めていた調略が功を奏したのだ。

但し、三緘の衆も一枚岩だった訳ではない。宮郷の太田党の中にも、本願寺のために働いた者がいたし、南郷に属する黒江村の門徒は、雑賀荘に駆けつけて雑賀衆とともに戦った。

その二月二日に直ぐさま天下人が、陣触れを発した。兵は拙速《セッソク》を貴《たっと》ぶを信条としているだけに、行動が早かった。

八日に京から出馬する手筈であったが、大雨のため延引した。ようやく九日に入洛し、具足山妙覚寺に宿泊した。

秋田城介信忠は、尾州と濃州の将兵を将《ひき》いて、九日に出陣した。その日は、江州《ごう》坂田郡の柏原(もと山東町、現米原市)に陣取りをした。

十日、犬上郡の肥田城《ひだ》（彦根市）、すなわち蜂屋兵庫頭頼隆の城館に宿泊した。十一日は、江州野洲《やす》郡守山（守山市）に陣を張った。

北畠三介信雄、織田上野介信包《のぶかね》、神戸《かんべ》三七信孝も、それぞれ本拠から出陣して行った。尾州、濃州、江州、勢州の四か国の軍勢が、瀬田と松本と大津（いずれも大津市内）に陣取った。五畿内の大名や国人は言うまでもなく、越前、若狭、丹波、丹後、播磨の国衆が、都近辺に出向いた。そして、天下人の動座の伴をするため、陣を構えて待っていた。

二月十三日に信長は、京から真っすぐに淀川を渡って、八幡（八幡《やわた》市）に本陣を据えた。十四日は降雨のため、そのまま逗留することになった。東国の軍平は、真木島と宇治の橋を渡った。先備えの将兵が、風雨をしのいで参陣した。

二月十五日に信長は、八幡から河内の若江まで進んだ。十六日には、和泉の香庄《こうのしょう》（岸和田市）に本営を構えた。斯くして十万と呼号する大軍勢が、泉州の山野をおおったのだ。

総兵力については、諸説がある。五、六万騎（『紀州発向之事』）、十万人（『耶蘇会士日本通信』）、十万余（『兼見卿記』）、十五万騎（『多聞院日記』）。

翌日に先鋒の軍勢が、一向一揆勢が楯籠っている貝塚（貝塚市）を攻め、殄滅《テンメツ》させる手筈であった。国中の一揆とは云うものの、主力の軍兵は雑賀衆だった。

だが、夜のうちに一揆勢は、船に乗って撤退して行った。逃げおくれた少数の者が討ち取られた。それらの首級は、香庄に送られ、総大将の首見知り（首実検）に供された。

十七日、根来寺の杉の坊の衆が本陣に来て、天下人に挨拶を申し陳べた。

二月十八日、佐野の郷（泉佐野市）に本陣を移した。

二十二日には、さらに志立（泉南市）に本営を進めた。ここで総帥が、浜手と山側と二方面に軍勢を分けて進軍させた。

山方《やまかた》へは、根来の杉の坊と三緘の衆を道案内として、佐久間信盛、羽柴秀吉、荒木村重、別所長治、別所重棟、堀秀政など、歴歴の武将が押し進んだ。

和泉山地を風吹《かぜふき》峠で越える根来街道を南下して、大軍勢が紀伊国に踏踏《トウトウ》と足を入れた。

根来を経て小雑賀《こざいか》に乱入した軍兵が、あたり一帯を焼き払い蹂躙してまわった。

雑賀衆は、こちら方面の防衛線を、雑賀川に沿って布いた。北から順に中津城、吹上峯（のちの和歌山城）、原見坂、宇須山、東禅寺山、弥勒寺山（秋葉山）、甲崎《かぶとざき》、玉津島に塁を連ねていた。

そして、雑賀川の流域には、桶や壺の類を埋めて置いた。さらに、紀ノ川の水を導き入れていたのだ。

堀久太郎配下の将兵が、雑賀川に入り対岸まで渉《わた》った。が、攻め寄せても、岸が高く且つ柵が設けられていたため、上陸できずに躊躇《ためら》い、狼狽《うろた》えた。そこを雑賀の鉄炮放ちが狙い撃った。

すぐれた武者をあまた討ち斃《たお》されて、やむなく秀政は引き退いた。斯くして両軍は、川を間にして対峙する形をつづけることになる。

この間に、一鉄と貞通の稲葉父子、氏家左京亮直通、飯沼勘平長継の美濃衆が、先陣通路の警固役として、紀ノ川の渡り口に陣を構えた。

一方、浜手のほうを進軍した武将は、滝川一益、惟任光秀、惟住長秀、長岡藤孝、筒井順慶と大和衆であった。

淡輪口《たんのわぐち》（泉南郡岬町）から先は一本道ではあったが、節所だった。

それで籤《くじ》を掣《ひ》いて、三手に分かれた。そして、山へも谷にも進撃して行った。

二月二十二日、中筋の道を突き進んだ惟任と長岡の部隊が、和泉山地の孝子《きょうし》峠を踰《ユ》領《リョウ》しようとした時に、雑賀衆が現われ迎撃せんとした。一戦ののち、敗北した一揆勢は退却していった。

藤孝の家来の下津権内が、一番鑓を合わせて、比類ない働きをした。以前にも、石成《いわなり》主税助《ちからのすけ》友通と組討ちして手柄をたてた勇士である。この武辺者は、雑賀の地で討ち死にした。

秋田城介信忠、北畠信雄、神戸信孝、織田信包の連枝の衆は、二番筋を進撃して行った。織田の大軍が孝子峠を下って、雑賀の地の一郭に乱入した。紀ノ川の右岸、北側になる十ケ郷である。あたり一帯を焼き払った。そして、中野城（和歌山市）を包囲した。織田方の誘降工作を受け入れて、守備兵が降参した。開城したのは、二月二十八日である。直ちに信忠が、城を受け取り陣を据えた。

二月晦日に、信長が淡輪を出立した。この折、下津権内を呼び出して対面した。且つ、称賛のことばを掛けた。諸将の前で権内は面目をほどこしたのである。

この日、総戎《ソウジュウ》は野営をした。辺り一帯を駒で駆け回り状況を自ら偵察したのだ。

三月一日に、滝川、惟任、蜂屋、長岡、筒井の諸将と若狭衆に、鈴木孫一重秀の居城を攻抜《コウバツ》すべく下知した。

それで大軍勢が、竹束を用意して攻め寄せた。さらに、井楼を組み上げて、昼も夜も攻めたてた。

三月二日に信長は、鳥取郷（阪南市鳥取）の若宮八幡に本陣を移した。前進でも転進でもなく、後退であった。

天下人は、雑賀衆の奇襲を警戒していた。また彼らの抵抗が激しいことに、少なからず驚いてもいた。杉坊の衆や三搦《みからみ》の者たちも、情勢次第では変心し、寝返るかもしれない。

門徒が多い土地柄ゆえに、足元の泉州の様子も気がかりなものが有ったであろう。そして、より大きな虞《おそ》れは、本願寺に与する勢力が、手薄になっている織田の分国、或いは都に攻め込むことであった。

具体的には、瀬戸内の制海権を有する毛利一門と、謙信将いる上杉勢に挾撃されるのを惕《おそ》れていたのである。

殊に毛利軍は、既に礪戈《レイカ》をすすめていた。先備えの小早川隆景は、三月十一日に出陣し東方へ進んだ。

知ってか知らずか、信長自身は、和泉山地を踰《こ》えて紀州に攻め入ることをしなかった。総大将が斯ような具合だから、戦局は膠着状態となった。

そのため、京では何かと良からぬ風評が乱れ飛んだのだ。

天下の取り沙汰や外聞を気にする信長は、人心の収攬を目論んだ。村井長門守に内裏の築地《ついじ》の修復を行うべく、命令を伝えたのである。

村井貞勝は、禁中の修理が完成したのを理由として、洛中の人びとの手で築地を築くべきだと、町衆の間を奔走して説得した。

都人は、もっともなことだとして了承した。そこで貞勝が、その警固にあたった。

三月十二日から、組を編成して受け持ち場所ごとに、舞台を設けた。稚児や若衆は、この時とばかりに華やかに我もわれもと飾りたてた。

笛、太鼓、鳴物の拍子を合わせ、老いも若きも浮き立って舞い踊った。瞬《また》くうちに築地塀が造られていった。

折から嵯峨や千本通りの桜も、今を盛りと満開であった。花を手折り袖をふれ合わせ、お香や衣香が四方にただよう中を、身分の上下の別なく群れ集い、見物していたのだ。そもそも、雲上人、女御、更衣たちにとって、これほど面白い見ものはなかった。それぞれ、詩歌を作り喜悦するさまは、一方ならざる風であった。

両軍ともに極め手を欠く間に、雑賀衆の側も、大軍に侵攻されて郷村が荒廃してしまった。戦闘員も疲弊困憊《コンパイ》していた。

信長が焦慮と天秤に架けた結果は、雑賀衆の表向きの屈伏と引き換えに、織田総軍が撤退するという妥協案であった。

おそらく黒江村の門徒などが、三緘の南郷の衆に和談を打診し、それが総帥の許にも伝えられたのだろう。

但し、信長側の記録には、そのような記述はない。雑賀衆の七人の領袖たちが、誓書を出して詫びを入れてきたので赦免してやった。実に尊大に構えた文章である(『信長公記』)。宥免状も後のちまで残っていた。

今度雑賀の事、成敗を加うべく候処、忠節を抽《ぬき》んずべきの旨、折帋《おりがみ》を以て申し候段、聞召《きこしめ》し届けられ候、然《しか》る上は、異議なく赦免せられ了《おわ》んぬ、向後別して粉骨専一に候、猶小雑賀《こざいか》向に在陣の者共申すべく候也

三月十五日　信長（朱印）

鈴木孫一　とのへ
栗村三郎大夫　とのへ
嶋本左衛門大夫　とのへ
宮本兵部大夫　とのへ
松田源三大夫　とのへ
岡崎三郎大夫　とのへ
土橋若大夫　とのへ

殿へが、とのへと表記されていて、薄礼化が著しい。それはともかく、朱印状の日付から、三月十五日以前に、和議の交渉が終了していたと推定できる。

ところで、三月十三日付けで、下間頼廉から雑賀衆に大筒の貸与の約定を記した書簡がある。その時点では、雑賀衆降服の報らせが、本願寺に届いていなかったことになる（『鷺森別院文書』）。

雑賀合戦の幕引きは不透明だった。それ故、織田方が敗北したという説もある。

合戦直後の三月二十七日付けの、足利義昭の上杉謙信宛て書状、四月朔日付けの毛利輝元の謙信宛ての書翰。それぞれ内容は共通している（『上杉家文書』）。

後世の『紀伊続風土記』などの郷土史料には、雑賀衆が織田軍を撃退した、と記載されている。しかし、信憑性については、いかがなものか。

無視できないのは、ポルトガル人司祭のルイス・フロイスが、天正十三年閏八月八日付けで、イエズス会総長に送った書簡である。

「信長は雑賀を破れば大坂の維持できぬことを知り、多年の攻囲中二回雑賀を襲はんと試み、一回は約十万人を率いて、また一回は約八万人を率いてこれを攻めたが、その地が堅固で目的を達すること能はず、かえってその兵を失った」と、書かれていたのだ。

真実なのだろうか。何にせよ、信長が二度も雑賀衆に敗れたと、他の史料には見当たらないことを書き残した伴天連《バテレン》（パードレ）が、天正十年五月までは信長と親密だったのは、間違いない。

やがて、雑賀衆は再び挙兵するのだが、暫くは鳴りをひそめていた。

三月二十一日、総戎《ソウジュウ》が兵を戢《おさ》めて、泉州の香庄にまで戻り陣取りをした。次の日も逗留しつづけた。そして、佐野の村（泉佐野市）に要害を構えるよう下命した。

ここに、佐久間右衛門尉、惟住五郎左衛門、惟任日向守、羽柴筑前守、荒木摂津守といった歴々の武将を残し置いた。

城塞を築き上げた後、杉坊の衆と津田左兵衛佐（織田信張）を城番として入れた。

三月二十三日に総帥が、河内の若江まで帰り着いた。

ここで、「化狄《かてき》」なる茶入れを天王寺屋の竜雲が所蔵しているのを取り立てた。また、「開山」と云うふた置きを今井宗久が献上した。「二銘」という茶杓も召し上げた。三品の代金は、金銀を以って支払われた。

翌日の二十四日は八幡に一泊し、二十五日に帰京した。そして、二条の妙覚寺の山門を敲き宿泊した。

三月二十七日に信長は、江州へ罷り安土城（近江八幡市）に入城した。

七月三日に欧州の伊達輝宗が、天下人のもとに遙ばると鷹を進上してきた。

さて、雑賀衆の再挙は、七月はじめから気配があった。それは、信長に味方した三緘の人びとへの報復という形で旗揚げされたようだ。

八月朔日付けの、信長の寵臣たる万見重元の淡輪《たんのわ》大和守ら宛ての書状にも、経緯が取り上げられている。

尚《くわ》えて『紀伊続風土記』は、信長に与する南郷の土豪が、八月十六日に鈴木孫一たちと井ノ松原（海南市内）で戦って敗北し、日方《ひかた》（同市内）に築いた城砦も陥落した。斯ような伝承を記載している。

斯かる雑賀衆の蠢動と攻勢に対し、信長も手を拱ねいていた訳ではなかった。

天正五年七月には、雑賀表への抑えとして配置していた泉州佐野の守備兵に指図を伝達した。さらに、翌八月には、諸将に動員もかけたのだ。

〈久松松平家の不運〉

天正五年七月十九日、家康と生母於大の一家に凶変が起こった。尾州知多郡の英比《あぐい》城主、久松信俊（定員《さだかず》）が、摂津の四天王寺において自刃させられたのだ。

弥九郎信俊は、於大が再嫁した久松佐渡守俊勝の庶長子である。実母は、知多郡大野（常滑市大野町）城主の佐治家の出身だった。於大とも竹千代家康とも血の繋がりはない。けれど、久松家の当主だった。

凶訃《キョウフ》は、郎等によって、阿久比（阿古居《あぐい》、英比とも）の荘の坂部村と三州岡崎に急報された。

信俊の従者の述べ伝えた訃報を聞いた正室は、身重であったことも考慮して、阿久比城を出て大野城に移った。

信俊夫人も佐治家の姫だったからだ。かさねての不幸はないだろうと思い、弥九郎との間の子である小金丸と吉安丸は、城に残し置いた。

一方、岡崎城の大手門をくぐった久松家の郎従は、二の丸に走り込んだ。悲報をつぶさに聴いて、於大の方は、顔を伏せ歔欷《キョキ》しつづけた。先代である俊勝は、絶句し倒れこんだ。

遠州の浜松城に居た家康が、近臣から凶音《キョウイン》を報《し》らされた時、満面に朱を濺《そそ》いだ。烈しく怒気をあらわにしたが、一言も発しなかった。

慎重居士の家康は、天下人の地獄耳を惕《おそ》れていたのだ。だが、胸次では誹《そし》ったり罵《ののし》ったりしていた。

——おのれ、信長の奴。好き勝手な真似をしおる。あの人非人を打首にできぬとは、全くもっていまいましいわい。せめて遠流《おんる》にでもいたしたきものよ。

無茶苦茶な話である。いずれかの戦場で、刺客を放って闇討ちを企てるなら、まだ可能性はある。しかし、天下人を貶逐《ヘンチク》するなんぞ、どだい無理である。

浜松城主は、岡崎城へ向けて出立した。三州吉田城で一泊してから、嫡男信康の城の大手門をくぐった。城中で、久松家のさらなる悲運を知ることとなった。

佐久間信盛の手勢が、三州刈屋城から出撃して、坂部城（阿久比城）に攻め寄せた。

敢えなく落城し炎上。城内に居た、弥九郎の子の小金丸と吉安丸は殺害された。

唯一の救いだったのは、信俊の正妻が実家で匿われていて無事だったことである。御中の子は、成長したのち、久松吉兵衛信平と名乗った。

ところで、この大野の佐治家が菩提寺に寄進した、雪舟等楊筆の「慧可断臂図《エカダンピズ》」が、損なわれずに伝わっている。萬松山斎年寺の所蔵品である。当然、国宝に指定されている。

さて、枉死《オウシ》した久松信俊の墓は、城址の北に隣接する檀那寺に在る。龍渓山久松寺洞雲院（普通は山号、院号、寺号の順に陳《つら》ねる）である。曹洞宗の寺院だ。於大の方の墓碑も当山に在る。

因みに、伝通院どの於大の塋域《エイイキ》は、江戸小石川の伝通院と岡崎の大仙寺にも在る。

さて、場面は岡崎にかわる。本丸の城門の前で、徳川の統領を出迎えたのは、平岩主計頭《かずえのかみ》親吉だった。

家康は、酒井忠次と松平忠正を伴っていた。忠正は、三州碧海《あおみ》郡の桜井城（安城市）の主である。

「秋と申すも名ばかり、残暑きびしき折柄、遠路を駆けつづけての御入城。さぞや、お疲れのことと存じまする。されど重ねて、きびしかるべき報らえを致さねばなりませぬ。尾州の阿久比の館城が攻められ、炎上いたし候ふ」

「なんと。主計頭どの、真でござるか――」

覚えず声を発したのは、忠正だった。与一郎忠正の正室は多劫《たこう》である。多劫姫の生母は於大の方、父は久松俊勝か。但し、松平広忠の娘との説が有力だ。いずれにしろ、家康と血のつながった妹である。

多劫君は、のちのことだが忠正の病死後、弟の忠吉と再婚したけれど、忠吉とも死別。さらに、高遠城主の保科正直《ほしなまさなお》に嫁することになる。保科家は、会津松平の遠祖である。

「七之助、ことの次第を詳しゅう語れ」

親吉に近寄ってから、けわしい表情のまま、家康が、抑揚のない声音で告げた。

その場を動かずに親吉が、一揖《いちゆう》したかのような姿勢で、凶報のあらましを陳《の》べはじめた。

「然《さ》れば、申し上げまする……」

「相わかっただわ。弥九郎どのは佐久間の組下なりしゆえ、本願寺に通じたるとの右衛門尉の讒口《ザンコウ》により、お腹を召されしとの郎等の口上は、半《なか》ば当たっておる。伯父上父子の件も右衛門の告口《つげぐち》が吟味をうくるる種なりき。と云う風評が、あの節に囁かれたのう。英比の城を落としたるは、右衛門めの手の者なれば、返すがえすも腹立たしいわ。然《さ》れど、信盛一人にての仕業《しわざ》にはあらず。むしろ信長めの所業と申せよう。あやつの陰計が基《もとい》なるべし」

家康が、珍らしく激昂して、言い放った。忠次が狼狽《うろた》えた。忠正は、憮然たる表情のままだった。忠次が、慌てて制止の声を発した。

「殿、御ことばが過ぎまするぞ。天下様にござりまするゆえ、なにとぞ、お控えくだされまするべく」

「いささかも上様の、おん諱《いみな》を口にしてはおらぬ。信盛めと申したるのみのことよ」

辺りを一通り見まわしつつ家康が、ぬけぬけと言い遁れた。

「それにても不都合でござるよ。右衛門尉どのは、織田弾正忠家の乙名にて候ふゆえ。以後は、常の殿のごとく自重なされまするよう、おん願い上げまする」

「わしの越度《おちど》であった。左衛門尉、赦せ」

家康が、宿老に首《こうべ》を垂れた。すでに沈着さを取り戻していた。

「主計頭、母上はいずくに居られるや――」

「於大の方様なれば、きょうも二の丸より外には出ておられぬ筈でござりまする」

「左ようならば良い」

家康が、二の丸に向かって歩みはじめた。

「大殿。本丸にて若殿が、お待ちでござりまするが」

親吉が、やや圭角のある口調で言上した。

「母上の許に参ってのち、三郎と面語いたすだわ。左衛門尉、当城の主に色体を済ませておいてくれまいか。与一郎は、身どもの供をいたしてもらいたい」

「拝承つかまつり候」

忠次が眴目《ジュンモク》したように、家康には感じられた。

「心えまいてござりまする」

忠正は、顔付を和らげて一揖《いちゆう》した。そして、親吉につづいて本丸に入って行く忠次の後ろ姿を見おくった。

家康と忠正が二の丸の室《へや》に入ると、於大の方だけではなく、久松三兄弟も顔を揃えていた。長男三郎太郎、次男源三郎、三男三郎四郎である。

長男康元は、天文二十一年生まれで二十六歳。康俊は弘治元年生まれで二十三歳、定勝は、永禄二年の生まれで十九歳だった。

若武者三名が、異父兄である主君に額衝《ぬかづ》いてから、義兄の忠正に礼容を示した。

「母上様。こたびは重ねがさねの御不幸、心中お察し申し上げまする」

まず家康が口を開き、それから、忠正がつづけて挨拶した。

「於大の方さま、ご兄弟衆が岡崎城内に住まわれていて息災なりしこと、不幸中の幸いと申せましょう。心利《こころど》強くお持ちくだされたく存じまする」

「与一郎どの。忝《かたじけな》く思いまするほどに、心の雨も霽《は》れましょうぞ。家康どの、いや三河守さま。これから後も、われわれ久松家の者をよしなに、お憑《たの》み申しまする」

於大が、長子たるべき家康に深ぶかと頭を下げた。

「母上様、お顔を上げてくだされ。他人行儀をなされては、それがし辛うござる」

「赦してたもれ。生母とは申せ、わらわは松平家を出されし身なれば、久松の家の者として、徳川の御当主に仕える心構えでおりまするゆえ」

於大が、両手をつき軽く首《こうべ》を垂れた。

「あい判り申した。さて只今、この座敷に居る者は、皆すべて母上の縁《えに》しに繋がっており申す。われらは同胞《はらから》でござるだわ。この一座にいる間は、主と家来ではなく、兄弟として語り合うことにいたす。今より陳《の》べることは、嫡男の三郎にも聞かせられぬ。信康の内室が、天下様の御息女なるがゆえじゃ。然《さ》れば密議にて候へば、与一郎よ近うに」

「承りまいた。然《しか》らば、ごめん」

忠正が、膝行して家康の目の前に進んだ。

「ところで母上。佐渡守さまは、お姿が見えませぬが如何なされまいた。もしや、歓楽ではございますまいな」

於大の方が、項垂《うなだ》れて滂沱《ボウダ》と涙を流しはじめた。三兄弟が、お互いに見詰め合った。

長男の康元が口を開いた。

「兄上様。その、まさかの歓楽にござりまする。伯父上の下野守様《しもつけのかみ》が身まかりしのち、父上は、お体の具合がすぐれませなんだ。こたびの兄上のご不運を聞き及び、病が篤くなり申したのでござる。有体に申し上げれば、心の嵐がすさび、お頭《つむり》がおかしゅうなり申したる次第にござりまする」

久松俊勝は、体調不良の半病人だったのだが、悲痛のあまり精神に錯乱をきたしたのだ。

「なんたること。お慰めの辞《ことば》すらござらぬわい。伯父上、信元さまの自刃には、身どもも関りがあるゆえ、申し訳なく思うておる。然れど」

ここで、家康は、囁くかのごとき話しぶりになった。

「水野父子の災厄も、こたびの凶変も、総《す》べてが天下様の奸策よ。信長めの狡計《コウケイ》だとにらんでおるわ」

目を瞋《いか》らせ怒気をあらわにしているが、声音は低く小さかった。

「わしに逆心を懐《いだ》かせ、叛旗を翻させるべく、さまざまに罠をしかけおるのよ。あの気《き》随者《ずいもの》は、徳川家を潰さんとて、手薬煉《てぐすね》ひいて待ちおるわい」

兄弟たちは、家康が天下人を悪しざまに罵るのにびっくりした。のみならず、思いがけない話の内容に二度驚いた。

「兄上様、初耳にござりまする。それがしは、伯父上の家臣が、武田の将の秋山伯耆に米を売りたることと、かつて信玄に通ぜし疑惑を佐久間右衛門が、信長公にザン言致したるがために、身まかりしと聞いており申す」

康元は、母親を眄視《ベンシ》して口を閉じた。長男につづいて次男の康俊が、声をひそめて話しはじめた。

「弥九郎の兄上さまは、本願寺と内通との、これまた右衛門めのザン口のため、上様の成敗《せいばい》をうける羽目に相なった。斯ように我らは聞かされ、且つ信じていたのでござりまする」

康俊に訝《いぶか》しむ風情があると感じた家康が、徐《おもむ》ろに謎解きを語りだした。

「右衛門尉の告げ口はあったであろう。火の無い所に煙は立たぬとの俚諺もある。それとて、あやつの指矩《さしがね》と思うのが理であろうよ。伯父上が武田と音信《インシン》を交わせしや否やは判り申さぬ。左れど仕置を致すならば、信長自ら下知すべきである。わしに引導をわたす役を命ずるのは、別の意図があってのことだわ。こたびの件だが、弥九郎どのが本願寺と内通なんぞする訳がない。なんの利が有ろうぞ。濡れ衣を着せられしのみ。然《しか》らば何ゆえか。わしを天下人が甚振《いたぶ》って、謀叛に駆り立てんとの目論見なるべし。だが、堪えがたきを堪え忍びがたきを忍ぶ心算ゆえ、兄弟の衆よろしゅう頼む」

家康が、忠正に視線を向けてから、三兄弟を見回した。若侍たちは、長兄の話を傾聴していた。

「くり返し申すが、弥九郎どのが織田家に弓をひく弭《はず》がない。裏切ったとて益がないからじゃ。ならば、右衛門尉が、拵え文などを作り、弥九郎どのを陥れしか、との推察も一往できよう。然《さ》れど信長は、頗《すこぶ》るつきの英才の仁である。忽《たちま》ちのうちに不埒を見抜くに相違あるまい。偽りを看破されたる讒夫《ザンプ》は咎められねばならぬ。しかるに、信盛は罰せられておらぬ。何ゆえか。右衛門尉は告げ口をしておらぬのではないか。渾《すべ》ては天下人の陰計が、不運の種と申せよう」

お盆を捧げ持って、三郎四郎が入室してきた。於大の方が侍女に仕度させたものを、部屋の直《す》ぐ外で、定勝が受け取ったのだ。

家康が、盆の上の刷毛目《はけめ》茶碗を摑んで、口もとに運んだ。

「念のため申しておく。いかなる用あるとも、久松家の者は阿久比の荘に行かぬように。尾州は勿論のこと、三州の中にても苅屋辺りに近づくのはあやうい。衆知のとおり、亀城は佐久間の持ち城なるゆえ。また、佐治家に累を及ぼさぬべく、弥九郎どのの御妻女は、炎にまかれて逝《い》ったとの風説を流しておくのが良かろう。くれぐれも、君子危うきに近寄らずを旨とせよ」

語り了《お》えて、長兄が表情を和らげた。

「兄上様のご教示、ゆめゆめ忘れるものではございませぬ」

「拝承つかまつり候ふ。ご訓話は肝に銘じておきまする」

「お心づかい、誠にかたじけなく存じまする」

三兄弟が、両手をつき叩頭《コウトウ》した。

「ご配慮のほど、全くもって有りがたく、勿体なきお言葉にござりまする。そなた様のごとき大人《タイジン》を子に持ち、わらわは、女子として誇らしゅう思いまする」

於大は、憂い顔ではなかった。片笑みを浮かべつつ雅びやかな声色で言ったあと、深ぶかと低頭した。

家康は、忠正とともに二の丸を出て本丸へ向かった。

「信長が、弥九郎どのに詰腹を切らせしは、永禄三年の桶狭間の戦より前に、久松家が今川に通じておった所為《せい》もあるやもしれぬだで」

「殿、上様にござる。天下様にて候へば、実名を口にしては憚《はばか》りがございまする。それはともかく、あの方なれば有り得ましょうな」

あたりを見回しつつ、忠正が応えた。家康の小姓と忠正の若党は、二人から少し離れて歩んでいた。

「与一郎、相すまぬ。汝の申せるとおりよ。上様も、当時は上総介を称しておられしよ。十七年も昔のことだが、弾正忠家の老臣たる佐久間大学どのをわしが討ち取りし件を忘れてはおられまい」

桶狭間合戦の前日の五月十八日、松平勢が大高城《おおだか》（名古屋市緑区）への兵糧入れに成功した際、織田方の対の城の一つである丸根砦を元康の配下が落とした。そして、守将の大学助盛重が討ち死にした。

この頃、家康は、二郎三郎元信から蔵人《くろうど》元康に改名していた。

尚お合戦当時、今川方の鳴海城（緑区）に対する向い城は、丹下、善照寺、中島の三つの砦であった。そして、大高城への付城は、丸根と鷲津《わしづ》の砦が有名なのだが、他にも、正光寺と氷上《ひかみ》山と向山の砦があった。これらの三城砦には、織田に与する水野一族や大野の佐治家の将兵が、詰めていたとのこと。

「殿、殿様。与一郎さま」

主従二人に声がかけられた。家康と忠正が振り向くと、沈んだ顔付きの松平親俊が、足早に近づいて来た。

左馬助親俊は、通り名を三郎次郎といった。生母は、久松定俊（のち俊勝）の娘であるから、久松三兄弟の異母姉の子、すなわち甥である。

「おお、左馬助か。親俊も、われらの同胞と申せるわい」

「左ようにござりまするな。三郎次郎は、佐渡守どのの孫にて候へば」

主君の台詞《せりふ》に対し、直《た》だちに忠正が相鎚を打った。

「三郎次郎、母御前《ははごぜ》はご一緒ではないのか」

大殿の問い掛けを耳にして、直ぐさま親俊の従者二人が、その場に蹲踞《ソンキョ》した。そして、右手を地に措き首を垂れた。

「母ぢゃ人は、われらの館にて養生いたしており申す。少しばかりの歓楽にござりますれば、まもなく本復《ホンブク》いたすはずでござる」

親俊は、碧海《あおみ》郡福釜《ふかま》（安城市）の城主である。

「ならば良い。それを聞き安堵いたした。病魔とは、全くもって厄介もっかいよなあ」

「まことに然《しか》り。それがしは、二の丸に赴き、佐渡守さまの見舞いに参るところにて候ふ」

親俊が、悄《うれ》え顔を主君に向けて告げた。

「それは判っておる。して、あれなる二人は、汝の郎党《ろうどう》か――」

「一人は、知行地の出で、わらんべの頃より使うておる郎等にござりまするが、今ひとりは、尾張の産で新参にて候へば、小者としての扶持を与えており申す」

「左よう然《しか》らば、両者をこなたに呼んで参れ」

「殿さま。一人は新座者《しんざもの》なれば、ご容赦を願いとうござりまするだで」

親俊が、躊躇《ためら》いをみせて、一揖した。

「そなたが後込《しりご》みいたすなら、わしが呼びつけるまでよ。松若。左馬助の従者ふたりを、こなたへ連れて参れ」

「つつしんで仰《おお》せ出でに順いまする」

小姓につづいて、徳川の大殿の前に進んだ郎従と小者は、直ぐさま平伏した。

「額《ぬか》づくには及ばぬぞよ。その方らのうち、生国が尾州と申すは、孰《いず》れかの――。面《おもて》を上げて応えるがよい」

「ご下命なれば、頭《ず》を上げて申し上げまする。それがしにござりまする」

従者の一人が、地に両手をつき、顔のみ上げて言上した。

「左ようか。して、いずくの郡《こおり》かの――」

家康が、小者の面構えを熟視しつつ質《ただ》した。

「尾州は愛知郡にござりまする」

落ち着き払った返答である。

「愛知の郡ならば、御器所《ごきそ》村を知っておろうの」

「隣村にて候へば、よく存じております。われらの故郷《ふるさと》は、北隣の鶴舞《つるま》村にござりまする」

「然《さ》れば、羽柴筑前守については如何じゃ」

忠正が、主君の顔色を窺った。

「木下藤吉郎どのの母御前が、御器所の生まれと聞いておりまするが、筑前さまが織田内府様の高名なる部将であること以外、何一つ存じ上げませぬ」

弁舌に澱《よど》みなく、すらすらと答えた。

「尾州の縁起の良い村の生まれならば、何ゆえ織田家のしかるべき武将の禄を食《は》まぬのかの――」

家康の質問に、小者が少々つまった。

「それがしは、福釜の殿さまが、長篠の役の節、長篠城の弾正郭において奮戦なされたる勇将との噂を聞き、この御方に奉公いたさば、道がひらけると思うたのでござりまする」

家康が破顔一笑した。それから訊《と》い質《ただ》した。

「詳しすぎるぞよ。その方、有海原《あるみはら》の軍《いくさ》に織田の雑兵として参戦いたしたであろう」

小者が、驚愕の表情をみせた。そして、覚悟をきめたかのように、ゆっくりと大きな声で肯定した。

「仰せのとおりにござりまする」

「さて然《しか》りといえども、その方は、戦の庭より駆け落ちを致したのであろう」

またしても、びっくりした顔付きになった。

「畏れ入りましてござりまする。しかと相違ございませぬ」

家康が、莞爾として笑って、力強く存念を述べた。

「わしはな、天下布武を進め参らせ、いずれ六十六州を治めらるる上様にお仕え申し、大大名に取り立てていただく胸算用でおる。然れば左馬助も大身となろう。その方も士分となり、立身も夢にてあらざる道理だわ。一所懸命に福釜の主に奉公いたせ。よいな」

「有りがたき仰《おお》せ言を賜わり、まことに忝《かたじけな》く存じまする」

小者が、右手を地に措いたまま、平身低頭しつづけた。

「左馬助、足どめを致して相すまぬ。わしの母上にも、ご挨拶を申し上げてもらいたい」

家康が、熙笑《キショウ》しながら告げた。

「心えまいて候ふ。於大の方さまへの色代《しきたい》を怱《ゆるが》せには致すまじ。然《さ》らば、ご免くだされませ」

二の丸に向かって歩んで行く親俊主従の後ろ姿を見送って、家康が呟いた。

「あ奴は侍よな。おそらく、右衛門尉の手の者であろう。設楽原の合戦の際、青葉者でありしか士分なるかは、分からぬが。また、逃亡いたせしか否やも判りかねるがの」

含笑《ガンシヨウ》しつつ、忠正が主君の耳許で囁いた。

「殿は、惚《とぼ》け面《づら》がお似合いでござるよ。河原者にても、身過ぎ世過ぎができ申そう」

「わしは、下野と備前の浅井《あざい》新九郎父子のようには参らぬだわ。はははは」

家康が哄笑《コウシヨウ》した。主従一行は、本丸の城門をくぐった。

〈二条の館への渡座《わたまし》〉

天正五年七月三日、奥州の伊達輝宗が、家臣を使者として、天下人に鷹を献上してきた。翌月である閏七月六日に、信長が入洛した。そして、二条の新造の館に移徙《いし》（わたまし）をした。

同じ閏七月の十二日、近衛前久《さきひさ》（もと晴嗣）の子息の信基（のち信尹《のぶただ》）の元服式を、織田内府の新館で取り行いたいとの願いが、近衛家から村井長門守の許に伝えられた。往にしえより禁中にて祝言を挙げるのが先例なるゆえ、こたびも慣例どおりに行うべきであろうとの旨を、村井貞勝に返答させた。

再三再四、信長は辞退したのだが、たっての依頼とあってやむを絵ず、元服にかかわる万端の儀式を調えた。

式典には、五摂家や七清華《せいが》はじめ雲上人、さらに、近国の大名及び小名の出席があった。天下人は、祝儀として御服十かさね、太刀代として万疋、備前長船長光《おさふねながみつ》の刀、そして、金子五十枚を進呈したのである。

斯ように、信長の威光と威風が、洛中に充ち満ちていた。

信長は、天下の政について、さまざまな指図をした。そして、閏七月十三日に京を罷り東へ向かった。

その日は、江州瀬田の山岡景隆の館城に泊まった。次の日に安土城の大手門をくぐった。

〈上杉軍との兵戈《ヘイカ》〉

天正五年九月二十三日、柴田勝家が采柄《さいづか》を握る織田軍が、不識庵謙信将《ひき》いる上杉勢に、加賀の手取川《てどりがわ》において大敗した。

上杉に逢うては織田も名取川　はねる謙信　逃るとぶ長（信長）

天下人が聞けば、癇癪玉《かんしゃくだま》を破裂させるに違いない狂歌である。

敗走して往く織田勢を追撃することなく、謙信は、能登に戻り、鹿島郡の七尾城に凱旋した。早速《さそく》に、新たに吾がものとした要害の修築をつきすすめた。

そして九月二十六日、本丸に登って四方を遠望したという。

霜は軍営に満ちて秋気清し
数行の過雁月三更
越山併せ得たり能州の景

遮莫《さもあらばあれ》　家郷の遠征を懐《おも》う

山陽頼襄《のぼる》の著わした『日本外史』によると、酒宴を催した謙信が、九月十三夜の月をめでて詠じた、七言絶句とのことである。

しかし、日数も合わないし、上杉輝虎作の漢詩が、この一点だけであることを考慮すれば、答えは一つだけだ。頼山陽の創作である。

ここで、織田と上杉が干戈《カンカ》を交えるに至る行程を、なぞってみよう。

永禄七年より信長は、輝虎と親しく書状のやり取りをつづけていた。

天正元年七月に都を追放された足利義昭が、さかんに煽っても、謙信は、信長との交誼を絶やさなかった。

しかし、両者の友好関係は、天正二年三月に信長が、狩野永徳筆の洛中洛外図屛風を謙信に贈り届けて間もなく、終局をむかえた。

尚《な》お此の屏風は、永禄八年五月より前に、十三代将軍の義輝が、狩野《かのう》源四郎州信《くにのぶ》に制作を依頼した逸品との説が有力である。

天正元年七月、謙信将いる上杉勢が、越中の平均《へいぎん》をすすめた。礪波《となみ》郡の増山城（砺波市）と礪波郡の守山城（高岡市）の二城を開城させたのだ。増山城（和田城）の城主である神保長職《じんぼながもと》は、越中守護代家であり、守山（二上城）城主の神保氏張は有力国人である。二将が、上杉の軍門に降った意義は大きかった。

かたや信長の天下布武の戦線が、天正三年秋には、加賀の南半国にまで延びてきた。こうなれば、両雄の軋轢の音が高くなって当然である。

天正三年六月十三日付けの信長書翰が、両者の間の通信の終竟《シュウキョウ》となった（『上杉家編年文書』）。

龍虎の対決が必至とはなったが、織田軍の加賀侵寇がはじまったばかりの頃は、雌雄を決しようとの動きは、まだ見られなかった。

もともと越中守護は、能登守護の畠山氏が兼任していた。代々、畠山氏は能登の七尾城（松尾城）を守護所としていた。けれども、畠山家の統治は、能登より早く天文年間半ばで終焉となった。

永禄から天正にかけて、守護代の神保家と椎名家の力が拮抗する形になっていた。そこに謙信が越中に進攻し、椎名氏をはじめ、越中の国衆の多くを支配するようになった。上杉家の部将である河田長親が、松倉城（魚津市）に置かれ、越中を上杉の分国に組み入れる動きをすすめていった。

天正四年二月に謙信は、毛利輝元と通じた。信長との断交を決意したのである。

城主不在にひとしい七尾城に、上条《じょうじょう》政繁（上杉義春）を送り返すことを口実として、能登に進出せんものと目論んだのだ。

政繁は、かつて能登守護だった畠山義続《よしつぐ》の次男で、上杉家に人質として出されていた畠山義則である。謙信は、義則をも養子にしていたのだ。

天正四年の九月に謙信が、またまた越中に侵攻した。破竹の勢いで、新川郡の栂尾城（上新川《かみにいかわ》郡大沢野村、現富山市）と礪波郡の増山城を攻抜《コウバツ》した。

そして、十一月十七日に七尾城に攻め寄せた。四か月も包囲をつづけたが、険固《ケンゴ》にして大きな山城だけに陥落しなかった。

ところで、上杉勢の侵攻に至るまでの能登の状況について、一往陳べておく。

越中において無力な存在になった畠山氏だが、能登では暫くの間、まだ支配者でありつづけた。けれど、所詮は長つづきしなかった。

永禄九年に当主の義綱と重臣たちが不和となり、反目するようになった。結果として義綱は、父の義続ともども国外へ追放されてしまったのだ。父子は、近江の僻地に逼塞して、日々を過ごすことになった。

義綱の子である、幼い義慶《よしのり》が擁立されたものの、すでに畠山家に実権はなかった。その義慶も天正二年に妖折《ヨウセツ》した。病死もしくは毒殺だった。

そののちの畠山家は、義慶の弟の義隆が嗣いだとか、義隆の夭逝《ヨウセイ》の後、稚児の春王丸が跡目となったとか、伝えられている。けれども確かではない。

孰《いず》れにしろ、謙信が食指を動かしたころは、七尾城には城主が居なかったと見做《みな》しても間違いではないだろう。

当時この城で二柄《ニヘイ》を秉《と》っていたのは、宿老の面々である。遊佐《ゆさ》氏、長《ちょう》氏、温井《ぬくい》氏、三宅氏、平氏《へい》らであった。

斯かる七尾城を傘下に置かんとして、謙信が、まず一味同心することを呼びかけた。しかし、老臣たちの中、遊佐続光は上杉に与することに乗り気だったのだが、長綱連は、織田と結ぼうとして、謙信の申し出に反対していた。

翌天正五年の閏七月に謙信が、七尾城を攻略するために、再び春日山城（上越市）を出馬し越中に入国した。

上杉軍の進撃に対し、綱連は独断で、弟の孝恩寺宗顓《ソウセン》（のち長連龍《つらたつ》）を江州安土城に派遣した。織田の援軍に一縷《いちる》の望みをつないだのである。

長家の嘆願を聞いて、信長が臍《ほぞ》を固めた。いずれ謙信と干戈を交える日がくる。早くなっただけのこと、と云う決心だった。

しかしながら、石山本願寺と大敵である毛利一門の動きに目がはなせない状況である。自ら軍勢を帥《ひき》いて、采配を振るわけにはいかなかったのである。

天下人は、柴田修理亮を大将として、北陸道へ大軍を送ることにしたのだ。

柴田以下、滝川左近将監、羽柴筑前守、惟住五郎左衛門、稲葉一鉄、氏家左京亮、安

藤伊賀守、斎藤新五郎、不破河内守、前田又左衛門、佐々内蔵助、原彦次郎、金森五郎八らの部将に若狭の国衆をも加えた、三万有余の大軍勢であった。

勝家を司令官とする、この増強された北陸方面軍が、八月八日に越前の北ノ庄城を出陣して行った。加賀に乱入してから手取川を渡渉した。ここで、足並みが乱れてしまった。増援されたうちの独りである羽柴秀吉と、主将の勝家とが仲違いをしたのだ。両将の意見が衝突したのち、秀吉は、無断で陣払いして、撤退してしまった。

天下人が、曲事たるべしと激怒したのは言うまでもない。

信長の逆鱗に嬰《ふ》れれば、手討ちも有りうる所なのだが、秀吉が頗《すこぶ》る有能な武将のゆえか、謹慎と蟄居ですまされた。

羽柴勢の抜けた織田軍が、小松村、本折村、安宅《あたか》（いずれも小松市）、富樫《とがし》（加賀市）など、所どころを焼き払った。そこで陣地を構えたのだが、松任より北へ進む行軍が難しくなっていた。敵状の判らない進軍だったのだ。

然《しか》る間に、すでに上杉勢が七尾城に攻め寄せ、押し包んでいた。

九月十五日、重囲の中の七尾城内において、悽惨な異変が起こった。遊佐続光や温井景隆らが、親織田派の長一族を戡殄《カンテン》したのだ。唯一生き残ったのは、安土に使いに行っていた宗顓だけだった。

七尾城は開城された。

能登一番の巨城に配下を入れ置いて、謙信は、七尾から南西に七里半の道程にある末森城（もと羽咋《はくい》郡押水《おしみず》町）に攻めかかり、易やすと攻抜《コウバツ》した。

さらに、加賀に進攻し南下した。かたや勝家将《ひき》いる織田軍は、七尾城陥落の噂を聞いたのだろう。救援を諦めて陣払いをはじめた。

九月二十三日、手取川の右岸すなわち北側で、上杉勢が、織田軍に追いついた。渡河して引き揚げようとしている敵勢の後ろ備えに、直《す》ぐさま突撃して行った。

織田軍は、千人あまりの戦死者をだしただけではなかった。折からの秋霖《シュウリン》で増水していたため、すみやかに渡渉できず、多くの人馬が押し流されてしまった。

上杉勢の圧勝だった。合戦のあと留守居の家来に宛てた、謙信自ら認めた書簡から推測すると、上杉のお屋形さまは、信長自身が総大将として出張って来たと思っていたようだ。

打倒信長を標榜していた謙信だけに、鼻息荒く書き綴った。

「織田勢は思いの外のことなるが弱かった。然《しか》れば、向後、軍旅を催し上洛いたすも容易なるべし」

大敗した織田軍にとって救いとなったのは、謙信が、追撃戦を敢行せず、意気揚揚と七尾城に凱旋して行ったことである。

織田軍の敗因は、一つではなかった。

まず、加賀の一向一揆が謙信に味方したことが大きい。上杉勢の戦闘力が増強されただけでなく、地理に疎い織田方は、情報不足に陥ってしまった。

さらに、戦闘が夜間であったことと、雨天だったことで、大量に携行していた鉄炮の威力が発揮されなかった。

また、勝家と秀吉の両将に作戦上の対立があったようだが、戦略か戦術において、凡庸とは思えないけれど、主将に何か失策があったのかもしれない。

とにも角にも、長尾平三景虎は、かつて天文二十二年と永禄二年に上洛していた。しかし、謙信が三度目の入京をすることはなかったのである。

翌天正六年三月九日に脳溢血で倒れ、三月十三日に捐館《エンカン》。行年《ギョウネン》四十九歳だった。強敵となった驍将《ギョウショウ》の卒去《シュッキョ》は、信長にとっては好運だった。のみならず、跡目を明確に決めてなかったため、お屋形の急死が、御館《おたて》の乱を惹《ひ》き起こした。

挙句の果て、上杉家の戦力は大きく減退した。これまた、天下人には僥倖《ギョウコウ》だった。

実は、謙信の死因となった高血圧性の脳内出血は、過度の飲酒が要因であり、突然発病したものでもなかった。

変人たる勇将は、九年前すでに不惑《フワク》にして、脳卒中の発作に見舞われたことがあった。塩気の多い肴を好む無類の大酒呑みには、必然の患《わずら》いだったのである。

対して、信長は下戸である。重病の予兆を等閑《なおざり》にする飲兵衛とは、健康管理において、歴然たる差があった。雌雄を決するのは、戦場においてのみではないのである。

〈梟雄《キョウユウ》の自滅〉

天正五年八月十七日、弾正少弼《だんじょうしょうひつ》と右衛門佐の松永父子が、天下人に反逆した。

石山本願寺に対する向い城である天王寺砦に定番として入れ置かれていた、久秀と久通の親子が、取出を抜け出して、大和の信貴山《しぎさん》城（生駒郡平群町《へぐりちょう》）に栖籠ったのである。

都への進撃を目論んでいた謙信や大坂方に呼応しての謀叛であった。

何ゆえ久秀は、ここで叛旗を翻したのだろう。なぜ、久通は、息子二人を犠牲にしてまで、唯唯諾諾として父親に随ったのだろうか。

九月二十三日の手取川における、上杉軍の大勝利を伝え聞いたあとなら、まだ理屈がとおると云えよう。しかし、この時点では謙信は越中にいた。加えて、本願寺の籠城兵が出撃して来るとは考えられなかった。はたして、勝算があって蹶起《ケッキ》したのだろうか。

信長にも、松永父子の意図が判らなかった。何にしても、五畿内での謀叛となると、面倒である。直だちに信長は、宮内卿法印（松井友閑）を松永の城に派遣した。

いかなる仔細があるのか。存念を聴き、望みがあらば聞き届けようと、伝えるつもりであったが、久秀の叛意は強く、天下人の行李《コウリ》に会おうともしなかった。友閑は、空しく引き返すしか術《すべ》がなかった。

友閑の報告を聴いて、信長が冷厳な口調で言い放った。主君が冷笑しているように、吏僚には見えた。

「かくなる上は、松永の出だしおきたる人質二名を、都にて成敗致さねばなるまい。善七郎、そなた。平左衛門とともに仕置を執《と》り行って参れ」

信長が、傍らに侍していた矢部家定に下知した。近臣が、平伏しつつ、応《いら》えた。

「承りまいてござりまする。早速《さそく》に、ご下命に順いまする」

奉行役を拝命した、家定と福富《ふくずみ》平左衛門秀勝は、江州野洲郡の永原《ながはら》に向かった。

永原は、安土から道程で四里弱あり、坤《ひつじさる》（南西）にあたる。この地で、松永久通の子息二人が、人質として暮していたからだ。

佐久間与六郎家勝は、もともと尾州の御器所城主なのだが、武将としてよりも文官として信長に仕えてきた。

この頃は、天下人の吏僚として且つ右衛門尉信盛の目代《もくだい》のような形で、永原に館を構えていた。そして、久秀の孫二人が、家勝の所に預けられていたのである。

天下人の仰言《おおせごと》を受けて家勝は、奉行両名に家来を同行させて、松永兄弟の面倒をみさせた。彼は猛だけしい武人ではなく、性格も冷腸《レイチョウ》ではなかった。

一行は、上洛したのち、村井長門守の京屋敷に入った。

久通の倅二人は、十三歳と十二歳の少年だった。早死にする子は器量が良いとの俚諺のごとく、兄弟は、容貌も心根もやさしく上品だった。

貞勝は、己の孫と重ねて二人を見くらべた。

「明日のことだが、そなたたちは、身どもとともに禁中に参内致し、然《しか》るのち、主上の御ことばをもって助け参らすべし。然《さ》れば、髪ゆい衣裳もうつくしく改め出で立つべきこと、肝要にて候ふぞ」

天正五年九月十九日付けの書簡で、ルイス・フロイスが都の総督と記している、権勢ある京都所司代が、片笑みを浮かべつつ柔和に言いきかせた。

「それは尤ものことにて候へども、上様がわれらの命をお助けくださることは有るまじく、と存じまするに」

兄のほうが、弟を眄視《ベンシ》しつつ、穏やかに応えた。

「うむ、然《さ》も有らばあれ。一往、親や同胞《はらから》に文を遣わすべきではあるまいかな」

祖父のような所司代に諭されて、兄弟が文房四宝を求めた。二人揃って筆を染めてから、織田家の重臣に申し上げた。

「この上は、親への書状は要らぬと思いおりまする。さりながら、日ごろ佐久間与六郎様の所にて、ねんごろなる恩情を賜わり、くれぐれも有りがたきことと念いおりまする」

二人して代わるがわる稟白《ヒンパク》したのだが、貞勝には、二人が声を揃えて覚悟のほどを陳べているように聞こえた。

兄弟は、それぞれ佐久間家勝宛てに感謝の手紙を書き残した。そして、そのまま宿所を罷り出でた。

十月五日、上京一条の四つ辻で二人を車に乗せ、六条河原まで牽いて行った。都人も田舎の者も、身分にかかわりなく見物していた。兄弟は、顔色を変えることもなく、最期は安らかなるさまで、西に向かって小さな掌を合わせた。

九月二十七日、秋田城介信忠が、軍勢を繰り出した。その日は、江州犬上郡の肥田城、すなわち蜂屋兵庫頭の城に宿泊した。

翌二十八日は、安土の惟住五郎左衛門の邸に寄宿し、翌日も逗留していた。

同じ二十八日に、先備えの将兵が、大和の片岡城（北葛《きたかつら》城《ぎ》郡上牧町《かんまきちょう》）に攻め寄せた。

片岡城は、信貴山城の巽（東南）の方角、一里半に在る。この城には、松永父子の一味として、海老名《えびな》石見守《いわみのかみ》が楯籠っていた。

九月二十九日の戌《いぬ》の刻（午後八時頃）、西の方向に、稀にしか見られない箒星が流れ去った。

十月朔日《ついたち》に、総攻めを仕掛けた。寄せ手は、惟任日向守、長岡兵部大輔、筒井順慶、そして山城の国衆であった。

まずは、大鉄炮を撃ちまくり、追手門と搦手門を突き崩した。

兄の与一郎忠興が十五歳、弟の頓五郎興元（昌興）は十三歳の若年だったが、この長岡（細川）兄弟が、一番鑓の手柄をたてた。つづいて、家の子郎党が飛び込んで行った。

瞬《またた》く間に攻め破り、本丸に詰め寄せた。内からも矢や鉄炮玉を射撃しつくしてから、城兵が斬って出て、奮戦した。

けれども所詮、多勢に無勢であった。城主の蛯名永秀や森某（森左馬進か）をはじめとして、百五十人あまりが討ち死にした。

兵部大輔藤孝の配下の者どもも、三十人あまり戦死した。

日向守光秀も、さまざまに手立てを尽くして粉骨の働きをしたので、屈強の武者を二十人ほど散華させてしまった。

ところで、若武者二人の武功に対し、天下人が感状を下した。褻臣《セッシン》の堀秀政が信長自筆である旨の副状《そえじょう》を出しており、自筆であることが確定できる唯一の書状なのだ。

『信長公記』には、「両人の働き比類なきの旨、御感なされ、忝くも信長公、御感状成し下され、後代の面目なり」と、ある。

十月一日に信忠は、安土を出立して、山岡景隆の勢多の館に宿泊した。翌日は、城州久世《くせ》郡の真木島に陣取りをした。

同月の三日、信貴山城に押し寄せて陣を据え、城下一帯を放火して回った。

十月十日の晩に信忠が、佐久間信盛、羽柴秀吉、惟任光秀、惟住長秀の諸将に攻め口を指図して、信貴山に攻め登り夜討ちをかけるべく、下知した。

大軍の攻撃に対し、城兵は敢闘したけれど、弓折れ矢尽きて、落城の秋《とき》が迫っていた。

ついに、久秀は天守に籠り、自ら火を放って焼け死んだ。

信長の垂涎《スイゼン》の的だった平蜘蛛《ひらぐも》の釜を頸《くび》に懸けて、彼奴《あやつ》には絶対渡さぬとばかりに、火薬に点火して、爆死したという伝説もある。

久通の最期については判らない。但し、『老人雑話』には、城を抜け出て、大坂へ向かい落ち延びようとしたが、途次に雑兵の手にかかって命を落とした、と記述されている。


奈良の大仏殿が、ちょうど十年前の永禄十年十月十日の夜に炎上してしまった。これは偏《ひとえ》に、松永弾正の所行と云われてきた。

なぜなら、三好三人衆が東大寺に陣取りをしていたので、三人衆と対峙していた久秀が、敵陣を攻略せんがため、東大寺に放火させたか、或いは敵勢を追い崩そうとした際に、三人衆側の失火による延焼で、大伽藍が灰燼《カイジン》に帰したからである。

この三人衆についての概説は不要だと思うけれど、一往陳《の》べておく。

一時の間、天下人と称された三好長慶の家臣団のうちの、日向守北斎こと三好長逸《ながゆき》（ながやす）、釣閑斎宗渭《ソウイ》こと三好政康、そして、石成主税助《いわなりちからのすけ》友通の三名である。

さて、その因果応報が、忽《たちま》ち歴然と顕現することとなった。

日頃、才覚者と聞こえていた久秀も、つまらぬ企てをした為に、己のみならず、眷族《ケンゾク》郎等が猛火の中で滅んだ。

再三、蹶躓《ケッチ》しても大名なり小名でありつづけてきたのに、何ゆえ松永父子は、自暴自棄としか言いようのない戦に身を投じたのか。全く解《わか》らない。

信忠は、春日大社の加護を願って、鹿の角の立物を付けた兜をかぶっていた。縁起を祝って攻め寄せたのである。

また、客星である箒星が出現した。そして、大仏殿炎上の月日と時刻が、落城炎上と同じだったこと。これらは偏に春日明神の所為であると思って、人びとは舌を巻いて驚愕した。

ところで、下剋上三人漢《おとこ》と云われた梟雄《キョウユウ》のうち、天寿を全うしたのは、早雲庵宗瑞こと伊勢新九郎盛時（長氏）だけである。

永正十六年八月十五日の望月の日に、宗瑞盛時は、隠居所としていた伊豆の韮山城にて、病いのため捐館《エンカン》した。享年六十四。

臨終に際し、伊勢宗瑞は、「豆州相州の賢太守」とも「天下の英物」とも囁かれ、讃えられた。

永正十六年は、ユリウス太陽暦の１５１９年にあたる。万能の天才レオナルド・ダ・ビンチが昇天した年である。


次いで、久秀と同じく敗死した斎藤道三の経歴については、『六角承禎条書写』を虎の巻として、修正をこころみることにする。

道三の父親である新左衛門は、京都の妙覚寺の僧侶（法蓮坊か）だった。還俗《ゲンゾク》して松波庄五郎と称し、油商人になった。

美濃国守護代の斎藤家重臣である長井氏（弥二郎秀弘）に仕えて、西村勘九郎と名乗った。勘九郎は、次第に頭角を現わし、長井新左衛門尉となる。

新左衛門尉の嫡男である新九郎規秀《のりひで》が、斎藤新九郎利政となる。これが山城守道三である。すなわち、美濃の国盗りは、道三独りではなく、親子二代で成し遂げられたのである。

新九郎規秀の生年は判明していないが、永正元年（１５０４）説が有力なようだ。新左衛門尉の動向が確認できるのは、享祿元年（１５２８）までだが、その後に豊後守を称しているので、天文元年（１５３２）頃まで活動したかもしれない。なぜなら、天文二年から長井新九郎規秀が登場するからだ。

この年に、長井惣領家で代替わりがあった。長弘（秀弘の子）の嫡男の藤左衛門尉景弘が後継となった。

また、守護代の斎藤家も当主が替わり、利茂が跡目を嗣いだ。景弘と規秀は、その補佐役だった。

翌天文三年には、規秀一人で行動するようになる。これは、規秀が景弘を始末したものと解釈されている。規秀は、長井惣領家の家督を手に入れたのだ。

因みに、天文三年が、吉法師信長の生誕の稔《とし》である。

天文四年から美濃の守護の座をめぐって、内乱が勃発した。頼芸《よりのり》（よりあき）と頼充との土岐家の内訌である。規秀は、頼芸方の中核として活躍した。この折に頼芸から、斎藤姓を賜与されたのだろう。斎藤新九郎利政と名乗るようになった。利の字は、斎藤氏の通字である。

この後、闇討ち、毒殺、騙し討ちなどで、敵対者を抹殺していった。山城守道三の、美濃のマムシの伝説が創作されることとなる。

斯くして、天文十九年十月ごろに道三は、主家を排除して、自ら美濃国主となった。十七年の歳月をかけて、戦国大名の地位を得たのだ。

時に四十七歳、四段階の身上がりを経由しての下剋上であった。そして最期は、嫡男との親子の戦いで討ち死にした。

弘治二年（1556）四月二十日、長良川の畔《ほとり》での合戦で、義龍将いる大軍に敗れ、散華《サンゲ》したのだ。行年《ギョウネン》五十三と伝わる。

ところで義龍は、屡《しばしば》名乗りを変えた。

新九郎利尚《としたか》（としなお、としひさ）から、弘治元年十二月に范可《ハンカ》とした。同二年九月には、高政に改名した。さらに、永禄二年八月には、一色義龍と称するのだ。

永禄四年（1561）に左京大夫の官途名を与えられた。同年五月十一日、歓楽により逝去した。享年三十三だった。

「捨ててだに　この世のほかはなきものを　いづくか　つひの住み家なりけん」

これが、道三入道の辞世の歌とされている。

道三は、処刑する際、釜茹《かまゆ》での刑を多用したと云われている。そして、仕置者《しおきもの》の身内に薪《たきぎ》をくべさせたのだ。

かたや久秀は、牛裂《うしざ》きの刑で知られていた。苛斂誅求のため、年貢の払えない百姓でも、強欲者の双眸には、重罪人に見えたのだろう。そうして貯えた金穀は、名物や逸品の蒐集、また、城造りに使われた。

十月十二日、秋田城介信忠が上洛した。またも、二条の妙覚寺を宿所にした。

この度、叛逆《ハンギャク》した松永一党を早ばやと芟夷《サンイ》した褒美として、勅諚を下されて、信忠が三位中将に叙せられた。

三条実条《さねえだ》の邸に祗候した。そして、祝言の太刀代として、黄金三十枚を禁裏に献上し、叡覧に備え奉った。無論、三条家にも礼を欠かさなかった。

十月十五日、信忠が安土城に至り、大手門をくぐった。天下人に松永一族を討伐した経緯や戦術を言上したのである。

十月十七日、岐阜に凱還《ガイカン》し兵を戢《おさ》めた。

〈八面六臂の秀吉〉

十月二十三日、信貴山城攻めから帰陣して十日あまりで、羽柴筑前守が、播磨へ向けて出陣した。予《あらかじ》め小寺官兵衛（黒田孝高《よしたか》）と頻《しき》りに連絡をとり、播州の国人らへの根回しも既に進めていた。

孝高とは誓紙も交換し、義兄弟の親密な仲になっていたのだ。

播州一円を夜を日に継いで駆けまわり、五日後の二十八日には、国人衆から人質をことごとく執《と》り固めてしまった。

播磨東八郡を支配下に置く別所長治、揖保《いぼ》郡の龍野《たつの》城主の赤松広秀、飾磨《しかま》郡の御着《ごちゃく》城主である小寺藤兵衛政職《まさもと》など、有力な国人が、すでに信長に臣従していたから、当然の成り行きと云えなくもない。

直《す》ぐさま秀吉は、霜月十日頃には、播磨表隙明《ひまあ》き申すべきの旨、注進申し上げられ候ふ、という報告を天下人に伝えた。

すると信長は、秀吉の働きに満足し、「早ばや帰国仕るべきの趣き」という内容を朱印状をもって下知した。

然《しか》りと雖《いえど》も秀吉は、これくらいでは大した働きにはならない。さらなる手柄をたてて、北国《ほっこく》でのしくじりの穴埋めを致さねばならぬ、と思案していた。

直《た》だちに但馬の国へ軍勢を進めた。まず、岩洲城と山口城（ともに朝来《あさご》郡朝来町、現朝来市）を陥落させた。

破竹の勢いを以って、太田垣輝延《てるのぶ》の楯籠る竹田城（虎臥《とらぶせ》城、もと朝来郡和田山村、現朝来《あさご》市）に攻め寄せた。太田垣家は、代だい但馬の守護代の家柄であった。

こちらも造作なく城兵が降参し、開城した。直《す》ぐに普請をすべく下命した。

秀吉は、弟の小一郎長秀（美濃守秀長）を、城代として入れ置いたのである。

十一月二十七日、羽柴軍が、能見《のみ》川を渡渉して進攻して行った。毛利に与している赤松蔵人の上月《こうづき》城（兵庫県佐用郡佐用町）に攻め寄せ、近辺に火を放った。

また同日に、小寺官兵衛と竹中半兵衛重治らを別動隊として、福原藤馬允の楯籠る福原城（作用城、作用町）を攻囲させた。

すると、羽柴勢の攻撃に対し、毛利方の宇喜多直家が、後ろ巻きの軍勢を出してきた。秀吉は、自ら采配を振って、敵勢に立ち向かった。難なく後詰めの陣笠連を追い崩し、数十人を討ち取った。

宇喜多勢は撓敗《ドウハイ》し北《に》げ去った。邀討《ヨウトウ》を成し遂げた秀吉は、直ぐさま軍勢を返した。そして、翌二十八日から上月城を包囲した。

七日目には、城兵が、城主の赤松政範の頸を差し出して、助命を嘆願したのだ。直だちに秀吉は、上月城主の首級を首対面に供すべく、安土城に送り届けた。

さて、投降兵に対し秀吉は容赦しなかった。戦闘員でない、城内に居た女や童までも捕えて（合戦になると、近隣の住民が城中に逃げ込むため）、播磨と備前と美作《みまさか》の国境《くにざかい》まで連行していった。

秀吉の書状には、女わらんべ二百人あまりのうち、子供は串刺しにし、女性は磔に懸けて殛《ころ》して晒しものにし、見せしめとした。と得意気に認められている。

禿げ鼠とも呼ばれた知恵者は、その主君を見倣《みなら》ったかのごとく残忍だったのだ。

上月城には、尼子《あまご》再興をめざす尼子勝久や山中幸盛らを入れ置いた。そして、十二月五日には、揖保郡の龍野まで転進した。

已に福原城も、孝高と重治の活躍で落城していた。ここで斬り捨てた頸数は、二百五十あまりだった。ほぼ戡殄《カンテン》したのである。

たしかに秀吉は卓越した武将である。ではあるが、官兵衛と半兵衛の存在が大きかったと云えよう。

二将は、伯仲の間であり、籌策《チュウサク》を帷幄《いアク》の中に運《めぐ》らした名軍師だったのだから。

〈茶の湯ご政道と趣味〉

天下人が、政について指図を下した。そして、師走の三日、都を罷り安土に至って、帰城した。

十二月十日に信長は、またも三州吉良の荘に鷹狩りに行かんと思い立った。

――近日中に、藤吉郎が罷り越し、登城《とじょう》いたすであろう。播磨と但馬の平均《へいぎん》の褒美を猿に下賜せねばならぬが、何にすべきかの。やはり乙御前《おとごぜ》の釜が相応《ふさわ》しかるべし。

信長は、名物の茶釜を身近に取り出しておいた。濃州へ向け出立する前、傍らに端坐していた万見《まんみ》重元に申し付けた。

「仙千代。近ぢか、羽柴筑前が罷り上《のぼ》るべく候へば、おとごぜの釜を筑前に下げ渡し参らすべし」

寵臣である近習が一揖《イチユウ》した。

「御諚のほど拝承つかまつり候ふ。上様のお言付けの特旨も筑前守どのにお伝え致しまする。恙なき御帰城をお待ち致しておりまする」

重元が、退室してゆく主君の後ろ姿に向かって平伏した。

その日は、惟住長秀の持ち城である、犬上郡の佐和山城に宿泊した。翌十一日、濃州不破郡の垂井に着到。

十二日は岐阜城下に至り入城した。翌日も岐阜城に逗留していた。

十四日に雨降りだったが、出発した。そして、尾州の清洲城に入った。

十二月十五日、幡豆《はず》郡吉良に到着して、直《す》ぐに鷹狩りをはじめた。そして、雁や鶴を数多く捕らえた。

信長が、徳川家の領地である吉良の荘で、またも鷹野《たかの》を催しているとの報らせが、家康の耳に入った。

——天下人ゆえ致し方なしとは申せ、信長め、放恣《ホウシ》なる振る舞いを致しおるわい。いずれ、吉良の荘にまた来るに相違あるまい。百姓の形《なり》をさせ、兵を伏せ置かば、あ奴を討ち取ることは容易《たやす》い。然れど、中将信忠が、織田家の家督として諸将を已に束ねておる。織田の大軍勢に、直ぐさま徳川勢は押し潰されよう。天下人を討ったとて、軍《いくさ》にならぬ道理だわい。耐えがたきを耐え、忍びがたきを忍ぶのみよのう。

家康は、肚裏《トリ》に点《とも》った叛逆の火種を瞬時に吹き消した。

十九日には信長は、岐阜城に戻り着いた。ところで、路次において、過怠《カタイ》の行いをした者がいた。

「不届きなるゆえ、直だちに斬り捨てよ」

天下人が、近習に峻厳かつ非情な声音で命じた。

十二月二十一日には、一気に駒を駈けさせて、江州蒲生郡へ至り、安土城に帰還した。


十二月二十八日に岐阜中将が、安土に上って来た。そして、惟住長秀の邸に宿泊した。

天下人が、名物道具の数かずを、織田家当主に譲り渡した。お使いは寺田善右衛門だった。それらは、八点あった。

初花《はつはな》と松花《しょうか》の茶壺、雁の絵、竹子《たけのこ》の花入れ、釜をつる鎖、藤なみの御釜、道三の茶碗、内赤の盆である。

さらに次の日にも、天下人が中将信忠に名物を進呈した。この時の使者は、宮内卿法印（松井友閑）だった。
周徳の茶杓、大黒あん所持の瓢箪の炭入、古市《ふるいち》播州所持の高麗箸、以上三種であった。

〈丹波の平定〉

天正三年に遡《さかのぼ》る。五月二十一日の有海原の合戦で、東方の脅威を半ば消伏した信長は、西国へ目を向けた。

まず、京と山城に隣接する丹波の平均を目論んだ。その大役を明智光秀に与えたのだ。天正三年六月三日付けの、川勝大膳亮《だいぜんのすけ》宛ての、信長の朱印状が伝えられている。大膳亮継氏は、桑田郡の今宮城（京都府北桑田郡美山町、現南丹市）の城主である。

同年六月十日付けの書状を、小畠《おばた》（こばたけ説も）左馬助と一族の小畠助大夫に送りつけた。弱年だが左馬助が、小畠宗家の家督であり、宍人《ししうど》城（船井郡園部町、現南丹市）の主であった。

すべての書翰が、内藤備前守と宇津《うづ》右近大夫を征討するため、惟任日向守を丹波に派遣するゆえ助力すべきである、という主旨であった。

丹波一国を征服するための先導役を、口丹波（桑田と船井の二郡）の国人である川勝氏や小畠一門に要求したのだ。

左馬助には、六月十七日にも信長が、書簡を送った。道案内を引き受けてくれたことを多とする、という文面であった（『小畠文書』）。

征伐の対象とされた二者のうち、守護代家の内藤備前守（如安か）は、松永甚介長頼の実子もしくは養嗣子と推定できる。当時、八木城（船井郡八木町）の城主であった。そして、右近大夫頼重は、宇津城（宇都《うづ》城、北桑田郡京北町、現南丹市）主だった。

討伐の理由は、二年前に将軍義昭が挙兵した際、両者が、他国の国衆とともに上洛して公方御所を守り、信長に敵対したことである。

「先年京都錯乱の砌《みぎり》、この方に対し逆心いまだ休めず候か」と、信長の書状に記述されていた。

さらに頼重については、禁裏御料所の山国荘を長年にわたって押領しつづけてきて、信長の押領停止《チョウジ》の朱印状をも無視した大罪があった。

ところが、織田軍がすぐに丹波へ進攻することはなかった。八月の越前での一向一揆退治に、信長が、光秀をも参陣させたからだ。

そして、越前における芟夷《サンイ》に目処《めど》がたった九月上旬には、光秀だけ諸将より先に陣払いして、江州志賀郡の坂本城に戻った。手配を了《お》えたあと、十月上旬に光秀は、丹波へ向けて出陣した。

十月一日付けの、丹波の土豪である片岡藤五郎に宛てた、天下人の朱印状が伝わっている（『新免文書』）。

荻野悪右衛門（赤井直正）が出頭すらしない。不届きであるゆえ、惟任日向守を遣わして討伐する。協力を致せば、所領を安堵し、さらに加増の宛行《あてがい》も執《と》り行うであろう。

斯くのごとき内容である。

わずか四か月経っただけで、敵が、内藤と宇津から赤井に変わってしまったのだ。

もともと丹波は、細川一門が守護職をつとめた関係もあって、三好長慶ついで松永久秀の威令の及んでいた時期が長かった。

久秀の実弟である長頼（蓬雲軒宗勝と号す）が、内藤家を嗣ぎ、天文二十二年より八木城主となった。弘治三年以降には、氷上郡を除く丹波の多くを支配していた。

十三年にわたって丹波が、三好一党の版図だったのは、専ら長頼の軍略によるとも云える。

永禄八年八月二日、氷上《ひかみ》郡の黒井城（保月城、春日《かすが》町、現兵庫県丹波市）を包囲していた内藤勢が、荻野直正らの逆襲を受け撓敗《ドウハイ》。惣領の甚介長頼が討ち死にし、内藤勢は遁走した。

斯くして丹波は、赤井と内藤と波多野が割拠する状況になった。中でも赤井一党が、最大勢力になっていった。

赤井氏は、若い当主の五郎忠家を補佐する形で、実体は一族の代表者として荻野直正が、天田《あまた》と何鹿《いかるが》と氷上の奥丹波三郡を制圧した。

さらに、東の口丹波や北方の丹後をも覘望《テンボウ》するほどに強大化したのである。

また、山名韶熙《あきひろ》（祐豊）が形だけとは云え守護である、但馬にも食指を動かした。これは、領地の拡大よりも生野《いくの》銀山の領有が狙いであった。

この圧《お》しも圧されもせぬ戦国大名だった荻野直正は、『甲陽軍鑑』に「名高キ大将衆」として、徳川家康、長宗我部元親、松永久秀らと並べて名を上げられている。

名将と称される上杉謙信と比較すれば見劣りするが、光秀にとっては勿論のこと、信長にも手強い敵と云える存在であった。

両将は没年が同じである。そして、生年も一緒の可能性が高いのだ。

享禄三年正月二十一日、長尾為景室の虎御前が男子を産んだ。この年の干支《えと》が庚寅《かのえとら》だったのに因み、幼名は虎千代とつけられた。

『赤井家譜』と『甲陽軍鑑』を信じれば、赤井時家の次男の才丸も享禄三年の生まれであった。

謙信は、天正六年三月九日に脳溢血で倒れ、三月十三日に捐館《エンカン》した。

悪右衛門直正も、天正六年三月九日に、病死した。

後屋《ごや》城（氷上町、現丹波市）主の赤井時家の子の才丸が、同族である荻野庶流の朝日城（春日町、現丹波市）の城主の跡目となった。

のち、畔逆《ハンギャク》を企てた荻野秋清を斃《たお》して、黒井城を奪取した。以降、悪右衛門と称するようになった。時に、天文二十三年一月のことだと伝わる。

さらに、後屋城主である兄の家清が、守護代の内藤備前守との、弘治元年の甲良《こうら》合戦で手負いとなり、その傷がもとで二年後に逝去した。すると、家督の五郎が幼沖《ヨウチュウ》なるが故に、直正が、荻野並びに赤井一門の実質的な統率者となった。

そして、永禄八年八月に、守護代家の惣領である蓬雲軒宗勝を討ち取って、丹波の覇権を摑んだのである。

惟任日向守の軍勢が丹波に進撃する前に、内藤と宇津だけでなく、有力国人の波多野までが降参してきた。それで、敵は赤井一党のみとなった。

もともと信長の標的は、荻野悪右衛門すなわち赤井一族だったのだろう。直正に討伐する口実が見つけにくかったため、罪過の明らかな内藤と宇津の名を列挙したのだろう。光秀が丹波に進攻した時、直正は、但州朝来郡の竹田城（朝来《あさご》市）を包囲していた。生野銀山の占有を目論んで、太田垣輝延を攻めたてていたのだ。

同時に、出石《いずし》郡の有子《ありこ》城（高城、豊岡市）も急襲した。有子城主は、山名右衛門督祐豊だった。結局のところ赤鬼は、険固な有子城攻めは断念して、竹田城だけでも攻抜しようとして、将兵を叱咤《シッタ》していた。

そこに、織田軍が来襲したと聞いて、直正は包囲網を解き退陣《のきじん》した。光秀は、追撃し黒井城に攻め寄せた。

養父《やぶ》郡を領地とする、但馬の国人である八木豊信が、十一月二十四日付けで、吉川《きっかわ》元春に宛てた書状が伝わっている。

それには、「丹波国衆、過半残す所なく惟日（明智）一味候」と書かれている（『吉川家文書』）。

多紀郡の八上《やがみ》城（兵庫県篠山市）主の波多野秀治はじめ、有力な丹波の国衆は、渾《すべ》て光秀に降っていた。まさに、赤井一門の運命は、風前の燈だったのだ。

ところが、翌天正四年一月に、逆転劇が起こったのである。波多野勢が、惟任軍の陣営を攻撃したのだ。

敗軍した光秀は、丹波から退却せざるを得なかった。本拠である坂本城に引き揚げて行った。

この、荻野と波多野の勝利を、地元では「赤井のよび込み戦法」と、言っているそうだ。

秀治らが反旗を翻したのは、直正の調略の結果なのだろう。直正が懸け引きにも長じており、波多野兄弟が、その武将たる力量を認めていたからであろう。

天正五年十月十日、信貴山城が夜空を赤く染めて炎上した。

明智光秀は、坂本城に一旦戻ってから直ぐさま丹波へ軍勢を進めた。第二次の丹波平定戦のはじまりであった。

瞬《また》く間《た》に光秀は、桑田郡の二城砦を開城させた。亀山城（亀岡城、霞城、亀岡市）と神尾山城《かんのおさん》（神尾寺城、本目城《ほんめ》、亀岡市）である。大将は、二城を丹波平均のための橋頭堡としたのだ。

惟任軍は、口丹波から天引峠《あまびき》を越えて多紀郡の籾井城（安田城、篠山市）に押し寄せ包囲した。城主は、波多野の青鬼こと籾井教業だった。因みに、黒井城の赤鬼が直正である。

光秀は、三宅弥平次（明智左馬助秀満）に別働隊を将《ひき》いさせて、桑田郡の余部城《あまるべ》（岡山城、丸岡城、亀岡市）を攻囲させた。城主は、福井貞政である。

籾井城は、天正五年十一月に開城した（『籾井日記』）。

惟任軍の勢いを見て、一旦降伏した後に反織田方に加担していた内藤と宇津はじめ、口丹波の国衆が、次つぎと降参してきた。失っていた占領地を短期間で取り戻したのだ。

翌天正六年二月二十九日、余部城が明智勢の総攻撃を受けた。福井与市と福井喜之助など数十人が、本丸の門の外で討ち死にした。

同じ日に城主の貞政も、本丸の持仏堂で、家の子郎等三百人あまりと共に枕を並べ、自刃して果てた。

天正六年の三月、光秀が采配を振る惟任軍が、丹波一円を蹂躙してまわった。長岡兵部大輔の軍兵も一緒に働いた。

光秀と藤孝は、波多野一族の本城である、多紀郡の八上城を将兵に包囲させた。

四月になると、滝川左近将監と惟住五郎左衛門の軍勢が応援に来た。

船井郡の薗部城《そのべ》（もと園部町、現南丹市）に、織田の大軍が押し寄せた。当時の薗部城は、荒木氏綱の持城だった。

押し包んだあと水の手を切った為、四月十日に籠城兵は、降服し開城した。光秀は、配下の将兵を入れ置いた。

同じく荒木山城守が城主である、多紀郡の細工所《さいくしょ》城（荒木城、井串城、篠山市）を包囲した。そして、激戦ののち攻抜したのだ。

「井串極楽、細工所地獄、塩岡岩が畠立ち?・地獄」なる俗謡があるとのこと。地名三か所は攻め口であり、二方面が修羅場だったという意味なのだそうだ。開城後、氏綱の一子である氏清が、明智家臣になった。

極月である師走に、波多野の主城の八上城と要の支城である氷上城（霧山城、もと氷上町、現丹波市）を、惟任日向守の軍勢が包囲した。

八上城には、左衛門大夫秀治と弟の秀尚《ひでなお》と義弟の二階堂秀香《ひでか》が楯籠っていた。氷上城は、一族の波多野宗長と嫡男の宗貞が守備についていた。

光秀は、八上城の四方三里の間を取り巻いた上で、軍兵に堀を掘らせ塀や柵を造らせた。町屋作りに小屋懸けもさせて、廻番衆に警固を厳重にすべく指図した。当然、氷上城に対しても厳しい警戒網を布いていた。

光秀による第二次の丹波平定戦は、順風満帆だったと云えようか。ひとえに赤井一党の重鎮だった荻野悪右衛門の逝去が、大きく影響していた。

直正の病死により、赤井一族は柱石を失ってしまった。積極的に軍旅を催すことができず、波多野勢との協同歩調がとれなくなったのだ。

光秀の戦績は、織田軍団の前進となる。北方においても、柴田勝家将いる北陸方面軍が、有利に駒を進めつつあった。直正とほとんど同時、天正六年三月十三日に謙信が卒《シュッ》去《キョ》したからであった。

謙信の病死だけでも、天下人には好運だったのだが、その上に、家督を決めておかなかった為に、二人の養子、三郎景虎（北条氏秀）と喜平次景勝が跡目争いをはじめた。両者は、一年近くも戦いつづけた。御館《おたて》の乱である。

上杉家の内訌は、願ったり叶ったりであった。まことに、信長は悪運の強い武将である。

さて、当時の惟任勢は、織田軍団の中で中核的な遊撃軍であった。丹波平定戦だけが、任務だった訳ではない。

天正六年二月には、播州随一の大名である別所長治が逆心を懐《いだ》き毛利と結んだ。

つづいて摂津守護の荒木村重が、毛利一門に通じたあと、石山本願寺と誓紙を交わした。同年十月二十一日、村重謀叛は、信長の知るところとなった。

天正六年から一年間ほど光秀は、丹波一円に甲士をとどめながら、播磨や摂津の戦場にも赴援させられていた。

光秀が、丹波及び丹後方面での戦いに総力を投入できるようになったのは、天正七年の二月になってからだ。

すでに、八上城と氷上城に対する兵糧攻めが、籠城兵を苦しめるようになっていた。

七年四月四日付けの、丹後の国人である和田弥十郎宛ての書簡には、次のように述べられている（『下条文書』）。

「助命してくれるなら、八上城を開城するとの願いが届けられてきた。城中において既に四、五百人も餓死《かつえし》にしたと思われる。無体に罷り出でし者を斬り捨てたが、顔が青くむくんでおり、まともではない。やすやすと五日もしくは十日の内に攻抜できるであろう」

これは、丹後の国衆を繋ぎとめんがための大袈裟な方便である。尚おも八上城は、二か月間も痩せ我慢を張ったのだ。

五月五日、波多野宗貞が楯籠っていた氷上城が陥落した。六月一日には終《つい》に、八上城も開城した。

餓死者があまた横たわるようになっても、城主の秀治は降伏しなかった。こと既にここに至って、老臣たちが裏切って、波多野兄弟を拘縛《コウバク》した。その上で、明智勢に引き渡したのである。

『信長公記』には、「波多野兄弟三人の者、調略を以て召し捕る」と、記載されているので、光秀の側から働きかけをしたと推測できる。

捕縛されたまま、秀治と秀尚と二階堂秀香の三将は、洛中を引き回された。

六月四日、安土に押送された挙句の果て、城下の慈恩寺町のはずれで、磔にかけられ殛《ころ》された。無論、命じたのは天下人である。

三人とも、武将として一城の主として覚悟を決めており、さすがに神妙であったと伝わっている。

天正七年七月十九日に、又また明智勢が、丹波の桑田郡に進攻した。宇津城は、一戦にも及ばず開城した。頼重は、城から逃げ出し、歴史の表舞台から消え去った。

七月二十五日に天下人が、惟住長秀に右近大夫の捜索を下知した。

光秀は、配下の将兵を宇都《うづ》城に入れ置いただけでなく、新たに周山《しゅうざん》城（南丹市）を築くべく、左馬助秀満に命じた。

禁裏御料所の山国荘を押領していた宇津頼重を駆逐して、皇室に貢献したことで、光秀は、主上から褒美を下賜された。

『御湯殿上日記《おゆどのうえのにっき》』の天正七年七月二十四日の条に、「山国の事に、あけち所へ、馬鎧とかけふくろ廿つかはす。両奉行くだる。山国へは下代ともすくにくたる。めでたし、めでたし」と、記述されている。

畏《かしこ》き辺りに対して、光秀が大いに面目を施していた頃、周山城が築造されつつあったのだ。城址の山麓に慈眼寺が在る。当山には、黒く塗られた明智光秀像が所蔵されている。

八月九日、惟任軍が黒井城（保月城）に攻め寄せた。此の赤井一門の本城には、直正の弟の悪七郎直信や当主の市郎兵衛忠家が楯籠っていた。

包囲網を押し詰めたところ、籠城兵が出撃してきた。あまた撃ち斃《たお》して、城中に追い返しつつ付け入った。外曲輪に乱入して、屈強の武者を十人あまり討ち取った。

すると次つぎと降参して、退城して去った。城主の忠家も、逃亡して行方を晦《くら》ました。

光秀は、斎藤内蔵助利三を城将として入れ置いた。山裾の興禅寺は、斎藤氏の館跡と伝えられている。稲葉正成室となる、お福（のち春日局）の生誕地であろう。

光秀は、丹波一円に戦線を拡大していった。母坪《ぼつぼ》城（稲継城、もと氷上町、現丹波市）が、天正七年八月十五日に、明智勢の力攻めにより落城した。城主の稲継壱岐守は笛の名手だった。従容《ショウヨウ》として「松風」を一曲吹き了えたのち、散華《サンゲ》した。

何鹿《いかるが》郡の北野城（志賀城、京都府綾部市）は、あっけなく開城した。押し寄せて来た惟任の大軍と一戦はしたが、すぐに降参し、城主の志賀政綱は、光秀の配下となった。

自ら晋《すす》んで光秀の寄騎となった丹波の国衆と、降伏して臣従した国人や地侍を取り込んで、惟任日向守の軍勢が強大になっていった。そして、要害をも配下に守備させた。

たとえば、多紀郡の八上城には、明智与力となっていた、並河城（亀岡市）の主である並河掃部介《かもんのすけ》が、城代として置かれたのである。

天正七年八月、光秀麾下の惟任軍が、天田《あまた》郡の横山城（京都府福知山市）を攻抜した。城主の横山大膳大夫（塩見信房）は、衆寡敵せず無念なりとて、弟信勝とともに切腹して殁《し》んだ。

臥竜城、八幡城の別称もある横山城は、こののち福知山城となり、明智勢の丹波における重要な拠点となった。光秀は、明智左馬助と藤木権兵衛を城将として入れ置いた。

惟任軍は、次つぎと、天田郡内の塩見一族の城砦に攻め寄せた。

まず、和久《わく》城（茶臼山城、福知山市）を焼き討ちした。城主の和久左衛門佐長利は、抗戦を諦めて、降参し開城した。長利は、何鹿郡山家にも支城を有していたので、降伏後、この城に拠っていた。

光秀が城割りを命じたのに、長利が無視したため、直ぐさま攻抜した。その折、左衛門佐を捕らえ損ねたので、逮捕状が出された。

和久城攻めと同じ日に、荒河中山城（福知山市荒河《あらが》）にも惟任軍が攻めかかった。大波に呑まれるかのごとく、即陥落。まさに鎧袖一触であった。城主の奈賀山某は、淪滅《リンメツ》した。

斯かる戦況を眺めて、猪崎《いざき》城（橘城、福知山市）の城主の塩見家利は、籠城するも詮なしと諦念して、自ら火を放ち、城を抜け出た。

しかし、逃げ延びることはできなかった。林半四郎なる侍の率いる一隊に追い詰められ、敢闘するも討ち取られた、と伝わっている。

光秀は、丹後にも軍勢を進めた。この方面は、長岡兵部大輔の軍兵が先鋒になった。

丹後は、一色左京大夫家が代々の守護であった。そして、将軍義昭が都から追放された天正元年以後も、信長に臣従してきた。越前の一向一揆退治の際にも、式部大夫義道は、船団を率いて働いた。

天下人から丹後一国の支配をあらためて安堵されていたのだ。ところがその後、何ゆえか、信長に敵対するようになったようだ。

天正七年七月（一月とも）、長岡兵部大輔の軍勢が、一色式部大夫の建部山《たてべやま》城（八田城、舞鶴市）に攻め寄せた。さらに、光秀の援兵も長岡勢に加わった。一色義道は支え切れず、家来である沼田勘解由の中山城に逃げ込んだ（舞鶴市）。

沼田は、長岡父子に内通し、敵兵を導き入れた。逆臣に欺かれた義道は、無念のうちに自刃した。

なお畔臣《ハンシン》の勘解由は、幸兵衛とも書かれていて、その『細川家譜』には、義道は、丹後平定の途中で病死したと記述されている。おそらく、捏造《デッゾウ》したものであろう。

義道の子の五郎満信（義俊）が、一色左京大夫家の跡目となり、丹波《たにわ》と竹野と熊野の三郡を領し、弓木城《ゆみのき》（稲富城、京都府与謝野町）の城主となった。因みに、丹波郡は、江戸時代には中郡になった。

天正七年の某月某日に、惟任と長岡に一色城（弓木城）が攻められたが、藤孝の娘を娶《め》とることで、媾和が成ったと伝わっている。

のちに、激動の天正十年、満信は、婿として宮津城（宮津市）に赴いた所で、藤孝と忠興の細川父子に騙し討ちにされた。

謀殺された日は、五月二十八日、九月八日など諸説あって、定かではない。

天正七年十月二十三日、赤井一族の残党が楯籠っていた鬼ケ城（福知山市と加佐郡大江町、今は福知山市域）を、惟任軍が、一揉みで陥落させた。ここに、丹波と丹後の平《ヘイ》均《ギン》が完了したのである。

此の日已《すで》に光秀は、丹波国内にはいなかった。洛中に居たのである。

十月二十四日に明智光秀が、安土城に凱旋して来た。そして、丹波及び丹後の平定についての経緯を、天下人に奏陳《ソウチン》したのだ。

「日向守よ、大儀であった。いずれ、褒美を下げ渡すであろう」

相好《そうごう》を崩した信長の甲高い声が、殿中に響きわたった。

「すべての勲《いさおし》は上様の御威光によるものにて候へば、真に畏《おそ》れ多うござりまするに」

頬を紅潮させた光秀が、額を畳に擦《こす》り付けて、稟白《ヒンパク》した。

この日、安土城を囲繞《イジョウ》している濠の水面は、琵琶湖を吹き渡ってくる西風を受けて、銀色に暉《かがや》いていた。

〈天下人の戦略と手駒〉

天正六年の干支《えと》は戊寅《つちのえとら》である。庚《かのえ》寅年の生まれだった謙信輝虎は、この年の三月に歓楽のため、卒去《シュッキョ》した。

正月朔日《ついたち》すなわち元旦に、尾張、美濃、伊勢、近江、越前、若狭、そして五畿内の武将たちが、ご機嫌伺いに安土城に出仕した。おのおのが、年頭の式体を天下人に稟申《ヒンシン》した。

これらの挨拶に対し、まずは信長から朝の茶が、十二人の武将や吏僚に振る舞われた。

その座敷は、右側に六畳敷の水屋があり、四尺の縁側が張り出している。

この朝に持て成しをうけたのは、次の面々であった。

三位中将信忠、二位法印（武井夕庵）、林秀貞、滝川一益、惟任光秀、長岡藤孝、荒木村重、長谷川与次（丹波守可竹か）、羽柴秀吉、惟住長秀、市橋長利、長谷川宗仁《そうにん》（源三郎）、以上である。

床の間には、玉澗《ギョクカン》筆の「岸の絵」が掛けられていた。

玉澗は、宗代と元代の画僧であり、四人いた。俗名が曹仲石である若芬《ジャクフン》玉澗、瑩《エイ》玉澗、彬《ヒン》玉澗、そして孟珍の孟玉澗だ。

但し、孟珍は得度しなかった可能性がある。

絵に陳《なら》べて東に松島、西に三日月があった。道具として、四角い盆、万歳大海と称される茶壺、帰り花と呼ばれる水差し、珠光茶碗などが用いられた。

囲爐裏《いろり》には、うば口なる釜が措かれ、花入れは、鎖で吊るした花入れ筒であった。なお、茶頭《さどう》は宮内卿法印（友閑）だった。

茶会としての決まりごとが終了したあと、武将たちは、其れぞれ天下人の前に出て、三献の礼をもって盃を頂戴したのであった。

お酌の役は、矢部善七郎、大津伝十郎、大塚又一郎、青山虎（のち忠元）がつとめた。

天下人は、室内に全員を入れると、雑煮や唐風の珍しい菓子などを下賜した。

家来の者どもは、生前の思い出であり、末代まで残る物語であると、皆みな思ったことであろう。

正月四日、茶道具の逸品の披露会が、万見重元の邸で開催された。去年の冬に、三位中将の信忠に譲渡された品じなであった。

この会に出席できたのは、九人の家臣であった。二位法印、宮内卿法印、林佐渡守、滝川左近将監、長谷川与次、市橋九郎右衛門、惟住五郎左衛門、羽柴筑前守、長谷川宗仁の面々だった。

天下人から此の度、市橋九郎右衛門に、芙蓉の絵が下げ渡された。その為長利は、名誉だと念い、得意顔であった。

正月十三日、尾州清洲で鷹狩りをしようと思い立ち、信長は、坂田郡柏原（米原市）まで下った。

十四日に岐阜城下に到着した。そして、翌日も岐阜城に逗留していた。

十六日、清須城の大手門をくぐった。城中で寛ぐうちに気が変わった。信長は、三河にまで足を延ばすことにしたのだ。

十八日に三州幡豆《はず》郡の吉良に着到。雁や鶴など多くの獲物をとって、二十二日には尾張に戻った。

天下人が、またしても幡豆の吉良にて鷹野中との報らせを聞いた時、家康は、岡崎城にも浜松城にも居なかった。

高天神城（小笠郡大東町、現掛川市）を奪還するための付城造りや、武田勢との陣取り合戦の日々がつづいていたからだ。三河守は多忙だったのである。

——気随者の嫌がらせに腹を立てておる暇はないわ。織田の天下とは申せ、大敵の毛利も上杉もおる。あの信玄すら病いで逝った。信長とて、一寸先は闇と申せようぞ。

この年に家康は、高天神城に対する向い城の一つである横須賀城（松尾城、両頭城、掛川市）を大須賀康高に築かせた。

この天正六年の頃、康高は、馬伏塚《まむしづか》城（磐田郡浅羽町、現袋井市）の城主だった。

信長は、二十三日に岐阜城の大手門をくぐった。翌日も滞在していた。二十五日、天下人が安土に帰城した。

正月二十九日、弓衆の福田与一の宿所で火災が起こった。

是は偏《ひとえ》に、妻子を安土山下町に引っ越しさせせぬゆえに回禄《カイロク》を招きしものと、信長が断言した。回禄とは火の神のことであり、転じて火事である。『春秋左氏伝・昭公十八年』

が出典である。

直だちに、菅屋九右衛門長頼を奉行として、安土に移住した家臣の内実を調査させた。すると、弓衆で六十人、馬廻り衆で六十人、合計百二十人もの者が、妻子を尾州か濃州に残し、単身にて城下に住まいたる状況だと判明した。直ぐさま、百二十人を一遍に譴責したのである。

さらに、弓衆の者が火を出したことが、殊に曲事たるべしとの趣旨で、岐阜中将である信忠の許に行李《コウリ》を送った。

岐阜から奉行が出張して、尾張に妻子を置いていた弓衆の私宅を、ことごとく放火させ、竹木までも伐採させてしまった。

これにより百二十人の女房ども、取る物も取りあえず、安土山下町に移って来た。

天下人は、此の度の過怠の罰として、惣構えの南の入江を埋め立てさせ、新道を造成させた。そして、全員を赦免した。

二月三日、磯野丹波守員昌《かずまさ》の家督にかかわる処置が、信長の意向に沿わなかったので、員昌を折檻した。

すると、もと浅井勢の勇将だった鬚眉《シュビ》が逐電してしまった。それで、江州高島郡一円を、津田七兵衛信澄に知行させることにした。

吉野の奥の山中に磯谷《いそがい》新右衛門久次が隠れ住んでいたのを、土民が見つけ生害した。二月九日、この者が、磯谷の首級を安土城下まで届けて来た。殊勝なる心がけとされ、褒美として黄金が下げ渡された。

元亀四年（天正元年）に将軍義昭が、二度も叛旗を翻した際、久次は二回とも将軍方に味方した。一回目は赦免されたが、次の敵対行為を、信長は容赦しなかった。新右衛門は、天下人の御尋ね者だったのだ。

同じく天正六年のことである。二月二十三日に羽柴筑前守が、播磨に軍勢を進めた。別所一党の与力である加須屋内膳正真雄《さねかつ》（糟屋武則）の嘉古川の城（加古川市）を借り受けて、配下の将兵を入れ置いた。

秀吉自らは、書写山（姫路市）に上り、要害を構え本営とした。

幾許《いくばく》もなく別所小三郎長治が、叛心を露顕させて、三木城（釜山城、別所城、三木市）に楯籠ったのである。

『播磨別所記』と『別所長治記』は、離反の口火を切ったのは、別所山城守吉親だったと記述している。

別所一族や重臣の評定の場において、吉親（賀相《よしすけ》）が、秀吉の無礼や身勝手を論《あげつら》い、加えて信長をも非難した。長治も、叔父の吉親に同調して、信長を批判したと云う。

別所が反旗を翻したことを知り、秀吉は、己の陣営にいた孫右衛門尉重棟（主水正《もんどのしょう》重宗）を、三木城に派遣した。だが、吉親は弟の説得を拒絶した。

もともと、吉親と重宗の兄弟は、仲が良くなかったとも云われている。

永禄十二年正月、公方御所であった六条の本圀寺《ホンコクジ》を、三好三人衆が襲撃した折、別所一門の代表として洛中に居た主水正が武功をたてた。大樹に称賛されたことで、尊大になり、兄を軽んずるようになったのが、嚆矢だと伝わっている。

当主である甥の長治も、重宗の説諭を聞こうとしなかった。

『別所長治記』には、「重ねて両三度迄理を尽して申しければ、長治の返事に、多年毛利輝元にたのまれし上は、信長何と申さるるとも右馬頭殿の契《ちぎ》りもだし難し」と、記載されている。

播州半国の大名にすぎない別所が、単独で天下人に抗敵できよう筈がない。毛利一門からの調略をうけ、織田と毛利とを両天秤にかけてから、天下人に刃向かったのである。

三木城は、まわりに川と高地が在る要害だった。さらに、神吉《かんき》、志方《しかた》、淡河《おうご》、野口、高砂など、周囲には数多の支城が連なっていた。

天正六年三月二十九日、羽柴筑前守の軍兵が、三木城を包囲した。

四月三日に、長井長重の守備する野口城（寺家城、加古川市）に羽柴勢が押し寄せた。城兵は、櫓の上や塀の狭間《ざま》から、矢を射り鉄炮を放った。

寄せ手は、石俵や竹束を用い、土堤を築き井楼を揚げた。さらに、畔の麦を薙ぎ払って堀の埋め草にした。

三日三晩つづけて攻めたてた。法螺を吹き、太鼓を打ち、鬨の声をあげた。ついに長井勢は降参し、開城した。

高砂城（高砂浦城、高砂市）も淡河城（上山城、神戸市北区）も、織田の諸将に攻め寄せられた。

天正七年六月二十七日に淡河定範は、敵陣中に牝馬を放ってから、隙に乗じて、籠城兵を率い三木城に入城した。淡河城を抛棄したのである。

天正六年三月二十三日に信長は、入洛《じゅらく》した。そして、二条の新館に移徙《わたまし》をした。四月四日に大坂表への出陣命令を、天下人が発した。三位中将信忠が総大将であった。北畠信雄、織田信包、神戸信孝、津田信澄、滝川一益、惟任光秀、蜂屋頼隆、惟住長秀などの武将が、総帥《ソウスイ》の指麾の下に馳せ参じた。

尾張、美濃、伊勢の軍兵、さらに、近江と若狭と五畿内の国衆が付き従った。四月五日と六日の両日、石山本願寺に押し寄せた。ことごとく麦苗を薙ぎ捨てたのち、全軍が帰陣した。

さて、四月七日のことである。天下人が、神保《じんぼ》長住《ながずみ》に使者を遣わし、二条の館に招き入れた。そして、二位法印（武井夕庵）を介して、暫く面語できなかった訳などを伝えた。尚《くわ》えて、黄金百枚ならびに縮羅織《しじらおり》百反を贈与したのだ。

これより先の永禄の末年頃、越中の守護代家だった神保氏の嫡流である長住が、父長《なが》職《もと》と対立して浪浪の身となり、都に侘住まいしていた。その後、父の死去を知って、越中に帰還することを切望していた長住を、信長が、手駒として庇護していたのである。

常のことながら信長は、軍旅を催す際、実にはしこい。

不識庵謙信の急死から一か月すら経っていないのに敏捷に動きだしたのだ。病没を確信して、直ぐに軍略をたてたのだろう。

直だちに、飛彈国司を自称する三木自綱《みつぎよりつな》（姉小路《あねがこうじ》頼綱）に協力すべき旨を申し送った。そして、佐々《さっさ》権左衛門尉長穐《ながあき》を添えて、越中への進軍を神保長住に命じたのである。

権左衛門尉を軍目付にしたのは、適切な人選であった。

佐々長穐は、上杉家との外交を、永禄から天正初年にかけて長く担当してきた。さらに、天正三年八月の越前における一向一揆討伐戦にも従軍していた。

この折に織田軍団は、加賀の中、能美と江沼の二郡を支配下に置いた。その後も長穐は、加賀に駐まり、加賀と越中に対する作戦に携わっていたからである。

天正五年九月一日に信長が、水越左馬助に宛てた書状について、副状をも発給したりしているのだ。

天正六年の六月二十三日以前の時点で、神保長住が、越中の過半を既に平均したとの奏上《ソウジョウ》を、天下人にしている。

誇大な勲功を報告したと思われるが、同年五月十七日、二宮長恒に安堵状を与えている。また、同年の八月六日にも、小谷六右衛門に宛行状を発給している。それなりの戦果があったのだろう。


天正六年の四月中旬に、吉川元春、小早川隆景、宇喜多直家を大将分として、毛利輝元が、軍兵を召集して出撃して来た。

播磨と備前と美作の国境に在る、尼子勝久や山中幸盛らが守備する上月城を取り巻いたのだ。尚お、中国勢は、大亀山に本陣を構えていた。

急使の注進を受けて直ぐさま、羽柴筑前守と荒木摂津守の両将が、上月城の後ろ巻きのために出陣して行った。

高倉山（佐用町）の旧城を修築して本営を据え、対峙した。しかし谷を隔て、間を能見川が流れているので、山を下って、上月城を後詰めする手立てがなかった。

東方の別所勢の動きを警戒しつつ、毛利軍を注視せねばならない状況だったからだ。

羽柴勢は、二か月あまりの間、優勢な敵と睨み合ったまま、空しく対陣をつづけていた。加えて友軍の荒木勢が、普請でも進退の際にも、緩慢な様子をみせていた。

捗ばかしくない戦況を聞いた信長が、陣触れを発した。増援軍を播磨表に派遣したのだ。

四月二十二日に天下人が、京を罷り安土へ下った。そして、四月二十七日、またも上洛した。

四月二十九日に先備えとして、滝川一益、惟任光秀、惟住長秀らが出陣した。

五月朔日、中将信忠が総大将として采柄を握る、織田本隊が出馬して行った。北畠信雄、織田信包（信兼）、神戸《かんべ》信孝、佐久間信盛、長岡藤孝の諸将が、尾州と濃州と勢州の軍兵を将《ひき》いて、総戎《ソウジュウ》につづいた。

先鋒を合わせると、織田軍の総兵力は、数万人であった。この日は摂津の郡山に泊まり、翌日は、播州兵庫に進んだ。

六日には、播磨の明石に近い大窪なる在所に、本営を据えたのである。

さらに先陣の将兵は、神吉、志方、高砂といった別所方の諸城に向かい、加古川の近くに野陣を布いた。上月城のある播磨の西端へは進軍しなかったのだ。

五月二十四日に竹中半兵衛重治から、備前の天神山城（八幡山城、岡山市）の城主が味方についた旨の報らせがあった。

奏聞を聴いて、天下人は、すこぶる満足げであった。羽柴秀吉に黄金百枚、ならびに重治には、銀子百両を下賜した。

忝《かたじけな》くこれらを頂戴すると、半兵衛は、播磨の陣営に帰って行った。

五月二十七日に信長は、安土山下町の大水の有りさまを検分するため東下した。松本（大津市）から矢橋《やばせ》（草津市）まで船を用い、小姓衆だけを伴って琵琶湖を渡った。

六月十日、京へ向かって安土を出立した。また矢橋から松本まで船に乗り、そして、入洛した。

六月十四日は祇園会であった。天下人も見物した。鑓や弓や薙刀などの持ち道具は無用、との御諚が出されたので、馬廻りも小姓衆も所持しなかった。

祭礼を見物した後、馬廻り衆は帰し、小姓のみ十人ばかり連れて、直だちに鷹狩りに出かけた。雨が少し降った。

その日のことである。近衛前久に知行を進呈した。合わせて千五百石を、山城の内、普賢寺郷（京田辺市）にて、知行里を割り当てたのである。

六月十六日に羽柴秀吉が、播磨から上洛して来た。そして、天下人の下知を一つ一つ仰いだのだ。

尤も、秀吉の真意は、大軍でもって後ろ巻きしてもらい、上月城を救援することにあった。

「上様。なにとぞ、三位中将さまに後詰めとして、播州と作州の国境まで出張っていただけまするべく、おん願い上げまする。然《しか》れば、それがしが毛利と一戦いたす所存にございまする」

秀吉が、額衝《ぬかづ》いたまま言上した。

「藤吉郎、汝の本心は、上月城を救わんとの一念であろうが。然《さ》れど境目の小城の一つや二つ、物の数ではあるまい。かの地は切所にて候へば、われらが大軍を以ってしても、目論見どおりにいかず、進退これ谷《きわ》まる場合とてあろうぞ。累卵の危うきとも申せよう」

天下人の返答は、現実的かつ冷厳であった。

「なれど筑前。そなたに上策なり秘策なり、手立てが有らば、聞いてとらすだで、申し陳べるがよい」

信長が、嬉笑《キショウ》しつつつづけて、智将に語りかけた。

「恐れながら、方策と云いうる術《すべ》は、今のところ身どもには、ございませぬ」

秀吉は、弱よわしく俯いて応えた。

「調略ととのわず、計りごとも無くんば、滞陣いたしたとて詮なきこと。まずは、この陣を引き払うべし。然るのち、神吉《かんき》と志方に押し寄せ攻抜せよ。その上で、別所が楯籠る三木城に取りかかり押し包むべし」

「ははっ。上様の御諚、しかと拝承つかまつりまいてござりまする」

斯くして、上月城は見捨てられた。

尼子勝久は自刃し、鹿介《しかのすけ》幸盛は、降人となったが、謀殺された。ともに無念の最期と云えよう。

別所一党の支城への攻城戦における検使には、八名の側近や馬廻りが任命された。大津伝十郎、大塚又一郎、水野九蔵、長谷川藤五郎、矢部善七郎、菅屋九右衛門、万見仙千代、祝《ほふり》弥三郎である。八人は、交替で任務を遂行したのだ。

六月二十一日、信長が、都を罷り東下し、安土城に至った。

六月二十六日に滝川一益と惟任光秀と惟住長秀、三将の指揮する軍兵を毛利軍に対する備えとして、三日月山に配置した。

そして、羽柴秀吉と荒木村重が甲兵を引き払った。諸将は、書写山（姫路市）に転進して行った。

書写山は、西国二十七番札所である円教寺の聖域であった。此の寺院は、西の比叡山と称される天台宗の名刹であり、七堂伽藍が甍を争っている。

御詠歌なるものは、「はるばるとのぼれば書写の山おろし　松の響もみのりなるらん」である。

その次の日に、神吉城（真名井城、加古川市）を取り囲んだ。

北から東の山に、岐阜中将信忠、神戸信孝、佐久間信盛、林秀貞、長岡藤孝らの諸将が、段々に布陣したのだ。

志方城（船原城、加古川市）に対しては、北畠信雄が陣営を構えた。惟住長秀と若狭の国衆は、後ろ備えとして、西方の丘阜に陣を布いていた。

その他の部将の面々、滝川一益、蜂屋頼隆、稲葉一鉄、安藤守就、氏家直通、惟任光秀、筒井順慶、荒木村重、武藤舜秀《きよひで》などが、神吉城に肉薄した。

外郭を忽《たちま》ちのうちに攻め破り、はだか城にした後、本丸の堀に飛び入り、塀を突き崩し、数刻攻めつづけた。

三七信孝は、足軽と先陣争いをするなど奮戦したため、手を負傷してしまった。手負いや戦死者が何人もでた。一気呵成に攻め落とすのは難しかったので、その日は攻撃を小休止した。

翌日、竹束を持って仕寄り、本城の塀際まで詰め寄せた。堀を埋め尽くすべく埋草を集め、また築山を造成して攻めたてた。

一方、羽柴筑前守は但馬表に出張った。そして、但州の国衆を以前のごとく召し出して、忠誠を誓わせた。

尚お、竹田城には元のとおり小一郎長秀（のち秀長）を入城させ、人質を入れ置いた。秀吉自身は、甲士《コウシ》を書写山に配備した。

さて、神吉城の攻め口について、南側が手薄だったので、織田上野介が陣を移動させた。さらに、敵が全く動きを見せないので、西方の備えは不要であるとして、惟住五郎左衛門と若狭衆が、東側を受け持った。

まず手はじめに井楼を二つ高だかと組み上げた。そして、大鉄炮を撃ち込み、堀を埋めさせ築山を造成して、攻め寄せた。

滝川左近将監は、南から東にかけての攻め口を担当した。夫丸を使って井楼を構築した。そして、大鉄炮で以って塀や櫓を撃ち崩した。加えて、矢倉に火を放ち、焼き落とした。

この外、諸将が、それぞれに井楼や築山を築いて、昼も夜も攻撃をつづけたのだ。

敵方は、さまざまに詫言を申し入れてきたが、信長から検使役が派遣されて来ていて、厳命が出されているので、許容される訳がなかった。

六月二十九日、天下人の下知が伝えられた。兵庫と明石の間、明石から高砂の間は道程が遠きゆえ、敵方の海賊衆に対する備えを怠ってはならぬ。然《しか》るべき地を撰び、良き山に砦を拵え置くべきである。

斯ような主旨の御諚であった。

津田七兵衛に山城衆が加えられ、万見仙千代重元が、正使として遣わされて来た。重元は、とんぼ帰りをして、状況を主君に奏上した。

この外、路次の要所には、中将信忠の下知により、林秀貞、市橋長利、浅井新八郎政澄、和田八郎、中島勝太、塚本小大膳、簗田広正が、交替で警固に当たった。

然《さ》る程に七月十五日、神吉城に夜討ちをしかけた。滝川一益と惟住長秀が、両将の攻め口から東の曲輪に乗り込んだのだ。

十六日には本丸に攻め込み、城主の民部少輔頼定を討ち取った。

天守に放火し、乱戦となった。火花を散らして戦ううちに、天守も焼け落ち、城兵の過半が焼死してしまった。

西の丸は、荒木摂津守の持ち場だった。ここには、神吉藤大夫が楯籠っていた。

ところが、佐久間信盛と荒木村重の二人が、藤大夫の詫びごとを取り次いで馳走したので、珍しく信長が赦免した。それで、藤大夫は、志方城に退去した。

陥落した神吉城の後始末は、羽柴勢にまかせて、志方城に諸将が攻め寄せた。

こちらも亦た、支えがたいと観念し降参した。人質を出して、城主の櫛橋祐貞が開城したのだ。

さて斯かる経緯で、別所長治らが楯籠る三木城に、総兵力を以って攻め掛かることとなった。在在所所に近ぢかと、向い城の要害を構築して、退陣しつづけたのである。

〈九鬼水軍の大船〉

天正四年の七月中旬、摂津の木津川口における海戦で、毛利方の村上水軍に織田水軍が惨敗してしまった。

その後に天下人が、志摩の海賊衆である九鬼右馬允嘉隆《よしたか》に、大船六艘の建造を命じていた。

嘉隆は、勢州度会《わたらい》郡の宮川河口の大湊《おおみなと》で、大型の軍船の建造をつづけてきた。焙烙《ほうろく》や火矢に焼かれぬ工夫も施してあった。

さらに信長は、滝川一益にも大船を一艘造るように、下知していた。こちらは白船だった。

順風を見はからって、六月二十六日に熊野灘に向け出航した。大坂表へ回送していたところ、泉州沖の淡輪《たんのわ》の海上で、これら七艘の大船を阻止せんとて、雑賀や淡輪など、浦うらの小舟が漕ぎ寄せて来た。

矢を射かけ鉄炮を放って、四方八方から攻め寄せて来た。七艘の軍船に小船を従えた船団を指揮していた九鬼右馬允は、敵の警固船を間近く引きつけておいて、適当にあしらってから、大砲を一時《いちどき》に発砲させた。

この一斉砲撃で、数多《あまた》の敵船が撃ち崩された。それで敵は、なかなか接近する手立てもなく、物の数ではなくなったのだ。

七月十七日には、泉州堺の港に着岸したのである。これらの巨船を見物した人びとは、皆びっくり仰天したとのことだ。

翌日、船団が出港し大坂方面へ向かった。要所要所に軍船を配置し、海上の通路を制限し、封鎖を完璧なものにしたのである。

さて其の頃に信忠が、岐阜城の庭園で、四羽の鷹を上手に飼育した。

七月二十三日、鷹匠である山田と広葉の両人が、持参して来て、安土城に登城した。信長は、四羽の中の一足だけ召し上げ、残りは信忠に返却した。天下人は上機嫌だった。

「近う寄れ、その方ら、さまざま辛労致したであろう。また、安土までの道中も大儀であった。三位中将にも、よしなに伝えよ」

莞爾として、二人に語りかけた。

「上様より懇《ねんご》ろなる御諚をたまわり、末孫までの誉れにござりまする。まことに忝《かたじけな》き次第にござりまするに」

年長の山田某が、膝行三度したのち、天下人に御礼を言上した。

平伏したままの両人の前に、近臣二名の手により、銀子五枚宛に御服も相い添えて下賜された。

鷹匠たちは、胸を躍らせつつ、安土を罷り岐阜への帰路を急いだのである。

八月五日、陸奥《みちのく》の大名である南部《なんぶ》宮内少輔政直が、鷹を五羽も進上してきた。

八月十日に天下人が、安土城中の万見重元の邸に、南部家の正使を招待し饗応した。そして、その場で信長自ら礼を述べた。

八月十七日、岐阜中将信忠が、播磨から帰陣し、ひとまず戢兵《シュウヘイ》した。

九月九日の重陽の節句に信長は、安土城内で相撲をとらせた。それを、信忠と信雄の同腹の兄弟に見物させた。

九月十五日、大坂表に備えてある城砦に配備している番衆の軍目付として、小姓衆と馬廻りと弓衆を、二十日交替の当番制で、各おの（各《おのおの》）の付城に割り当てた。

九月二十三日、天下人が上洛した。瀬田の山岡景隆の館城に一泊し、次の日に、二条の新城に入った。

九月二十四日に斎藤新五郎（利次か）が、信長の下知を受けて、越中へ向け出陣した。

新五郎は、道三（利政）の末子と伝わっている。が、甥の龍興（義棟）を見限って信長の家来になったのは、稲葉山城の開城より随分前だった。

濃州加治田（加茂郡富加町）を居城として、武儀《むぎ》郡と加茂郡に所領を持つ有力部将である。

斎藤勢は、飛彈を経由して越中に入国し、神通川《じんづうがわ》沿いに北進して行った。

同国の太田保の津毛《つげ》城（黒牧城、上新川《かみにいかわ》郡大山町《おおやままち》、現富山市）には、河田豊前守長親と椎名小四郎道之が、守備兵を入れ置いていた。だが、尾州濃州の軍勢が進撃して来たのを聞いて、退散してしまった。

直ちに、神保越中守長住が、津毛城に甲兵を入れた。

一方の斎藤新五郎は、さらに三里ほど進軍して、陣を構えた。そして、あちらこちらに出撃したのである。

九月二十七日に天下人は、九鬼嘉隆が将《ひき》いる大船七艘を検分するため、都を南下し石清水八幡宮に至った。翌二十八日は、河内国の若江城に泊った。

二十九日の早朝に摂津の天王寺へ向かった。そして、佐久間信盛の守備する要害に入り、暫く休息した。それから、住吉大社の社家の許に移った。その際、天王寺から住吉の間で、鷹狩りをした。余裕綽綽たる物見遊山である。

晦日《みそか》である三十日の黎旦《レイタン》に、泉州堺の港に出かけた。五摂家筆頭の近衛前久、細川京《ケイ》兆尹家《チョウインケ》の信良（もと昭元）、四職衆にして丹後守護の一色義道らが、天下人に随行していた。

然《しか》り而《しこ》うして、九鬼右馬允は、かの大なる軍船を美しく飾りたてた。幟や指物や幕をうち回していたのだ

津々浦々の武者船も、是また兵具を以って、めいめいが飾りつけていた。

堺の南北の荘の者どもも、ご座船をおびただしい数の唐物を集めて、装いをこらした。そして、われ劣らじとばかりに、数限りなく献上品を持参したのである。

この時には老若男女、俗人出家にかかわらず、天下人を一目拝もうと、着飾った出で立ちで、香や薫物《たきもの》を四方に発散させて、集まって来たのである。

信長は、九鬼の巨船に、唯一人で乗船し見物した。それから、今井宗久の邸に立ち寄った。今井家は、天下人にお茶を差し上げた。

途次に、堺の会合衆である千宗易（利休）、津田宗及（天王寺屋）、天王寺屋道叱、三人の私宅に顔見せした。とりあえず、住吉の社家に至り、腰を落ち着けた。

信長が、嘉隆を呼びつけて、黄金二十枚、御服十かさね、ならびに菱喰入りの折箱二つを下げ渡した。

その上で、九鬼嘉隆と滝川一益に、それぞれ千人扶持を給したのである。

さらに、滝川の大船に上乗りしている、犬飼助三と渡辺佐内と伊藤孫大夫の三人に、黄金六枚に御服を添えて賜与したのだ。

十月朔日に信長が、京に向け住吉を出立した。途中、河内の交野《かたの》城にて休息し、安見新七郎の供応をうけた。

入洛して二条の新城に入った。その翌日のことである。

信長の留守中に、同朋衆の住阿弥の所行が悪かったとのことで、成敗を命じた。加えて、長く召し使っていたサイと云う侍女も、同罪だとして、厳しい仕置を下知した。

〈斎藤新五郎の洪伐《コウバツ》〉

天正六年十月三日に越中の太田保の中、本郷なる所に、斎藤新五郎が陣取りをした。同日の夜、河田豊前守と椎名小四郎らが守備している今泉城（富山市）の周囲を、放火して回った。四日の払暁に、撤退し南下して行く斎藤勢を、今泉の城兵が追撃した。新五郎は、本郷をも通過し月岡野（富山市の南端地域）まで退却した。佯走《ヨウソウ》であった。月岡野は扇状地であり、起伏の多い地形である。新五郎は、丘の陰や林の中に伏勢《ふせぜい》を配置していた。

戦意のなさそうな斎藤勢の逃げ足が弛《ゆる》んだ時、銃声が、辺り一帯に轟いた。上杉方の先頭集団の騎馬武者が、大ぜい薙ぎ倒された。次いで、矢が降ってきた。新五郎自ら、長鑓を引っ提げ、北面して大音声を発した。

「者ども――、かかれえええ」

斎藤勢が突撃して行った。

上杉軍は、追い崩され、撓北《ドウホク》した。宗との頸数を三百六十も揚げられ、今泉城に逃げ帰った。

この惨敗の後、河田長親と椎名道之らは、今泉城を放棄して、越中の東部に移った。新川郡の松倉城（魚津市）を、拠点としたのだ。

斎藤新五郎は、戦捷に乗じて駆け回り、織田方についた国衆の人質を取り固めた。そして、かれらを神保越中守に渡してから、意気揚揚と帰陣して行った。

〈村重の謀叛〉

摂津一職の支配を任せている荒木村重が、反逆を企てているとの噂が流れた。風聞が天下人の耳に届いたのは、天正六年十月二十一日のことであった。

――まさか摂津守が、何の不足があってのことか。存念を申し陳べらば、わしとて考えぬでもない。

信長が、傍らに侍っている万見重元に、竜顔を向けた。

「仙千代、宮内卿を呼んで参れ。かつうは、惟任日向に参上すべく申し告げよ」

眉間に竪皺《たてじわ》を刻んではいたが、声音は優しく且つおだやかであった。

「敬《つつし》んで承って候ふ」

一の寵臣は、平伏したのち、膝行することなく室《へや》を出て行った。

ことの真相、村重の真意を知らんとて、信長は、三名の行李《コウリ》を派遣することにした。吏僚の宮内卿法印（友閑）、近習の万見重元、部将の惟任日向守である。

光秀を派したのは、村重の嫡男である新五郎村次の正室が、光秀の娘だったからだろう。間もなく、村次は妻を離縁して、父親の許に帰した。のち、彼女は三宅弥平次（明智秀満）に再嫁した。

もともと荒木弥助は、摂津の土豪出身である。摂津三守護の一人である池田八郎三郎勝正に、軽輩者として仕えていた。

池田家の内訌のため、筑後守勝正が大坂に出奔したあとには、跡目を継いだ弟の民部丞重成《しげなり》旗下の、池田姓を許される有力武将に伸《の》し上がっていた。

元亀二年八月二十八日の摂津郡山における合戦で、池田勢が、和田惟政を敗死させ、茨木城を攻抜した。この時、荒木村重が采配を振っていたのである。

信長と将軍義昭との軋轢が大きくなっていった際、池田重成は公方に味方したが、村重は、信長に賭けた。

元亀四年（七月二十八日に改元して天正元年、１５７３）三月二十九日、上洛する信長公を逢坂山で、細川藤孝とともに出迎えた。

荒木と細川の出仕を喜んだ信長は、かれらの忠節を賞賛した。その場で、佩いていた郷義弘の名刀を、村重に下げ渡した。

義昭を追放したのち、信長は、群雄割拠の状態だった摂津に、確乎たる秩序が必須だと思った。

そののち天正二年十一月に、伊丹忠親を駆逐した村重が、信長から、摂津の一職支配を委《ゆだ》ねられたのだ。

そして、信長の許可を得て伊丹《いたみ》を有岡と改称し、ここを居城とした。尚お摂津守の任官は、天正三年九月のことであった。

信長は、十二分に村重を厚遇しているつもりだった。

天正三年の時点で、織田家の譜代部将の支配圏をながめると、荒木と肩を並べる若しくは凌駕している者は、柴田勝家と佐久間信盛と塙直政の三将だけであった。

外様の家臣なのに、然《さ》まで信頼していた村重が、己に反逆したとの報らせを受けて、天下人が糾問使を送ったのである。

すると当然のごとく、有岡の本城で三人の使者と応接した村重は、謀叛などとは、悪意に満ちた誹謗中傷であると強弁した。

「上様の犬馬の労をとること。天下様が天下布武を進めまいらす、その露払いを務めさせていただくこと。外には何一つ野心は、身どもにご座なく候ふ」

腹に一物を持ったまま、胸に手を措き、反り返って陳弁したのだ。

「あい判り申した。貴殿の具申なされしこと、真に道理でござる。然《さ》れば、おん人質として御袋様を差し出され、別儀なく候はば、安土に上られ上様に言上されて然《しか》るべきと存ずる。日向守どの、仙千代さま、御両所いかがでござろうか」

松井友閑が、有力部将と主君の寵臣の同意を求めた。

「宮内卿法印さま。それがしには異存はござらぬ」

「摂津守どのの胸臆《キョウオク》を聞き定むれば、上様も、さぞや祝着なされることにて候ふ。有岡城主の御辺なれば、一挙手一投足にて候ふゆえ、直ちに安土に登城されるべきと愚見いたすところでござる」

荒木の縁者である光秀は、何ごとにも控え目だったが、天下人の一の近臣だと自負している重元には、斟酌《シンシャク》するところが無かった。見ようによっては、不遜と云えなくもない。

ところで、大胆にも有岡城主は、人質の提出と安土への出仕の指図を無視したのだ。実は、村重謀叛の風説が流れた頃には、既に荒木父子は、臍《ほぞ》を固めていたのである。天正六年十月十七日付けの、村重と村次に宛てた一通の起請文が、その証拠である。差し出し人は、本願寺門跡の顕如光佐である（『京都大学所蔵文書』）。

この書状は全三か条であり、荒木側からの連絡に対する返書の形になっている。それで、次の文言ではじまっている。

「一、当寺に対して一味の上は、善悪に付いて相談し、入魂《じゅこん》せしむべきに候。略、たとひ信長相果て、世上何と成替り候とも、湯にも水にも相違なく見放すべからざる事」

第二条では、村重の知行について、本願寺が干渉しないことを誓約している。

第三条では、荒木家が加増を求めるなら、将軍や毛利氏に斡旋することを約定している。

ところで、天下人に重用されていた筈なのに、村重が畔逆《ハンギャク》に踏み切ることが、なに故にできたのか。危険を冒すのだから、安易な理由で蹶起《ケッキ》する訳がない。

そこで、天正四年から六年にかけての、村重の立場と動きを追ってみる必要があると、思いいたった。

天正四年の四月に村重は、石山本願寺攻めの一方の大将をつとめていた。この折の合戦で、塙直政が討ち死にした。

本願寺が案に違《たが》い強敵だと悟った信長は、大坂方面軍を編成した。指揮官には、佐久間信盛を指名した。

天正三年より村重は、塙や長岡藤孝とともに、大坂包囲軍の一翼を受け持っていた。加えて、播磨の小寺や備前の浦上などとの取り次も行ってきた。

しかし、天正五年十月に播磨平均《ヘイギン》の軍勢が派遣された時、采柄《さいづか》を握ったのは、羽柴秀吉だった。村重は、石山攻めの大将にはなれず、さらに、播磨平定と毛利との交渉の大役も、秀吉に攫《さら》われてしまった。

現状維持をはかるだけで、将来のさらなる飛躍を期待するのは、困難になったのである。

天正六年四月、上月城奪還のため、毛利の大軍が西播磨まで出張って来た。荒木勢は、羽柴勢とともに上月城への後ろ巻きとして出陣し、播州佐用郡の高倉山に陣地を構築した。

対陣は長引いた。しかし、秀吉と村重は、後詰めの手立てがなく、結局のところ、天下人の下知に順って、退陣《のきじん》した。

この対峙の時、吉川元長が、五月二十九日付けで、国元の西禅寺住職である以徹長老に書状を送った。その中に、次の狂歌が記述されている。

「あらき弓はりまのかたへ　おしよせて　いるもいられず　引もひかれず」

谷口克広先生は、已に毛利に内通している村重を、嘲弄し皮肉ったものだと、考察された。

『陰徳太平記』にも、村重が毛利に通じたと看做《みな》していると読める記載がある。

六月二十一日に能見川で、両軍が干戈《カンカ》を交えた際、毛利軍が、羽柴勢を高倉山の麓まで退却させた。

「この時、もし荒木摂津守、中国勢の備たる上の山より真逆《まっさか》に下して横合にかかりなば、十が七八は中国勢押して立てらるべきに、荒木村重存《ぞんず》る旨や有けん、空しく遠見して居たりけり」

斯ように、村重は疑われていたのである。

此の天正六年の二月には、別所長治が織田に反旗を翻していた。羽柴勢は播磨において、苦戦を強いられるようになってしまった。

この頃に、村重が毛利に通じたのだろう。そして、暫くは首鼠両端、日和見をしていたに違いない。ところが十月になって、内通が露見してしまったのだろう。

私見だが、荒木一門に表立って働かすべく、本願寺か毛利が、密約を漏洩《ロウセツ》したと思われる。

荒木勢は、籠城戦の支度に余念がなかった。主城の有岡（兵庫県伊丹市）には、当然のことだが、村重が腰を据えた。

尼崎城（琴浦城、尼丘城、兵庫県尼崎市）では、新五郎村次が采配を振り、花熊城（花隈城、神戸市中央区）には、従兄弟の志摩守元清が、守備についていた。


——斯くなる上は、是非もなし。

癇癖の表情を顕にして、信長が一人ごとを呟いた。傍らに侍る近習にも聞きとれる声音であった。

荒木一党の叛乱が確かであり、ゆゆしき事態であるため、天下人が陣触れを発した。安土城内は、将兵が右往左往して慌しくなった。

留守居として、神戸信孝、稲葉一鉄、不破光治、丸毛光兼（長照）を置き、十一月三日に信長が出馬した。

上洛した信長は、二条の新館に入った。そして此の状況になっても、惟任日向守と羽柴筑前守と宮内卿法印（友閑）らに折衝させ説得しようとしたが、荒木摂津守は、頑として聞き入れなかった。

天下人は、村井長門守貞勝を禁裏に遣わした。一時だけでも本願寺と講話するために、主上の仲裁に頼ろうとしたのだ。

別心した別所長治が、毛利の前衛として、東播磨に蟠踞している。そこへ、五畿内の摂津で、有力部将の反乱が勃発したのだから、さすがの覇王も、お手上げだったのだろう。

勅使と面晤した顕如光佐は、次のように返答した。

――本山は、毛利一門と一味同心して、織田と戦ってきた。本願寺が独断で講話を受け入れる訳にはいかない。毛利家も和睦するなら、勅命に順います
る。

荒木の謀叛により、状況が有利になった本願寺側の戦略である。が、理に適った言い種《ぐさ》でもある。

堂上《とうしょう》衆は大坂から引き返した。そして、毛利一門に対する調停についても、思案を

めぐらし模索をつづけた。

さまざまな交渉が捗ばかしくないうちに、石山本願寺に対する向い城の軍監を務めている小姓衆や馬廻りらに、厄介な事態が生じた。

反逆した村重が、本願寺への忠節の証《あかし》として、この者たちを殺害するに違いないとの風聞が、しっかりと伝わって来たのだ。

信長も不便《ふびん》だとは思ったが、妙案がない。なんとも手の打ちようがなかったのである。

天下人の困惑を知り得たのであろうか。それぞれの付城の番衆の面々が、小姓衆や馬廻りたちを送り帰してきたのだ。信長の喜悦のさまは一とおりではなかった。

軍目付をつとめていた全員を召し出して、各おのに御服を賜与したのである。

「この度は色いろなる雑説《ぞうせつ》これ有りたるにも拘《かかわ》らず、汝らが周章致せしを聞かず、狼狽したる風もなし。偏《ひとえ》に当家の面目である。且つまた、その方らの一身の誉れにて候ふ。大儀であった」

天下人の称賛の仰せを聞いて、一同は、有りがたさに包まれて、平伏していた。

〈摂海の大捷と摂津表の戦況〉

十一月六日の出来ごとであった。西国の船団が、六百余艘も大坂湾へ乗り出して来た。大船六艘を中核とする九鬼艦隊も、泉州堺を出港した。

辰の刻（午前八時ごろ）から午の刻（正午前後）にかけて、九鬼右馬允の指揮する織田水軍と、村上海賊を主力とする毛利水軍との船戦が、木津川河口でくり広げられた。はじめは、一進一退というよりむしろ、九鬼艦隊が迎え撃つのは難しそうであった。だが、六艘の巨船には、大砲が三門づつ搭載してあった。敵船を間近く引きつけておいてから、大将分の船と思しき軍船を、大砲で以って打ち崩したので、恐れて寄り付かなくなった。

そして毛利水軍は、西海へ逃れ去った。海戦を見物していた人びとは、九鬼右馬允の大手柄だと、囃《はや》したてた。

イエズス会の司祭（イタリヤ人宣教師）であるオルガンチーノは、彼の書翰の中で、この大船の建造に因って、本願寺は滅亡すると述べている。たしかに此の大勝利が大坂方を窮境に追い込んだと云える。

摂津沖の海戦の捷報を聞いて、十一月九日に天下人が、都を罷り摂州表へ出陣した。其の日は、山崎に本営を据えた。

翌十日、滝川左近将監、惟任日向守、惟住五郎左衛門、蜂屋兵庫頭、氏家左京亮、安藤伊賀守、稲葉伊予守（一鉄）の諸将が、芥川、糠塚《ぬかづか》、太田村、猟師川《りょうしがわ》の辺りに陣取りをした。

信長は、敵方の茨木城（茨木市）に対し、太田郷の北の山に付城の普請をすべく指図した。

中将信忠、北畠信雄、織田信包、神戸信孝の連枝衆及び、越前衆と云える、前田又左衛門、不破彦三直光、佐々内蔵助、金森五郎八、原彦次郎、日根野弘就、日根野弥次右衛門も動員された。

信忠以下、諸将は、摂津の天神の馬場に、陣営を構えた。

天下人は、荒木方の高槻城（高槻市）に対し、向い城となる天神山砦の普請に取りかかるべく下知した。

そして安満《あま》なる、山手にあり四方を見下ろせる所に、本陣を構えた。さらに、繋ぎの要害を構築するように命じたのだ。

ところで、高槻城主の高山右近重友（友祥《ともなが》）は、キリシタンとして名が知られていた。

そこで、信長が妙案を思いついた。そして、伴天連《バテレン》（司祭、パードレ）を喚《よ》びつけて申し渡した。

「貴公ら、高山右近が予に忠節仕《つかまつ》るべく、才覚を致すべし。然候《さ》はば、伴天連の教会を本邦の何方《いずかた》に建立いたそうとも苦しからず。もし承服できぬとあらば、宗門を断絶致さねばならぬだで」

天下人が、嬉笑《キショウ》しつつ、イエズス会の宣教師たちを見回した。

「謹んで承ってござりまする」

バテレン一行は、即答したのである。

佐久門右衛門尉、羽柴筑前守、宮内卿法印、大津伝十郎が、伴天連たちに同道した。

高槻城に到着したのち、パードレが色いろ教え諭《さと》した。

当然のことだが、右近允《うこんのじょう》重友は、村重に人質を出していた。しかしながら、人質を見殺しにしても、小義を捨て大義に与《くみ》することで、信仰の栄えにもなると納得して、高槻城を天下人に進上したのである。

司祭たちの訓誨《クンカイ》に順ったのである。信長の喜悦のさまは、一通りではなかった。

斯くして間《しば》しのうちに、茨木城に対する付城である、太田郷の砦の作事が竣工した。

それで、越前衆である、前田、佐々、不破、金森、原、日根野兄弟を入れ置いた。

太田の城砦の構築に携った、滝川、惟任、惟住、蜂屋、武藤、氏家、安藤、稲葉、羽柴、長岡ら諸将の先鋒が、十一月十四日に、伊丹へ攻め寄せた。

まずは、陣笠連を出して攻撃をしかけた。殊さら、武藤舜秀《きよひで》の配下の者どもが駆け入ると、組み討ちして、頸四つを討ち取った。

首級を本陣の安満に持参して、天下人の首実検に供したのである。

さらに近辺を放火して回った。有岡城を押え込み、刀根山（大阪府豊中市内）に近ぢかと陣取りをした。

砦の所在地は、一つは見野の郷（兵庫県川西市域）である。此所は、通い路の南の山手に要害が設けられ、蜂屋頼隆、惟住長秀、蒲生賦秀《ますひで》、且つ若狭の国衆が在陣した。

いま一つは、小野原（大阪府箕面市域）に構築された。こちらには、信忠、三介信雄、三七信孝の兄弟が、陣営を据えていた。

十一月十五日に信長が、安満から摂津の郡山（茨木市）に、本陣を移した。

十一月十六日に高山右近が、郡山に伺候し、御礼を言上したところ、天下人は、たいへんな喜びようであった。着用していた小袖を脱いで与えた。

その上に、かつて埴原《はいばら》新右衛門が進上した、秘蔵の名馬も下賜したのである。

此の度の褒美として、摂州の芥川郡の知行をも仰せ付けた。いよいよ忠節を尽くすべきの旨を、使者を通して右近允に、申し伝えたのである。

十一月十八日に信長が、惣持寺（茨木市内）に出向いた。そして、津田信澄旗下の将兵で以って、茨木の出入口を押さえさせた。

惣持寺内の要害の守備は、佐々内蔵助、前田又左衛門、不破河内守、金森五郎八、日根野備中守、日根野弥次右衛門、原彦次郎らに命じた。

そして、太田郷の砦を引き払い、敵の城に近ぢかと攻め寄せた。

十一月二十三日に天下人が、惣持寺に二たび入った。翌二十四日、刀根山の砦の陣中見舞と称して、年寄衆ばかりを召し連れて出かけた。

その日は、亥の刻（夜十時過ぎ）より雪が降りはじめ、夜もすがら思いの外、降ったり止んだりしていた。

敵城の茨木には、石田伊予守と渡辺勘大夫と中川瀬兵衛尉の三将が楯籠っていた。十一月二十四日の夜半に瀬兵衛清秀が、織田の甲士を引き入れて、石田と渡辺の両将と加勢の軍兵を、城中から追い出した。清秀は、村重を裏切り、織田の軍門に降ったのである。

この計策のために働いたのは、古田左介景安（のち織部助重然《しげなり》）、福富《ふくずみ》平左衛門秀勝、下石《おろし》彦右衛門頼重、野々村三十郎正成の四将であった。

弥助村重と虎之助清秀には血縁関係があり、清秀と景安は従兄弟である。斯かる調略を押しすすめるのに、景安の才覚が物を言ったのではないだろうか。

信長は、この四名を茨木城の警固役として、入れ置いた。早ばやと、有岡城の前衛にあたる二城を開城させ、摂州表の過半を制圧したことで、この反乱の鎮定に、光明が輝いたと判断したのだ。

急遽、禁中に正使を遣わした。

天下人は、毛利家への勅使派遣の要請を白紙に返したのである。

十一月二十六日、黄金三十枚を、中川瀬兵衛に下賜した。さらに、手足となって働いた家来たちには、黄金六枚と御服をそれぞれ下げ渡した。

また、高山右近にも金子二十枚を賜与した。尚《くわ》えて、家老の者二人に金子四枚を、御服を相添えて下げ渡したのだ。

十一月二十七日に天下人は、摂津郡山より古池田に本陣を移した。当日の朝は、風が強く吹いていていて、寒気は格別であった。

晩になってから中川清秀が、お礼言上のため、古池田に祇候して来た。

信長からは、太刀拵えの大小、ならびに馬に馬具を添えて下賜された。

中将信忠より、備前長船長光《ながみつ》の業物《わざもの》と馬が贈られ、有りがたく拝領した。

三介信雄からは、秘蔵の馬が与えられた。三七信孝も、馬を贈呈し、七兵衛信澄は、腰物（鞘巻の短刀）を進呈した。

瀬兵衛清秀は、数かずの名品や馬を拝領し、忝《かたじけな》き次第であると感激して、帰って行ったのである。

霜月の二十八日、小屋野（伊丹市昆陽）まで、信長は本営を近づけた。四方から軍勢を押し寄せさせ、要所要所に陣取りをすべく、諸将に下知したのだ。

さて、近郷の百姓たちは皆、合戦を避けて甲山《かぶとやま》（六甲山地の一峰、西宮市）に登り、小屋掛けして暮らしていた。

断りなく村落を離れたのを曲事と思ったのか、単に目障りだったのか、信長が、無辜の民を襲撃させたのである。

側近の堀秀政と万見重元に命じた蛮行は、諸隊の掠奪をこととする乱妨人どもに、一働きさせることであった。

山中を捜索させ、あるいは斬り捨て、或いは糧粟《リョウゾク》や色いろの物を略取させたのだが、際限がなかった。

棘《とげ》の多い覇王は、放横にして縦恣《ショウシ》、実に残虐であった。

信長が、滝川一益と惟住長秀の両将に、陣触れを伝えた。西宮、芦屋の里、雀が松原、御影の宿、滝山、生田の森に陣地を構えさせたのだ。

敵の荒木元清が楯籠っている花熊城には、軍兵を繰り出して、動きを封じ込めた。それから、山手を通って兵庫に打ち入った。

そして、僧俗も男女の区別もなく、撫で斬りにして殺戮した。堂塔や伽藍など一宇も残さず、仏像も経巻も、一時に雲上の煙にしてしまったのだ。

さらに、須磨と一の谷にまで進攻して、一帯に放火して回った。

ところで、大矢田なる所が尼崎の近くにあった。大坂から、尼崎にも伊丹へも通り道にあたる枢要な場所である。この大矢田城主は、安部二右衛門(良成か)という者だった。摂海(大阪湾)の勝利につづき、高槻と茨木の開城など、荒木勢に勝目はないと考えて、二右衛門は、織田方に寝返ることを決心した。

そして、芝山源内(柴山監物)と打ち合わせて、天下人の味方となり忠節を悉《つ》くしたいとの趣旨を、小屋野の本営に、使いの者を送り伝えてきた。

なお柴山監物は、茶人として高名であり、利休七哲の一人である。

十二月朔日の夜、蜂須賀彦右衛門（小六正勝）の周旋で、二右衛門と源内の両人が、挨拶するために参上した。

すると、天下人の満足のさまは、尋常ではなかった。二人は、黄金二百枚を下賜され、感謝し感激して帰って行った。

ところが、二右衛門の父親と叔父が、経緯を聞いて、異論を申し立てたのだ。

「織田の軍門に降り、信長の寄騎となることには、同心あるまじく候ふ。二右衛門、心して聴くべし。本願寺門跡ならびに荒木どのに対しての不義は、然《しか》るべからずと存ずる次第である。そなた、つらつら惟《おもんみ》るべし。慮《おもんぱか》るべし」

父親は、自説を述べ陳《つら》ねると、叔父ともども、本丸の矢倉に上がってしまい、全く動こうとしなかった。

此の分では上手にいかぬと思い、二右衛門は、笹櫓《ささやぐら》（緞帳《どんちょう》芝居）を演じることにした。

「父上と叔父上の申されるところ、真に尤もにて候へば、ご容忍くだされませ」

才覚者は、二人を宥《なだ》め賺《すか》したのである。さらに、芝山源内の許に家来を遣わし、大矢田城に来てもらった。

「監物どの、お頼み申す。なんらの忠節もなく、信長公より黄金を賜わる訳には参らぬゆえ、頂戴いたしたる金子を返上致す。加えて、再び御敵の色を立て申すことも、上様に申し上げていただきたい。宜しくお願い申す」

二右衛門は、朋友に深ぶかと首《こうべ》を垂れた。

芝山源内が、行李となって小屋野に赴き、黄金を返却し、二右衛門の科白《せりふ》を天下人に、奏上した。

信長からは、是非に及ばざるとの趣旨の御諚があった。

その上で二右衛門は、織田軍の蜂屋兵庫頭と阿閉《あつじ》淡路守の両将が、陣取りをしている所に、足軽衆を出撃させた。鉄炮を放たせ、敵対いたすぞ、と叫呼《キョウコ》させたのだ。

このような成り行きだったから、父親と叔父は、満足すること一通りではなかった。

思いっきり騙《たばか》りつづけたところで、叔父を使者として遣わしたのである。

斯くの如き様子であり、以後も別心などは是なき旨を、尼崎城の荒木村次と大坂の本願寺に申し伝えた。

父親も、喜悦のさまで本丸の櫓から下りてきた。そこで、腰刀を取り上げて、押し籠めてしまった。直ちに、人質として上洛させ、二条館に送り届けた。

極月の三日の夜に、二右衛門自身が、小屋野の本陣に祗候した。そして、難儀の始末を一つひとつ、天下人に奏陳したのである。

「二右衛門、まことに大儀であった。才覚のほど美ごとと申す外ない。最前の忠節よりも、一入《ひとしお》神妙なる働きなるべし。礼を申すぞ」

信長が、莞爾として笑いながら褒詞を述べて、鞘ごと小刀を抜いた。

秘蔵の大左文字の脇指を下賜しただけでなく、馬を馬具とともに賜与した。また太刀代として、黄金二百枚をあらためて拝領した。

その上、摂州の中で、川辺郡一円の支配を仰せ付けられた。芝山源内も、これまた馬を頂戴したのである。

十二月四日に滝川と惟住の両将が、兵庫や一の谷を焼き払った。そして、軍兵を返して伊丹を押さえ、塚口の郷に陣を構えた。

十二月八日の申の刻（夕方四時ごろ）から、軍勢が伊丹へ押し寄せた。堀久太郎と万見仙千代と菅屋九右衛門の三名を奉行として、鉄炮足軽を率いさせ、町口に攻め寄せて、鉄炮の釣瓶打ちをつづけたのだ。

それに加えて弓衆を、中野又兵衛と平井久右衛門と芝山次大夫の三組に分けて、火矢を射込ませた。城下に放火し町を火の海にすべく、信長が下知したのだ。

酉の刻（十八時頃）より亥の刻（二十二時ごろ）まで、城の近くまで詰め寄って攻めたてた。惣構えの壁を破壊して、郭内に突撃しようとしたのだ。

ところが、ここで籠城兵の猛烈な反撃を受けてしまった。敵が、城壁の際で、死にもの狂いの防戦を敢行し、寄せ手は、損害を出して退却を余儀なくされた。

信長の一の寵臣である万見重元と、家康と親しい水野藤次郎忠分《ただちか》が討ち死にしてしまった。備後守忠分は、信元の弟にして忠重の兄である。

力攻めの蹉跌《サテツ》に懲りた信長は、持久戦に切り替えた。有岡城の周囲に向い城をびっしり構築して、大包囲網を造り上げたのだ。

十二月十一日に天下人が、古池田に本陣を移した。畢竟、信長自身は師走の二十一日に、摂津の陣を引き揚げることになる。

さて播磨表については、羽柴筑前守に、佐久間右衛門尉、惟任日向守、筒井順慶の諸将を加勢として、播州に派遣した。

また、敵方の有馬郡に在る三田《さんだ》城（車瀬《くるませ》城、三田市）に対しては、道場河原と三本松の二か所に、足懸かりの付城を設けて、羽柴勢を入れて守備させた。

さらに秀吉は、播州一円に進出して働いた。別所の本拠である三木城に対する向い城、数多くの城砦に配備している将兵に、兵糧や鉄炮及び玉薬、普請などについて指図したのち、帰陣したのだ。

十二月二十一日に信長は、摂州古池田から都に到り、兵を戢《おさ》めた。その日は、雪が少し降って、路次が白くなった。

十二月二十五日、天下人が安土城に凱陣したのである。

天正七年の元日、信長は江州蒲生郡で年を越した。歴々の家来たちは、摂州伊丹表に何か所も構えられている向い城に、それぞれ城番として守備についているので、登城することはなかった。

正月五日に九鬼右馬允嘉隆が、泉州堺から、出仕して来た。

安土城中において嘉隆が、年頭の式体《シキタイ》を奏聞《ソウモン》したところ、信長は、熙笑《キショウ》しつつ懇《ねんご》ろなる指図を陳べた。

天下人が、有能なる水軍の将の心情を斟酌して、休暇を与えたのだ。

「右馬允よ、摂州沖の船戦における大勝利、返すがえすも大手柄であった。礼を申す。汝の働きにて、本願寺も程なく降参するであろう。今、戦況は逼迫しておらぬゆえ、在所に罷り越し、妻子と暫し水入らずに過《す》ぐすがよい。その後、上国仕るべし」

「忝《かたじけな》き忖度を賜り、有りがたき仕合わせにござりまする。本年も、上様に、犬馬の労をとらんことを、悦びと致しまする。然《さ》れば、御免くだされませ」

思いがけず給暇をさずかって、嘉隆主従は、勢州へ向けて、一目散に帰路を急いだ。

二月八日に信長は、小姓衆、馬廻り、弓衆に下命した。蒲生郡馬淵《まぶち》（近江八幡市域）から、切石三百五十あまりを運搬させたのだ。

翌日、鷹狩りの獲物である雁や鶴などを、かれらに下げ渡した。

二月十八日に信長が入洛《じゅらく》し、二条の新城に動座した。二十一日、東山で鷹野をした。二十八日にも、東山にて放鷹《ホウヨウ》に興じたのである。

三月四日に、三位中将信忠、北畠信雄、織田信包、神戸信孝の連枝衆が上洛して来た。

三月五日、信長と息子たちが、摂州伊丹表に向けて出陣し、山崎に陣取りをした。

三月七日に信長は、古池田に到って、本営を据えた。諸将が、伊丹の四方八方に陣取りをした。越前衆である、佐々、前田、不破、金森、原らの部将も参陣していた。

岐阜中将が、賀茂の岸と池の上の二か所に、砦を堅固に構築するように下知した。東西南北に出城を設け、それぞれ前面には堀を掘り、塀や柵も普請させたのである。

高槻城の当番役として、大津伝十郎長昌を派遣していたのだが、三月十三日に俄かに城中において、病死したとのことであった。

元来、長昌は蒲柳の質《たち》だった。まだ、而立《ジリツ》を過ぎたばかりであった。

三月の晦日《みそか》に鷹狩りをした後、次いでに信長は、箕面《みのお》の滝の見物をした。この日に十三羽の鷹が、少し足を痛めてしまった。

四月朔日《ついたち》のことであった。信忠の小姓である、佐治新太郎と金森甚七郎が口論をした。結果、甚七郎を刺し殺した新太郎は、自刃してしまった。二人の年齢は、ともに二十歳ほどであった。

四月八日に信長が、古池田の東の野原で、模擬合戦を開催した。馬廻りと小姓衆に騎乗させ、弓衆は、徒組《かちぐみ》として側《そば》に控えさせた。

斯ように二手に分けて、騎馬隊を徒組である勢子《せこ》衆の中に駆け込ませたのだ。

信長は、徒組と一緒に固まって、守備側になった。この演習で気晴らしをした後、直ちに鷹野に向かったのである。

同じく八日に、軍勢を播州へ向け進攻させた。将《ひき》いる諸将は、佐々内蔵助、前田又左衛門、不破彦三、金森五郎八、原彦次郎、そして甥の津田七兵衛と褻臣《セッシン》の堀久太郎だった。

四月十日には、惟住五郎左衛門と筒井順慶、それに山城衆が出陣して行った。

四月十二日に、信忠、信雄、信包、信孝の一門衆が出馬した。猪子兵介高就と飯尾《いいのお》隠岐守尚清《ひさきよ》の両名を、此のたび播州三木表に普請する砦の検使として、連枝衆に添えて派遣した。

また、中将信忠が守備している、古屋野と池上の二城の留守居に三将が付けられた。永田刑部少輔景弘と生駒市左衛門近清と牧村長兵衛利貞が、番手を命じられたのだ。

四月十七日、常陸国の多賀谷重経が、星河原毛の馬を、はるばると牽き上らせ献上してきた。

馬齢七歳で、太く逞しい駿馬であり、三十里の道程《みちのり》を騎乗して往復できる、忍耐強い馬だと評判であった。

天下人の祝着のほどは、一方ならざるものであった。早速、青地与右衛門に、調教すべく仰せつけた。尚お青地には、岡崎正宗の業物が下賜された。

是は、六角佐々木家が所蔵していたのを、佐々内蔵助が入手した逸品だった。成政が、黄金十枚を使って拵えを作り、主君に進上した名刀である。

天下人から多賀谷修理亮の許に届けた書状には、小袖五枚、縮羅《しじら》三十反、以上と認めてあった。さらに、銀子五枚を心づけとして、使者に下げ渡した。

四月十八日、塩河伯耆守長満に、銀子百枚を賜与した。正使は森乱（成利、長定とも）、副使は中西権兵衛。過分の褒美であり、忝き次第であった。

さて、稲葉彦六貞通が受け持っている河原口の砦に、有岡城から陣笠連が出撃して来た。直ぐさま、塩河伯耆守と氏家左京亮が、駆けつけ迎撃した。そして、随分の武士を三人討ち取ったのだ。

また、播州三木表においても、敵が足軽勢を繰り出してきた。が、信忠の配下の猛者が働き、頸数を十ばかり討ち取り、なんなく勝利を得たとの注進が、伝えられたのである。

四月二十三日に惟任光秀が、丹波にて、隼の巣に居るころの幼鳥を入手して、天下人に進上してきた。

四月二十六日に信長は、古池田に出かけ、またも模擬合戦に興じた。以前と同じく馬廻りと小姓衆、そして、近衛前久と細川信良も、騎乗して参加した。

岐阜中将が、播州三木において、此のたび動きの止まっている地点の六か所に、砦の普請を下知した。そして、小寺藤兵衛政職《まさもと》が楯籠る御着《ごちゃく》城（茶臼山城、姫路市）に攻め寄せ、押し包んで四方を放火して回った。

四月二十八日には信忠が、摂州有馬郡にまで軍勢を進めた。さらに直ぐさま、野瀬郡にも進軍し、耕作物を薙ぎ捨てたのだ。

四月二十九日、古池田に伺候して、天下人に播州方面の様子を稟告《ヒンコク》したところ、国許に帰郷せよとの旨の仰せがあった。

当日は、洛中の慧日山《えにちさん》東福寺に僑居した。翌日に、岐阜城下に到着し、兵を戢《おさ》めた。

越前衆と惟住長秀が、敵方の淡河《おうご》城（神戸市北区）に進撃し、付城を構築した。その後、古池田に帰陣して、敵情を奏聞《ソウモン》した。

すると、越前衆には暇《いとま》が賜与された。佐々、前田、不破、金森、原の諸将が、帰国して行った。その他の部将には、伊丹表の城番が仰せ付けられたのである。

斯くのごとく、砦の普請を指図し、二重三重の堀を掘り、塀や柵を造り、それぞれ持場になっている付城を堅固に守るべく、信長が下知した。

五月朔日に天下人が、入洛した。

五月三日に信長は、京を罷り東下した。道筋は山中越えで、志賀郡坂本に出た。小姓衆ばかりを召し連れて、船で琵琶湖を渡渉し、安土城内には、百々橋《どどばし》口から入った。

五月十一日は吉日だったので、天下人が、天主への移徙《わたまし》の式を執り行った。

六月二十日、伊丹表に在陣している五人の部将に、鷂《はいたか》を二もとと兄鷂《このり》（雄のハイタカ）

を二羽、青山与三をお使いとして賜与した。

五将は、滝川左近将監、蜂屋兵庫頭、武藤宗右衛門、惟住五郎左衛門、福富《ふくずみ》平左衛門である。各おの忝《かたじけな》く頂戴したのである。

六月十三日、羽柴筑前守に寄騎として配属していた竹中半兵衛重治が、播州の陣中において、病死してしまった。

そこで同月二十二日、名代として馬廻りである、実弟の久作重矩《しげのり》が、筑前守与力として播磨に派遣された。

六月二十四日のことである。先年、惟住長秀が拝領していた「周光？」なる名物茶碗を、天下人が召し上げた。

その替わりとの仰せで「鉋斬《かんなぎ》り」の業物を下げ渡した。是は、備前長船長光作であり、系図も有する名刀である。

七月三日に武藤舜秀《きよひで》が、俄かに疾病におかされ、急逝してしまった。

〈徳川信康の横死〉

七月十六日に浜松の家康から、酒井左衛門尉を正使として、御馬が進上されてきた。酒井忠次と副使の奥平九八郎信昌の両名も、これまた、馬を天下人に献上したのである。ところで馬の奉呈は、名目であり口実だった。徳川家と徳川家臣団に、ゆゆしき事が起こっていたのだ。名馬は、たんなる苞苴《ホウショ》ではなかったのである。

信長は、すこぶる機嫌が良かった。宿老と家康の娘婿、ともに徳川の功臣である両将に、愛想よく接したのだ。

「よくぞ参った。殊に九八郎、一別以来よな。幾年《いくとせ》になるのかの。さて汝らは、ともに当家を隆盛に導きし武夫《ブフ》なるゆえ、膝行いたすには及ばぬ。こなたへ近う寄るがよい」

平伏しつつ忠次は、信昌に眴目《ジュンモク》したのち、天下人に言上した。

「上様の仰せとは申せ、畏れ多うございますれば、形ばかり膝行三度を致し、そののち御諚に順わせていただきまする」

「左ようならば、それで良い」

信長が、莞爾として頷《うなづ》いたあと、左右の側近に片笑みをみせた。

「秋とは申せ、まことは形のみにて候ふ。残暑きびしき折から、遠路遥ばる大儀であった。礼を申す。ところで、三河守どのの股肱《ココウ》の臣が二人して、馬を牽く為のみにて、江州《ごうしゅう》安土に上って来たのではあるまい」

安土城主が窃笑《セッショウ》した。信長は、徳川家の内情に精通していた。なぜなら、家康の譜代家臣の中に、天下人に阿諛《アユ》し、主家の秘事までも御注進する輩がいたからだ。

「御推察のとおりにござりまする。徳川家の行末について、上様の御裁許を賜わらんがために、罷り越したる次第にございまする。まずは、五徳御寮人さまが、おん父君にとのお言葉を以って、身どもに託されたる御書状にて候ふ」

忠次が、天下人の傍らに控えている西尾小左衛門義次に、徳川信康の正室である五徳（徳姫）の書翰を手渡した。

信長が、娘の手紙に一通り目をとおした後、徳川家の乙名に質《ただ》した。

「女子らしいわい。天下の儀については勿論のこと、織田家に拘る件もない。夫婦《めおと》合いに関する話ばかりよな。妻夫仲《めおと》が悪いようだが、左衛門尉、そなたは承知しておるのかや」

「その件ならば、存じておりまする。二た年《ふとせ》ほど前より琴瑟相和《キンシツあいわ》すごとく睦まじくとは、申せぬようになり申したる次第にて候ふ」

忠次は、額衝《ぬかづ》いたまま返答した。

「あい判っただわ。さて、徳川家の大事について語ってもらわねばならぬだで。そもそも当城に参上いたせしは、その件にて余と面語いたす為であろう。当然、九八郎も知悉しておることよな。そなたが陳奏致すべし」

信長は、娘婿の信康にかかわる内訌であることを聞き知っていたので、義弟の信昌に陳述させる腹積もりだったのだ。但し、信昌のほうが、義兄の信康より四つ年長である。

「無論、それがしも存じておりまするに。では、上様に申し上げまする。ことは、身どもの正妻たる亀姫の実兄の三郎君《ぎみ》、徳川信康さまに拘る逆心の疑いにござりまする」

信昌は、平伏しつつ、さらに俯くかのように頭を垂れた。そして、長大息をもらした。

「逆心とな、聞き捨てにはできぬな。して、天下への謀叛なるか。或いは、三河守どのに対する叛逆であるのか。具《つぶさ》に申し述べよ」

表情を強張《こわば》らせた信長が、やや膝を乗り出すかのごとき素振りをみせた。

「ははっ。けっして、上様に反旗を翻したわけではございませぬ。ことの発端は、浜松衆と岡崎衆との反目にござりまする。取りたてて三郎君に越度《おちど》がある訳にては、ござなく、徳川家臣中の不和よりはじまりし曲事にござりまする。岡崎の旗本どもが、若殿を御輿《みこし》として担ぎ、浜松衆を束ねる大殿を、追い落とさんと目論みしこと、軽挙妄動にて候ふ」

眉毛を読まれぬように、信昌は、平伏したまま言上した。

「斯ように九八郎は申しておるが、左衛門尉、そなたの所見も聞かせてもらおうかの」

徐ろに穏やかな声音が、流れてきた。忠次が面を少し上げた時、天下人が憫笑《ビンショウ》したように感じた。

――信長公は、地獄耳にて候ぞ。

まず肚裏《トリ》を掠めたことは、この一件だった。徳川家の老臣は、天下人の心証を害するのを、虞れた。実際、信長は、正確な情報網を有していた。それゆえ忠次は、有りのまま正直に奏陳することにした。

「岡崎の三郎さまは、臣下に煽てられて、動くような仁ではございませぬ。神輿《みこし》云々は、九八郎の存じ寄りにて候ふ。上様もご存じのとおり、三郎さまの初陣は、織田軍の大勝利となりし、長篠及び設楽原の合戦にございまする。天正五年八月の遠州横須賀の戦、さらに六年三月の遠州小山《こやま》城攻めにも奮戦いたせし武辺者にて候ふ。天下様の婿どのとして、恥ずることなき若武者にございまする。此のたび、御尊父に対し大罪を犯しは致せしも、勇み足とも申すべきもの。なにとぞ御慈悲を以って、宥恕《ユウジョ》を賜りたく、おん願い上げ申しまする。三郎さまは、上様の婿どのにて候へば、三河守が処断を下す前に、奏上せんとて、安土のお城に罷り越したる次第にございまする」

御尊父は家康のことであり、岳父を意味したものではなかったが、少々気になった。

忠次の頸筋を、汗が流れ落ちた。残暑の所為だけではなかった。

「であるか。其の、親父どの三河守に対する叛逆とのことだが、確かなのかな——」

信昌が、平伏したまま無言なので、信長は、忠次に視線を向けた。

「間違いはございませぬ」

忠次が、上目遣いで応えた。

「さてさて、岡崎城の軍兵のみでは、三河守に刃向かったとて、太刀打ちできぬであろうが。小田原に密使を送るなど、何か計策は用いたるや、いかに――」

「小田原にではなく甲府に、密書が届けられしこと、たしかにて候へば、武田に通じたること明白にござりまする」

斯ように断言した時、信昌の首が動いた。忠次は、九八郎に睨《み》られたような気がした。仰瞻《ギョウセン》した徳川家家老の双眸を、天下人の視線が射た。

「はてさて、是は異なることを聞くわい。過ぐる日、汝らが大手柄をたてし長篠の役にて、惨敗したるのち甲州へ逃げ帰りたる四郎の武田家は、凋落いちじるしい。加えて、浅はかなる痴漢は、御館の乱において、義弟である上杉景虎こと北条三郎（氏秀）の後詰めのために出陣したにもかかわらず、黄金に目が眩《くら》み、喜平次景勝の救援に回ってしまいおった。汝らも存じておろうぞ」

天下人が、首を廻らして、副使の方へ竜顔を向けた。

「北条氏政は、怒り心頭に発する。と云ったところであろうよ。上杉喜平次と義兄弟になったとて、実利は少なかろうて。小田原と手切れとなっては、累卵の危きよな。北条の軍勢が、甲府に押し寄せるやもしれぬだで。此の期に及んで思慮ある者が、阿呆の四郎めと通謀なんぞ、いたすであろうか」

天下人が、吐き捨てるように広言した。側近にも、徳川家の使者にも、三郎信康が笑《ショウ》罵《バ》されているように聞こえた。

「それがしも、三郎さまが武田四郎めと通ぜしこと、まことに面妖《めいよう》と思うておりまする。口惜しゅう存じますれど、事実にて候へば、致し方ございませぬ」

忠次は、項垂《うなだ》れたかのごとき姿勢で言上した。

「であるか。して、三河守どのは如何ようなる仕置をいたす所存でおるかの――」

信長の双眸が、炯炯《ケイケイ》とひかった。

「然《さ》れば、お応えいたしまする。まずは廃嫡いたし、分国内の小城にて謹慎かつ隠居差し控えさせし後、いずれかの松平の跡目を継がさせ、臣下に据えようとの腹積りにござりまする。上様への御謀叛にてはなく、父御《ててご》に対する反逆にて候へば、穏便なる処遇を、われら家臣一同も望むところにござりまする。なにとぞ、上様の御寛如《カンジョ》を賜りたく、おん願い上げ申しまする」

陳情の終わりの部分は、忠次の台詞《せりふ》に信昌の声が重なった。

「あい解《わか》っただわ。天下の儀にてはなく、ことは徳川どのの家内のこと、内訌なるゆえ、三河守の存念に委《ゆだ》ねるのが道理なるべし。さて、瘵嫡となれば、離縁させねばならぬな。五徳の身は、三位中将の同腹の妹ゆえ、岐阜城に移すか、若《も》しくは安土に引き取ることとなろう」

天下人が、淡淡として、意向を語った。

「寛大なる御諚を賜わり、まことに忝く存じまする」

「有りがたき仕合わせにござりまする。義兄も、さぞや悦び、安堵致すことでございましょう」

徳川家の重臣二人は感激し、且つ感謝のことばを並べ立てた。しかし程なく忠次は、ぬか喜びだったことを、思い知らされる羽目になる。

「久太郎、そなた。奥平九八郎どのと同道して、式部卿の許に参れ。今、徳川の乙名と予が面語いたせし趣を書面にて認めさせよ。然《しか》るのち、城中の隅ずみまで案内《あない》いたせ。ともに武辺者なれば、馬が合おうぞ」

平伏したままだったので、忠次と信昌は気づかなかったのだが、信長が、嬉笑《キショウ》したかのような不可解な表情をみせた。

式部卿法印とは、楠木正虎のことである。前名を大饗《おおあえ》長左衛門といい、松永久秀にも右筆として仕えていた。当時、織田家中随一の能書家であった。世に入道名長諳（長安）で知られていた。

「敬《つつし》んで拝承つかまつりまいてござりまする」

堀秀政が、叩頭《コウトウ》したあと室《へや》を出ていった。信昌も、膝行三度を形どおりに行ってから、退室して去った。

「さて、左衛門尉よ。そなたと心底話をせねばならぬだで」

端麗ではあるが能面のごとき、天下人の竜顔を見て、忠次は胸騒ぎを覚えた。

「徳川家の内紛として宥免していただき、まことに忝く、御礼の申しようも、ございませぬ」

徳川の宿老が、弱よわしく言上した。

「鳶の巣山砦への夜討ちを、そなたが献策いたした節、予が何と申せしか覚えておろうの」

「一時たりとも忘れたることは、ございませぬ」

「即座に賛意を表わしておったらば、そなたの上策も武田方に洩れたやもしれぬだで。汝が奇襲にて手柄を揚げえたるも、秘匿したればこそよ。今、右筆に書かせておる書翰は、予の本心にはあらず。天下の褒貶《ホウヘン》、天下の取り沙汰をおもんみたるが故の、方便にて候ふ」

信長が、袴の帯のあたりを扇子で軽く敲きつつ、薄笑いを浮かべた。

忠次は、青ざめた顔を少しだけ上げた。悠然と坐る天下人の右側のやや後方に、居残った西尾義次が、端座していた。此の近臣は、俯き加減であり、忠次のほうを見ようとはしなかった。

徳川家の正使が、がっくりと肩をすぼめた。

「阿呆の四郎めと通ぜし罪は重大なるべし。その旨、忘るるなかれ。左衛門尉、主君が道を誤ることのなきよう、よしなに伝えよ」

「ははっ。御諚のほど、主、三河守に左よう申し聞けまする。たしかに承ってござりまするに」

忠次の応答は、しどろもどろであった。

「尚お、たとえ徳川家が消え失せようとも、そなたには、右衛門尉と左衛門尉として、佐久間と同格の扱いを、また九八郎には、三位中将の寄騎として高禄を与えるゆえ、安心いたすがよい。わしの本意《ほい》は、そなたの胸三寸に納め、暫くは、九八郎に知らせるべきにはあらず。よいな」

戯笑しつつ信長が、勿体ぶって言い放った。

「ご斟酌いただき、有りがたき仕合わせにござりまする」

忠次は、平伏したままであった。情なくて両眼が潤んでいたからでもあった。

「さて、饗膳もととのったであろう。小左衛門、徳川どのの正使を、宴の席に案内いたせ。久太郎と九八郎どのも戻って来る頃合いである。わしが居ては堅苦しかろう故、同席いたさぬ」

「重ねがさねのご配慮、まことに忝く存じまする」

忠次は、甚だしく落胆していたが、外交辞令が、口を衝いて出た。

磨き上げられた城内の細殿を、西尾義次の後ろに付き随って歩みを進めつつ、忠次は、千ぢに思いをめぐらしていた。

——わしは、徳川の老臣としてしか生きていかれぬ。

松平家と酒井家は、もともと姻戚として繋がっていた。さらに、忠次の正室は、家康の叔母である。家老にして義理の叔父なのだ。

——吾が家の家紋の酢漿草《かたばみ》と同じく、有り来たりの武将なるゆえ、天下様の家臣たる徳量なんぞはない。柴田修理、滝川左近、羽柴筑前、惟任日向、皆みな器量人にて候。わしとは器が違うわい。なんとしても、徳川家を潰すわけには参らぬ。ここは、殿に怺《こら》えてもらうしか手立てがないのう。

長子にして嫡男の信康の幼名は竹千代だ。通称は、三郎とも二郎三郎とも云われる。

永禄九年（1566）に家康は、松平から徳川に改姓した。永禄二年生まれの信康は、二十一歳で枉死《オウシ》するまで、徳川信康だったことは間違いない。

ところが、後世になって徳川将軍家が、徳川の姓は、将軍家と御三家に限るという方針を取ったため、徳川信康は、死後に松平信康とされ、格下げとなった。また、少年にして岡崎城の主だったことにより、岡崎三郎と称されることが多かった。

信康の生母は、今川義元の姪にあたり、重臣の関口氏の娘で、後に築山殿と尊称された女性である。瀬名姫として成長したと伝わる。

元信（元康、のち家康）を一門に取り込まんとの思わくで、義元が女合《めあ》わせたのだろう。しかし、桶狭間の合戦で義元が敗死するや、元康は、今川から離反して、独立不羈《フキ》の姿勢を見せるようになった。

剰《あまつさ》え、敵だった信長と手を握ってしまった。その為、瀬名姫の父親である関口義広は、今川氏真《うじざね》に殺害されたと云う。

織田と徳川との同盟の証《あかし》として、信長の長女（次女とも）である五徳と信康との婚約が結ばれた。そして、永禄十年五月に輿入れとなった。

新郎と新婦ともに九歳という、飯ごとのような夫婦ではあったが、此ののち二人は、岡崎城内で一緒に暮らすことになった。

姉川合戦の勃発した元亀元年（1570）六月、家康は遠州浜松城に移り、岡崎城が、信康に譲渡された。

そして、翌文月に元服した。岳父から信の字の書かれた名字状《みょうじじょう》が届けられ、実父からは、康の偏諱《へんキ》を与えられた。因《よ》って、信康を名乗りにしたのである。

いまだ十二歳だったが、武将として認知されたと云えよう。斯くして信康は、父から一人立ちして、実母とともに岡崎城で生活した。徳川の若君は、成長して雄雄しい若武者になった。

そして、天正三年五月、長篠城への後詰めの設楽原合戦で、初陣を飾った。時に、十七歳であった。

大久保彦左衛門忠教《ただたか》は、一つ歳上の若殿に心酔しつづけていた。彼の覚え書きである『三河物語』の中で、絶賛のことばを繰り返している。信康の横死についても、次のような哀悼の言辞で締め括っているのだ。

「さてもを（惜）しき御事哉。是程の殿は又出がたし。昼夜共に武辺の者を召寄せられ給いて、武辺の御そうだん（雑談）計《ばかり》也。其外には御馬と御鷹の御事也」

幼名と通り名を同じくする若殿に、大殿が自裁を命じるという、奇怪にして不運な大事件については、多くの徳川創業史に、其の経緯が記載されている。

それらに共通しているのは、正室の築山殿が悪女で、たびたび家康を悩ませた末に、武田に通じて謀叛を企んだこと。次に、信康が粗暴で、妻の五徳とも不和だったとのこと。

そして、信康に腹を切らせたのは、信長の厳命による、是非なき処置だったのだ。

畢竟《ヒッキョウ》、家康は、渋しぶ且つ泣く泣く、嫡男を自刃させた被害者として、語られている。

それらの中で、信康を庇った筆致なのが、『三河物語』なのである。

天下人が、信康成敗の下知を言い渡すまでの顚末に関しては、渾《すべ》ての徳川創業記の中で、最も詳細に記されている。

そこに記述された筋書を要約すると、次のようになる。

「夫君の信康さまとの軋轢《アツレキ》が大きくなった五徳は、実父の信長宛てに十二か条からなる手紙を書き、酒井左衛門尉に託した。その消息には、三郎君の日頃の不行跡が書き連ねてあった。

酒井から手紙を渡された信長は、即座に読み了えた。そして、信康の行状《ギョウジョウ》の一つ一つについて、左衛門尉に質《ただ》した。忠次は、全く若殿を庇おうとせず、十か条まで総《す》べて肯定してしまった。そこで、信長が、処断を申し渡した。斯くまで家老が承知しておることであれば、すべて真実なのであろう。すぐさま信康に切腹させるべく、主三河守に伝えよ。

安土城をあとにした忠次は、まっすぐに浜松に戻った。そして、主君に天下人の御諚を伝えた。信長に逆らうことはできない。苦悩の末に家康は、結局、大切な跡取りを生害する決心をしたのである」

『三河物語』が基になって、五徳の手紙、信康を誅殺せよとの、信長の命令などは、事実として信じられてきた。

但し、信康の身持ちや品行についての記述はなく、色いろ書かれているのは、『松平記』である。箇条書きにして列挙すると、次のようになる。

一、鷹狩りの場で、一人の僧侶に縄をかけて縊《くび》り殺した。

二、踊りの下手な踊り子を、弓矢で射殺。

三、他にも普段から横暴な振舞いが、多かった。

四、五徳が産んだ子が、二人とも女子だったことに立腹した。結果、夫婦の仲が悪くなった。

此の『松平記』には、築山殿の不行状の一つとして、滅敬《メッケイ》なる中国人の杏林《キョウリン》との不倫が記載されている。だが、是は、彼女を貶《おとし》めんがための誹謗中傷に過ぎないだろう。

『三河物語』は、辻褄の合わない箇処が多いものの、けっして荒唐無稽の自慢話ではない。『松平記』は、それよりも古く、慶長年間には成立したものらしい。両方とも、徳川創業記の中では、良質の史料とされている。ともに、信康や築山殿を直《じか》に知る人物が生存しているうちに書かれた文書だからだ。それ故、是らのことは、総じて信じられてきたのだ。

しかし、先入観を捨てて冷静に考察すると、納得できない点が多々あるのに気付く。
一、信長が、愛娘と不和になったという理由のみで、婿の信康を始末しようとするものだろうか。
二、築山殿が、家康室という立場で、武田に内通したと云うが、信じられることなのか。
三、信康を庇おうとせず、死に至らしめた酒井忠次が、その後も重用されつづけたのは、何ゆえなのだろう。

まず、一の件についてだが、二人の間には、数え年で四歳と三歳の娘がいたのだから、三年ほど前までは、夫婦仲に問題がなかったことになろう。

仮に二人の仲が冷えていたとしても、原因が夫の不品行にあるとは、断定できない。彦左衛門の見解によると、勇猛な若者だったのだから、行き過ぎもあったのだろう。だが、『松平記』に陳べられたような話は、屢《しばしば》、作り話として登場する類のものである。

また、築山殿の武田との通謀については、如何であろう。城主の生母というだけで、其のような権力が有ったのだろうか。

一番に不可解なのは、三の酒井忠次に関することである。忠次は、天下人の訊問に対し、総べてを肯定して、信康が死を賜わる結果を招いた、とされている。

『三河物語』には、「知らぬと返答すれば、信長とて、厳しい命令など下さなかったのに、一いち知っていると言ったから、此のような事態になってしまった」と、家康が嘆いたとか、家臣たちが皆忠次を憎んだとか、記述されている。

しかし忠次は、その後も、徳川家の筆頭家老でありつづけ、本能寺の変後の新領土の最高責任者に就任したりしている。

はたして、『三河物語』の中で、大久保忠教は、真実のみを述べているのだろうか。

そこで、信頼性の高い史料をもとにして推察するのが、真相に逼《せま》る正道なのではないか、と思い到ったのだ。

当時の徳川家のまわりを探索するには、まず、『家忠日記』という一次史料がある。加えて、『信長公記』と『当代記』の記述も、参考にすべきであろう。

そこで、『信長公記』の数多い諸本の中で、一番に古態を有《たも》っている『安土日記』（尊経閣文庫所蔵）の内容を取り上げる。

「さるほどに、三州岡崎三郎殿、逆心の雑説申し候。家康ならびに年寄衆、上様に対しもつたいなく申し、御心持ちしかるべからずの旨、異見候て、八月四日に三郎殿を国端へ追い出し申し候」

この記事により、信康が追及された罪なるものが、反逆だと判る。

そもそも、妻である五徳に心労をかけたり、粗暴な行いをしたなどの越度で、信長が、自刃の命令をだす筈がない。謀叛という大罪を犯した嫌疑でなければ、筋が通らないだろう。

そして、築山殿も斬殺されたのだから、母子の共謀だと、疑われたのだろう。

さて次は、『当代記』の内容について検討する。此の書の記事は、小瀬甫庵の『甫庵信長記』の孫引きが散見されるので、信憑性には疑問符がつく。けれども、家康関係のものには、注目すべき記載がある。

「(天正七年)八月五日、岡崎三郎信康主家家康公一男牢人せしめ給う。これ信長の婿たるといえども、父家康公の命を常に違背し、信長公をも軽んじたてまつられ、被官以下に情なく行われ、非道の間かくのごとし。この旨を去月、酒井左衛門尉をもつて信長に内証を得らる所、左様に父臣下に見限られぬる上は、是非に及ばず。家康存分次第の由返答あり」

この記述から、家康と信康の間に、悶着が起こったことが読み取れる。その問題について、家康の側から信長に相談した、忠次は、その行李《コウリ》の役をつとめただけであろう。

五徳自らが認めたとされる、十二か条の手紙なるものは、存在しなかったかもしれない。

肝腎なのは、信長が、「信康を成敗せよ」などとは下知せず、「家康存分次第」と応答していることだ。

すなわち、事は徳川家の内訌であり、家康と信康との父子の間の問題だと、信長自身も認識していた、と云うことなのだろう。


さらに、『家忠日記』を鑑査してみる。

此の一級史料は、深溝《ふこうず》松平家の主殿助《とのものすけ》の日暦である。家忠二十三歳の天正五年十月から、文禄三年十月に至る、約十八年間の日録を有する。

原本は、肥前島原藩主の松平家に伝えられた。写本も多く、『秘本深溝日記』、『三州日記』の別称を持つものもある。

又八郎家忠は、松平主殿助伊忠《これただ》を父に、鵜殿《うどの》長持の娘を母として、弘治元年、三州額《ぬか》田《た》郡の深溝に生まれた。

天正三年五月の長篠合戦では、父とともに西三河衆として参陣した。

五月二十一日、有海原において伊忠が、徳川方の城持ち武将として、唯一討ち死にした。

行年《ギョウネン》三十九歳だった。それで家忠が、又八郎から主殿助の官途名に改め、当主となった。

さて此の日誌は、家忠個人の生活を、日録として記したものである。意図的と思われるほど、伝聞関係のことを書かず、また重大事件にあっても、家忠自身の主観的判断を一切記さない。

己の経験だけを簡略に記述する、という姿勢が一貫してつらぬかれているのだ。

そのため、描写されている歴史は、限られた範囲を出るものではない。しかし其の性格のゆえに、記事の内容は、信憑性が頗《すこぶ》る高いと云える。

尚お、家忠が岡崎衆だったからなのか、他の理由なのか判断しかねるが、天正十三年まで、信長に関しては信長様と記しているのに、徳川の統領には、敬称を付けていない。

さて此の日暦により、事件の前年で既に、父子の仲が安穏《あんのん》ではなかったと推測できる。

まずは、天正六年九月五日の条である。

「同普請候、家康より鵜殿善六御使岡崎在郷無用之由、被越仰候、」

さらに、同年同月二十二日の条。

「鵜殿八郎三郎、松平太郎左衛門こされ候て、點取《てんとり》之俳諧候、戌《いぬ》刻二吉田左衛門尉（酒

井忠次）所より、家康各《おのおの》國衆岡崎在郷之儀無用之由申來候、」

斯ように家康は、岡崎周辺の家臣を、信康から分離させようと計っていたのだろう。

また築山殿も、室《へや》の奥で何もせずに居たわけではない。『家忠日記』の天正六年二月四日の条には、「大雪ふり三尺、信康御母さまより音信《いんしん》被成候、」とある。

城主の生母として、築山殿は、岡崎衆と連絡をとるなど、表舞台に立つこともあったのだろう。

天正七年八月三日に家康が、岡崎城の大手門をくぐった。嫡男との間で、激論がたたかわされたようだ。

そして翌日に信康は、岡崎城を出された後、三州碧海《あおみ》郡の大浜《おおはま》の小城（碧南市）に入った。

その後に家康は、岡崎衆に対し信康と通信せぬよう、再三再四、念を押している。さらに、己の直属の将兵で、岡崎城をかためたのである。

信康を追放して間もない八月八日に、天下人の側近である堀秀政に、家康が殷勤な書翰を送った。文面は、次のとおりである。

「今度左衛門尉をもって申し上げ候処、種々御懇ろ之儀、其の段御取り成し故に候。忝《かたじけな》き意存に候。よって三郎不覚悟に付いて、去る四日岡崎を追い出し申し候。猶《なお》其の趣小栗大六・成瀬藤八（国次）申し入るべきに候。恐々謹言」（『信光明寺文書』）。

そののち、信康は遠江の堀江城（佐田城、黒山城、浜松市）に移された。

さらに、遠州磐田《いわた》郡の二俣《ふたまた》城（天竜市、現浜松市域）に移住させられ、蟄居していた。

九月十五日が最期の秋《とき》となった。家康の使者が、二俣城に登城し、城主の大久保七郎右衛門忠世に式体を述べた。

そして信康は、自決の申し渡しを、行李である服部半蔵正成と天方《あまかた》通綱から告げられた。二人は検使役でもあった。

正成は、悲憤し悼惜《トウセキ》して、俯《うつぶ》したままだった。それで、通綱が介錯人になった。

行年は、かぞえで二十一歳、満年齢では正に弱冠であった。

母の築山殿は、半月前の八月二十九日、浜松城の西方一里ほどにある佐鳴湖《さなるこ》の畔《ほとり》で、已に家康の家来により斬られ、九泉《キュウセン》へ下っていた。

〈痴者《しれもの》、卑怯者、猿も木から落つ〉

天正七年七月十九日に信長が、馬廻りの井戸才介将元の誅殺を、三位中将に下知した。信忠は、津田与八郎（柘植与一《つげともかず》）、前田孫十郎基勝（徳善院玄以）、赤座七郎右衛門永兼の三名を、仕置者《しおきしゃ》（執行人）に指名した。

そして、岐阜城下において、三人が井戸才介を生害《ショウガイ》したのだ。

その経緯というのは、将元が、妻子を安土山下町に引っ越しさせず、本人も所どころの他人の家を渡り歩き、不断も安土に無沙汰の、懈怠《ケタイ》きわまる奉公ぶりだったからである。加えて先年には、文書を偽造して、深尾和泉守の片棒を担ぐという不埒《フラチ》も行った。重ねがさねの不届きなることに因《よ》って、成敗《せいばい》を受ける羽目になったのだ。

同年の七月二十五日、奥州の遠野孫次郎なる武将が、白鷹を進上してきた。鷹匠の石田主計《かずえ》と申す者が、使者となって日本海沿いを船に乗り、遙ばる風波を凌いで、天下人の城に上って来たのである。

雪のごとく白く、姿かたちも美麗な鷹なので、見物した僧俗貴賤の耳目を驚かした。当然、信長の秘蔵するところとなった。

さらに、出羽の千福なる所の前田薩摩守が、鷹を携えて参上し、挨拶を申し上げて、進呈したのだ。

七月二十六日に天下人が、石田主計と前田薩摩の両人を召し寄せた。そして、堀秀政の邸での接待を仰せ付けた。津軽の大名である南部宮内少輔が、相伴することとなった。

彼らは、天主閣（天守閣）も見物した。

「斯ようなる御結構の高楼のためし、古今承り及ばざるところにござりまする。生前の思い出たるべく、まことに忝き次第にて候」

三人揃って、驚嘆し、一様に感動したのだ。

天下人は、武将や使者に対し、御服を拾枚、または五枚、白熊と虎の皮革を二点づつ賜与した。ならびに、路銀として黄金も下げ渡した。

各おの、忝き仕合わせにて候ふ、と奏上して、在所へ罷り下って行った。

八月九日、柴田修理亮が、加賀に軍兵を進めた。阿多賀（安宅）、本折、小松町口まで焼き払った。その上で、稲を刈り取ってしまうべく指図して、帰陣したとのことであった。

八月二十日、天下人の下知により信忠が、摂州表へ向けて岐阜城を出馬した。

当日は、江州坂田郡の柏原に宿営した。翌日に安土城に登城した。

二十二日、堀秀政が副将として同行し、摂津の古屋野に着到した。そして、本陣を構えたのである。

九月二日の夜に荒木村重が、有岡城を忍び出た。伴の者は、わずか数人だった。

背に兵庫壺なる茶壺を背負い、唐草文染付茶碗を懐に入れ、立桐筒《たてぎりづつ》という鼓を腰に結わえていたという。

兵庫壺は、かつて武野紹鷗《じょうおう》が所蔵していた名物であり、此の茶碗は、もと北向道陳が所持していた一品だ。そして、立桐筒は、師匠である観世宗拶より譲られた逸品だった。

城主不在となった城中の統制力は、低下していった。そして、翌月には内通者が出ることになる。

九月四日に羽柴筑前守が、播磨表から帰って来て、安土城に伺候した。

「上様におかれましては、恙なくお過しなされ、御尊顔を拝したてまつり、祝着至極に存じまする。前まえより調略をすすめており申したるところの、備前の宇喜多が降参いたし候ふ。天下様の御味方を致す旨の書状を、ひそかに届けたる次第にて候ふ。されば、宇喜多和泉守御赦免の御朱印状を賜りたく、御願い上げ申しまする」

秀吉が、平伏したまま奏陳した。かつて猿面冠者《かじゃ》と呼ばれていた武将は、手柄顔だったが、案に相違して、怒声が降ってきた。

「この痴者《しれもの》めが。予《あらかじ》め、予に伺いを申さず、調儀を勧《すす》めしとは不届き千万、曲事《くせごと》たるべし。藤吉郎、其のほう。早々に播州へ立ち返るがよからあず」

秀吉は、悄《すご》すごと下城した。そして、播磨の陣営に帰って行った。

九月十日、播州の敵勢である、五着と曾根と衣笠、三城の士卒が一隊となって、三木城に兵粮《ヒョウロウ》を搬入しようとの方策がたてられた。

それで、三木城に楯籠っている軍兵が、勢いづいて出撃した。そして、向い城の一つである賀状坂砦に攻め寄せたのだ。

守将は、羽柴の寄騎の谷（谷野）大膳亮衛好《もりよし》だった。急報を聞いて、羽柴筑前守の本隊が駆けつけたが、衛好は討ち死にしてしまった。

秀吉が激しく振る采配の下、羽柴勢が一戦に及び、鎧袖一触、別所勢を難なく突き崩した。

結果、討ち取った主な首級は、別所甚大夫、別所三大夫、別所左近尉、三枝《さえぐさ》小太郎、三枝道右、三枝与平次らであった。この外、安芸や紀伊の侍で、名字の判らない武者を、数十人討ち取ったのだ。

畢竟、大勝利を以って、戦は終了した。

九月十一日に信長が、上洛の途についた。陸路、瀬田を通って京に向かった。近江と山城の国境の逢坂で、播州三木表における軍《いくさ》の捷報を聞いた。

つい先日、安土から追い返した秀吉が、無念に思って発奮し、決戦を挑んだ故の勝利だろうと、天下人は理解したのである。

そこで信長は、羽柴筑前守宛ての書状を、右筆に書かせた。

「いよいよ、三木城と五着城との通行は、堅く遮断し、出入口である虎口《とらぐち》の番は当然のこと、何事にも油断なく、申し付くべき事こそ肝要なるべけれ」、との趣旨であった。

此の頃、北条氏政の弟である大石源蔵氏照が、鷹を三羽献上するために、都に上って来た。

九月十二日に中将信忠が、伊丹表の将兵を半ば将《ひき》いて、尼崎に進撃した。そして、七松なる所に、対の城を二か所構築させたのだ。

一か所には、塩河長満と高山重友を、城番として入れ置いた。今一つの付城には、中川清秀、福富《ふくずみ》秀勝、山岡景佐を一組として、守備させたのである。それから信忠は、甲士を引き連れて、一まず古屋野に帰陣した。

九月十四日、京都の座頭衆の中で、陳情をした者があらわれた。その仔細は、以下のような事であった。

摂津の兵庫に常見と申す素封家が住んでいた。その男が、つらつら思案することには、金を貸し付けるたびに損が出たのでは、いつか必ず身代《しんだい》明《あ》きとなってしまう。一生涯を楽々と吾が身を楽しむべき手立ては、ないものかと、色いろと思いめぐらした。

そして、思いついたことは、かの常見の目は悪くないのだが、千貫文を出資して、盲人の最上の官職である検校位を買い取ることだった。その上で、上洛して在京しつづける妙手だった。

善は急げとばかりに、その段、検校衆と談判いたし、千貫の鳥目《チョウモク》を積んだ。そして、常見検校と称して、座頭衆から免許料を取りはじめ、思いのまま都にて、左団扇で暮らしていたのだ。

然《そ》う斯《こ》うしている中に、放逸な目明き検校の横着ぶりを苦にがしく思っていた小座頭たちが、訴人《ソニン》になったのである。

分限《ぶげん》の者が、此のようにして検校になる有りさまは、嘆かわしく存じまする。

今までは法度によって、生業《なりわい》がつづけられたるに、黄白《コウハク》の賄賂に因《よ》って、秩序が乱れる次第でござりまする。

その上、分銅を重くするなど秤《はかり》に細工を施して、不正に金銀を取得するなど、迷惑千万にござりまする。

斯くの如く此のたび、天下人に訴訟申し上げたるところ、信長が聞き届けたのである。検校どもの条々、全くもって曲事たるべし、との御諚があったものの、厳罰は下されなかった。斬罪されるべきところだったが、常見検校が、種々の詫言を申し上げて、黄金二百枚を進上致した。それで赦免された。

つまり、重罪を贖《あがな》ったのだ。まさに、地獄の沙汰も金次第であった。

さて、常見検校に対する裁許の結果、信長は、この黄金二百枚を以って、宇治川に架橋することにした。

宇治平等院の前に、末代までの為とて、丈夫な橋を架け置くべき旨を、宮内卿法印（松井友閑）と山口甚介秀景の両人に仰せ付けた。のち、山口は甚介を玄蕃に改める。

以前、浄土宗と法華宗との宗論があった。

その折の詫料として、洛中の日蓮宗寺院の僧侶たちから、天下人に黄金二百枚が進呈されていた。

信長が、是を手許に措いておくのも、天下の外聞として如何なものかと思い、伊丹表と天王寺と播州三木、三方面の敵に対する付城へ送金した。其れぞれの砦に詰番をつづけ、粉骨の働きをしている部将たちに、五枚、十枚、二十枚、三十枚などと下げ渡したのだ。

九月十六日、滝川左近将監、惟住五郎左衛門の両将に、馬を賜与した。馬廻りの青地与右衛門が使い番であった。

天正七年九月十七日に北畠三介信雄《のぶかつ》が、伊賀国に軍勢を侵攻させた。容易に征服できると楽観していたのだが、あに図らんや、一戦に及びし後、敗北してしまった。老臣の柘植三郎左衛門が討ち死にするなど、大敗したのである。

同腹の兄の信忠と違い、信雄は、残虐性が父親に肖《に》ているだけの凡愚な質《たち》なので、当然の結果と云えようか。

九月十八日、二条の新館にて、五摂家及び七清華《せいが》の上達部《かんだちべ》と細川右京大夫信良が、蹴鞠を楽しんだ。信長も見物していた。

九月二十一日に天下人が、京都から摂州伊丹へ向けて出馬した。当日は、山崎に宿営した。二十二日と二十三日の両日は、雨天にして雨脚がはやかったため、滞留した。
ここで、信雄宛ての譴責の内書を右筆に認めさせた。その文言は、次のとおりである。
「今度伊賀堺に於て、越度《おちど》取り候旨、誠に天道もおそろしく、日月未だ地に墜《お》ちず。其子細は、上がたへ出勢候へば、其の国の武士、或ひは民百姓難儀候条、所詮、国の内にて申し事に候へば、他国の陣相遁るるに依つて、此の儀尤もと、同心せしめ、ありあり敷く云へば、若気ゆゑ、実と思ひ、此のごとく候や。さて〳〵無念至極に候。此の地へ出勢は、第一、天下の為め、父への奉公、兄城介大切、且つは其の方の為、彼れ是れ、現在未来の働きたるべし。剰《あまつさ》へ、三郎左衛門を始め、討死の儀、言語道断、曲事の次第に候。実に其の覚悟においては、親子の旧離《キュウリ》（勘当）許容すべからず候。猶、夫の者申すべく候なり」
九月廿二日　信長
北畠中将殿
九月二十日に信長は、山崎から古池田に着到し、本陣を移した。

九月二十七日、伊丹の周囲の付城を視察して、其れぞれの城番をつとめている部将たちを犒《ねぎら》った。

古屋野では、滝川一益の砦に、暫く逗留していた。それから、塚口の惟住長秀の陣所に行って、休息した。晡夕《ホセキ》になってから、池田に帰陣したのである。

九月二十八日に帰京したのだが、その日、途中で茨木城に立ち寄った。

翌二十九日、加賀の一向一揆勢の一味で、大坂の本願寺へ連絡のために来た者を、中納言の正親町《おおぎまち》季秀が搦《から》め捕った。そして、その身柄を信長の許に押送した。

信長の喜悦のさまは、尋常でなかった。直ぐさま、此の者を誅殺したのである。

〈黄昏《たそがれ》の有岡城〉

天正七年十月十五日、滝川左近将監の調略で、佐治新介が使者となり、敵方の中西新八郎を味方に引き込んだ。

その中西が、才覚を働かせて、足軽大将である、星野と山脇と隠岐と宮脇とを取り込み、仲間にした。

常日ごろは、物頭をするほどの者の妻子を証人として、夜のうちは城内に入れ置いていたのだが、運の尽きた験《しるし》であろうか、黎旦《レイタン》前に、人質を帰してしまっていたのだ。

裏切った彼らが、上﨟塚《じょうろうづか》の砦に滝川勢を引き入れた。総構えの一郭が崩れたのだ。斯くして、荒木方の軍兵が、数多《あまた》討ち取られた。敗残兵は、取る物も取り敢えず、上を下への大騒ぎとなって、有岡城内に逃げ込んだ。

一益は、伊丹の町をなんなく占拠すると、有岡城と町との間にある侍町に放火した。有岡城を生《はだ》か城にしてしまったのだ。

此の時、岸の砦には渡辺勘大夫が楯籠っていた。勘大夫は、混乱に紛れて、多田の館まで退散した。降伏しようとしたのだが、予《かね》て、申し出ていた訳でもなく、曲事であるとの御諚により、斬り捨てられた。

また、ひよどり塚の砦には野村丹後守が、城番として守備していた。しかし、ほとんどの軍兵が戦死してしまったので、丹後守は、詫言を申し上げて降参しようとした。だが、信長は容赦せず斬首させた。首級は、安土へ送られたのである。

丹後の未亡人は、村重の妹である。彼女は、城中で此の事を聞くと、辛さも憂さもわが身一つに集まってしまったと、泣き悲しんだ。

さてさて、生きていく甲斐もなき身なるが、この上、如何なる憂目を見ることになるだろうと、あさましく思い嘆く有りさまは、見られたものではなく、哀れであった。

寄せ手は、四方から近ぢかと押し詰め、井楼を構え、坑夫を投入して攻めたてた。命ばかりは助けてもらいたいと詫び言を申し入れても、許容される筈がなかった。

十月二十四日に惟任日向守が、丹波と丹後の統治の下命に対する御礼言上のため、安土城に伺候した。その折に光秀は、緘織《しじらおり》を百反も進上したのだ。

十月二十五日、小田原の北条氏政が、天下人への味方の色を旗幟鮮明にして、甲斐国へ向け出陣した。数万と呼号する大軍だった。黄瀬川を隔てて三島に陣を布《し》いた、との注進があったのだ。

対して武田勝頼も、甲州の軍勢を動かした。富士山麓の三枚橋（沼津市）に陣地を構築し、邀撃《ヨウゲキ》の構えをみせた。

徳川家康も、北条と結んで駿河に進軍し、所どころに煙塵を上げたのである。

十月晦日《みそか》、宇喜多直家《なおいえ》の赦免についての挨拶に、宇喜多与太郎基家が、名代として摂津の古屋野まで出向いて来た。そして、岐阜中将信忠に御礼を言上した。取り次ぎをしたのは、羽柴秀吉だった。

十一月三日に信長が、上洛すべく出立した。その日は、瀬田橋近くの茶屋に宿泊した。

馬廻りや祇候してきた人びとに、白鷹を披露した。そして、次の日に入洛《じゅらく》した。二条に造営していた館が竣工したので、皇室に献上したいとの趣旨を、十一月五日に奏聞した。

すると直ぐさま、陰陽《おんみょう》博士に日取りを撰ぶべく、仰せ付けられた。そして、吉日だということで、十一月二十二日に、誠仁《さねひと》親王が新御所に行啓《ぎょうけい》されることとなり、その用意がはじめられたのである。

十一月六日に信長は、白鷹を据えたまま、北野天満宮裏の辺りで鷂《はいたか》を飛ばした。

十一月十六日の亥の刻（午後十時ごろ）、二条の新館から具足山妙覚寺に、信長が動座したのである。

十一月十九日、荒木久左衛門と歴々の武将たちが、妻子を人質として伊丹に残し置いて、尼崎城に向かった。この時、久左衛門が詠んだ短歌が、次の一首である。

「いくたびを毛利を憑みにありをかや　けふ思ひたつ　あまの羽衣」

籠城衆を代表しての久左衛門の役目は、尼崎と花隈の両城を明け渡すことと、荒木摂津守が降参し、天下人の許に出頭すること、二つの条件を受け入れれば、城内の者どもを助命するとの織田方の約定を、村重に承諾させることであった。

しかし畢竟《ヒッキョウ》、村重は、重臣たちの意見に耳を貸そうとせず、その説得を拒絶したのだ。

織田七兵衛信澄が、有岡城中の警固のために、軍兵を入れ置いた。矢倉という櫓に、番兵を配置したのだ。いよいよ、残された女どもは、人質そのものの恰好となり、互いに目と目を見合わせるのであった。

あまりの物憂さに、村重の正室のたしが、歌を詠んで、荒木の許に届けた。

「霜がれに残りて我は八重むぐら　なにはの浦の　そこのみ屑に」

対して、村重の返歌は、

「思ひきや　あまのかけ橋ふみならし　なにはの花も夢ならんとは」

娘のあこのから、母のたしへの一首、

「ふたり行き　なにか苦しきのりの道　風はふくとも　ねさへたへずば」

お千代が、荒木かたへ送った歌、

「此ほどの思ひし花はちり行て　形見になるぞ　君が面かげ」

対して、村重の返歌、

「百年《ももとせ》に思ひし事は夢なれや　また後の代の又後の世は」

斯くの如く詠みかわしあったのだ。

然《そ》う斯《こう》うしているうちに、有岡城内の女どもの警固役として、荒木方の吹田七郎と泊々部《ほうかべ》と池田和泉守の三将を残し置いていた。ところが、その中の一人の池田は、城の行く末を何と見極めたのだろう。

和泉は、歌一首を書きつけた。

「露の身の消えても心残り行く　なにとかならん　みどり子の末」

詠み了えたあと、鉄炮に玉薬を込めて、己の頭を撃ちくだき、自決してしまった。

いよいよ女房衆は、心騒ぎて心も心ならず、尼崎からの迎えを、今や遅しと待ち焦れていた。


十二月三日に信長が、身分にかかわらず御家人を、妙覚寺にことごとく召し寄せた。

そして、縮羅織《しじらおり》（縅織《しじらおり》）、巻物（軸に巻いた反物）、板の物（板を芯にして畳んだ絹織物）などを、千反あまりも積み上げて置き、馬廻りや諸もろの奉公人たちに下げ渡した。全員が、有りがたく頂戴したのである。天下人の余裕そのものであった。

過ぐる日、高山右近（ドン・ジュスト）の父親の図書（ダリヨ）は、重友と袂別《ベイベツ》して村重に与し、有岡に楯籠っていた。成敗《せいばい》されるところであったが、倅の功績により、一命を助けられた。

そして、十二月五日に越前へ押送され、柴田修理亮の許に預けられたのだ。青木鶴が使者であった。

十二月十日に信長は、京を南へ下り山崎に到り、座を移した。十一日と十二日の両日、雨天のため、天王山の中腹に在る宝寺に逗留した。

その頃、八幡に在住していた片岡鵜右衛門という者が、周光香炉を所持していた。それを信長が召し上げ、代金として、銀子百五十枚を下げ渡したのである。

〈甚《はなは》だ多い仕置者《しおきもの》〉

此のほど、荒木村重は、尼崎城と花隈城を明け渡さなかった。また、荒木久左衛門ら名の有る武将どもが、妻子や兄弟を捨てて、吾が身のみ助かろうとしたことは、前代未聞のあさましい行為であった。

数多《あまた》の妻子たちは、この成り行きを聞いて、是は、夢かや現《うつつ》かやと呟きつづけた。親子や夫婦の別れの悲しみは、今さら譬《たと》えようもない。さてさて如何はせむと、嘆きつづけたのだ。その中には、幼な子を抱いて途方にくれる者がおり、或いは、懐妊している婦人もいた。

これらの人びとが、悶えこがれて声を惜しまず、泣き悲しむ有りさまは、目も当てられぬ次第であった。猛き武士も、岩や木ではなく、さすがに心があるだけに、涙を流さぬ者はいなかった。

此のような情況は、信長の耳にも入った。実は、鬼神のごとき覇王にも、惻隠《ソクイン》の心があったのだ。

天正三年六月のことだった。有海原で完勝した余裕からか、若しくは気紛れのゆえか、山中の猿と呼ばれていた不具者の乞食《こつじき》を不便がり、扶掖《フエキ》したことがあったのである。

さて、一片の慈悲の情を有するくらいでは、寛大な処置を執ることは、なかった。人質になっている婦女子に、憐憫《レンビン》を覚えぬ訳ではなかったが、天下の取り沙汰や天下の嘲弄に思いを致し、処断したのである。

佞人懲らしめのため、信長が、人質を成敗する手順を、山崎で一いち詳細に下命した。荒木一族の者たちは、洛中引き回しの上、斬首と決定した。

極月の十二日のことだった。晩方から夜通し都に全員を押送した。妙顕寺に拵えた大きな牢獄に、三十人あまりの婦女子を取り籠めておいたのである。

また、久左衛門の倅の自念と泊々部《ほうかべ》と吹田の三人は、村井貞勝（春長軒）の所で、牢屋に入れられた。

さらに、この外に摂津国において、頭目となる程の武将の妻子たちを選び出し、管理すべきこと。然《しか》るのち、磔に懸くるべし。

斯ように天下人が、滝川一益と惟住長秀と蜂屋頼隆の三将に下知した。

ところで、有岡城の開城により、天正七年十一月に稀代《キタイ》の軍略家が、城中の土牢から救出された。小寺官兵衛孝高《よしたか》である。

孝高は、反逆を思いとどまらせるべく、村重を説得するため伊丹に赴いて行った。だが、そこで幽閉されてしまったのだ。

劣悪な環境で蝨などに悩まされ、湿疹が酷《ひど》かったと伝わる。さらに、歩行にも支障をきたしてしまったようだ。

この後は、黒田姓に復し、のちのち勘解由次官《かげゆのすけ》を称することになる。家督を嫡男の吉兵衛長政に譲ってからは、如水軒円清と号した。

然《そ》う斯《こ》うしている間《ころ》に、荒木五郎右衛門と申す侍が、日頃は女房との間が然《さ》ほど仲睦まじくはなかったのだが、此のたび妻女を捨て置いていたことは、本意ではなかった。出頭して来て、そのように陳述した。

惟任日向守に、色いろ懇望の嘆きを申し述べ、女房の命に代わりたいと依頼した。縋《すが》られても光秀とて、上様の御諚があるだけに、なかなか許容できるものではなかったのだ。

結局、夫婦ともども成敗されることとなって、哀れであった。

師走の十三日の辰の刻（午前八時ごろ）に、百二十二人を、尼崎城の近くの七松なる所で、磔に懸けるべしと定められた。そして、各おのの婦女子が引き立てられた。

さすがに歴々の上臈《じょうろう》たちであるから、美々しき衣裳の出で立ちだった。皆、どうにもならぬ運命だと、覚悟をつけていた。

これら美しき女房たちが並んでおるのを、荒あらしい武士どもが連行して、幼児は其の母親に抱かせたまま引き上げて、磔に懸けたのだ。鉄炮で次ぎつぎに撃ち殺し、鑓や眉尖刀《なぎなた》でもって刺し殺していった。

処刑される百二十二人の女房たちが、一時に叫ぶ悲痛な声は、天にも轟くほどであった。見る人の目はかすみ、嗚咽《オエツ》するのを押しとどめるのが難しかった。この光景を観た者は、その後、二十日も三十日もの間、その面影が目に焼き付いてしまって、忘れることができなかったと云う。

この他に仕置される女たちが、三百八十八人もいた。この者らは、雑務に当たる侍の妻女と、その付き人だった。

男子は百二十四人いた。かれらは、上級武士の女房たちに付き随っていた若党以下の者どもだった。

信長が、矢部善七郎家定に検使役を命じた。合わせて五百十二人を、四軒の家屋に押し籠《こ》め、枯草などを周囲に積み上げさせて、焚殺《フンサツ》することにしたのだ。

悲運なる人びとは、風のまわるのに従って、魚の仰《の》け反《ぞ》るように、上へ下へと波のごとく動いた。焦熱地獄さながらに、炎に咽《むせ》んで躍り上がり跳び揚がった。

哀叫の声が、煙とともに天空に響き、獄卒の呵責《カシャク》とは、是であろうかと思われた。

辺りの人びとは、悉《ことごと》く肝をつぶしてしまって、目を蔽い、それ以上見ようとする者は、いなかったのだ。

斯くして、伊丹城の警固のために、二十日交替の城番をつとめるべく、小姓衆に下命した。

十二月十四日に信長が、山崎から帰京し、洛中の妙覚寺の山門をくぐった。

十二月十六日に天下人が、荒木一門の者どもを都において成敗すべきの旨を、世間に告げ知らせた。

昨年の十月に村重は、毛利に通じて織田に敵対した。勝算があって信長に反旗を翻したのだが、目論見どおりには、いかなかった。

有力な支城だった高槻と茨木の二城が、早期に開城しただけでなく、高山右近と中川瀬兵衛につづいて、安部二右衛門も、返り忠してしまい織田に与した。

これで、大坂や尼崎から伊丹へ至る通路が、遮断されてしまった。荒木勢は、有岡と尼崎と花隈の三城に、拳螺《さざえ》のごとく楯籠る以外、手立てがなくなってしまったのだ。

村重にとって頼みの綱の毛利輝元は、部将の桂元将《もとまさ》を尼崎城に送り込んだだけで、後詰めの軍勢を進めなかった。実は、派遣できなかったのだ。そして、力不足なのに、空手形を何回も濫発《ランパツ》した。

籠城兵も彼らの家族も、中国からの援軍をむなしく跂望《キボウ》しつづけた。

村重自身も、毛利の後ろ巻きを切望するだけでなく、家来に対し、口先のみの約定をして励まし、前途に期待を持たせた。

籠の中の鳥のごとき暮しを強いられる人びとは、行く末が如何ように成り果てるのか、不安だった。それでも、春か夏には毛利勢が進軍して来て、道もひらけようと待ち暮らしていた。

だが、春が過ぎた。楊梅《やまもも》や桃や李の花が咲いたと思う間もなく、散ってしまった。

さらに、卯の花が開き、郭公の音色を聞く梅雨時に入った。五月雨《さみだれ》の降る音で、一層、物思いに沈む。此のように月日が流れて行く中で、近親者が消えて逝《い》ったのである。

今ははや木々も落葉し、枯木が目立つ晩秋になってしまった。毛利の来援も期待薄く、城兵は気力を失い、士気が衰えていった。

長月の二日の夜に荒木村重が、城を脱出し、尼崎へ向かった。尼崎城に移ったのは、毛利の部将である桂元将が、援将として居たからだ。

毛利軍の救援がなければ、絶対に勝ち目のない戦なのだ。桂を通して後ろ巻きを頼むために、村重は、尼崎に出張ったのだ。

しかし結果として、一家一族さらに郎党《ろうどう》が虐殺されたにも拘らず、道の馬糞のごとく、見苦しく生き長らえることとなった。羞恥心のない卑怯者として、生きつづけたのだ。

村重は、芸能に造詣が深かったようだ。が、文化人を気取っていただけの、衒士《ゲンシ》に思えてならない。とは云え、芸術家たる資質がなかったとは言えない。

愚かな謀叛人には、反逆の年に誕生した息子がいた。生母に抱かれて首尾よく、有岡城からの脱出に成功した。そして、成人して高名な絵師になることができた。

その好運な倅とは、岩佐又兵衛である。天賦《テンプ》の才に恵まれていたであろう又兵衛は、浮世絵の元祖とも称されていて、江戸時代の初期に活躍した。


つい昨日まで、偉そうに仁義を説いていた歴々の侍どもが、妻子或いは兄弟を捨て置いて、吾が身一つだけ存《なが》らえることにした、と言ってよこす体たらくだった。

この上は迚《とて》も逃れられない道と、覚悟した人びとは、其れぞれ、思い思いの坊さまを頼ることにしたのである。

珠数や経帷《きょうかたびら》を受け取って戒律を守り、お布施として、黄白を差し出した夫人もいたし、着ていた衣装を進呈した娘もいた。

かつての綾羅錦繡《リョウラキンシュウ》といった高価な衣裳よりも、今の経かたびらの方が有りがたいのだ。

平生は忌いましき経帷を着用し、戒名を授かり心やすらかになったのである。

千年もと契った夫婦や親子の仲をも、裂かれてしまった。さらに、夢想すらせざることだが、都で京雀に恥をさらす羽目になった。

斯くなりし上は、もう村重を怨むこともせず、前世からの因果と諦めて、たし夫人は、短歌をいくつも詠み残した。

「きゆる身はおしむべきにも無き物を　母のおもひぞ　さはりとはなる」

「残しをく　そのみどり子の心こそ　おもひやられて　かなしかりけり」

「木末より　あたにちりにし桜花　さかりもなくて　あらしこそふけ」

「みがくべき心の月のくもらねば　ひかりとともに　西へこそ行け」

おちい　たし付きのつぼね　京殿
「世の中のうきまよひをば　かき捨てて　弥陀のちかひに　あふぞうれしき」

隼人の女房、荒木娘の歌
「露の身の消え残りても何かせん　南無あみだ仏に　たすかりぞする」

などなど、などなど。
誰もかれもが、思いのままに、便りの中に短歌を書き残したのだ。
さて、極月十六日の辰の刻（午前八時ごろ）に、車一輌に二人ずつ乗せて、洛中を牽き回して行った。その順序は、次のとおりだった。
一番　吹田、荒木の弟（二十歳ばかり）　丹後守後家、荒木の妹（十七歳）。
二番　荒木の娘にして、隼人女房、懐妊中（十五歳）、たし（二十一歳）。
三番　荒木の娘のだご、隼人の女房の妹（十三歳）、吹田女房、吹田因幡の娘（十六歳）。
四番　渡辺四郎（二十一歳）荒木元清の兄の息子である。渡辺勘大夫の娘と結婚して養子になった。荒木新丞、四郎の弟（十九歳）。
五番　伊丹源内の娘、伊丹安大夫女房（三十五歳）、瓦林越後守の娘（十七歳）、北河原与作の女房。
六番　荒木与兵衛女房、村田因幡の娘である（十八歳）。池田和泉守の後家（二十八歳）。
七番　荒木越中女房、たしの妹（十三歳）。牧左衛門女房、たしの妹（十五歳）。
八番　泊々部（五十歳ほど）。荒木久左衛門の息子の自念（十四歳）。

この外の三輌の車には、子供に其れぞれ乳母を付けて、七、八人ずつ乗せた。上京一条の辻から、室町通りの洛中を引き回し、六条河原まで搬送したのである。

信長は、越前衆である、佐々、前田、不破、金森、原の五将を奉行役につけた。その他の下役として、触口《ふれくち》（触れ知らせる者）、雑色《ぞうしき》、青屋《あおや》（藍染の染物屋）、河原者など数百人の者が、具足をつけ兜をかぶった出で立ちで、歩みを進めて行った。抜身の太刀や薙刀を持ち、弓には矢を番《つが》え、いかにも凄じき態様で、車の前後を警固していたのだ。

女性《にょしょう》たちは、いずれも膚《はだえ》に経帷子を着《つ》けて、上に色よき小袖を美しく着こなしていた。れっきとした武将の女房衆だけに、遁れられぬ道だと悟り、いささかも取り乱さず神妙であった。

たしは、姚冶《ヨウヤ》で聞こえた碩人《セキジン》である。以前であれば、仮にも此のように見知らぬ大勢の者たちに、顔を見られることなど、有り得なかったのだ。

時勢に従うのが習いと云うものか、さも荒あらしい雑色どもの手にかかり、臂《ひじ》を摑まれ、車に引き上げられたのである。

最後の時も、此のたしと申す美女は、車から降りる際に、帯を締め直した。そして、髪を高だかと結い直し、小袖の襟を引き下げてあけ、堂々と斬られたのだ。

女房衆は、いずれも最期が立派だった。しかしながら、下女や水仕女《みずしめ》は、人目をも憚《はばか》らず、悶えこがれ泣き悲しみ、実に哀れだった。

久左衛門の倅の自念は十四歳、伊丹安大夫の息子は、未だ八歳だった。が、二人とも大人しく、最後の所はここかと問いかけてから、敷皮に居ずまいを正して坐った。頸を伸ばして斬られたのを、貴賤に拘らず、誉めそやさぬ者はいなかった。

予《かね》て、依頼しておいた寺院の僧侶たちが、駆けつけ、死後の供養を執り行った。

おびただしい処刑は、前代未聞にして空前絶後だった。

荒木村重ひとりの所為で、一門や上下の者たちが、数え切れないほど、別れを悲しみ、血の涙を流したのである。

亡者の恨みが恐ろしいと言って、人びとは、その祟《たた》りに怖気《おじけ》づいたのだった。

師走の十八日の夜に入ってから、天下人が、二条の新御所に参内した。

黄白や巻物など、おびただしい数の金品を献上し、叡覧に備えたのである。翌日の十九日に京を罷《まか》り、江州《ごうしゅう》蒲生郡へ向かった。

路次では終日《ひねもす》、雨に降りこめられたが、何ごともなく安土に到着した。大手門が大きく開かれて、主を迎え入れたのである。

〈もはや是まで　三木城も開城〉

天正八年正月の元日は終日、雪が降りつづいていた。摂津や播磨の戦場において、在陣している武将たちは、皆粉骨の働きをしていると、天下人は理解していた。

それで、年頭の式体は無用であるとの触れが、旧冬より出されていたので、安土城に出仕する大名小名は、いなかった。

正月六日、播州三木表の軍《いくさ》の庭において、別所方の宮の上の要害を、羽柴筑前守が乗っ取った。

これより先、『別所長治記』によれば、米は無論のこと、雑穀も払底《フッテイ》してしまい、大切な乗馬も殺して、食肉にしてしまっていた。しかし、渾《すべ》て尽きて、塀の下や狭間の陰には、動けなくなった青葉者《あおばもの》が、転がっている有りさまになっていたのだ。

秀吉は、本陣から三木城中の炊飯の煙を観察し、兵糧攻めが功を奏しているのを、見抜いていた。

頃はよしと、一月六日に力攻めを命令したのである。宮の上の砦を橋頭堡としてから、十一日に、長治の弟の彦之進友之が守将である鷹尾山砦と、叔父の山城守吉親が守備する新城とに、攻め寄せた。

彦之進は、一戦にも及ばず本丸に退き、小三郎長治と一手になった。山城守も支えられぬと判断して、三木城内に撤退した。

この戦いについての『別所長治記』の描写は、次のとおりである。

「城中の兵ども衰へ果たるありさまにて、鎧は重くて身躰動き難し」
「あつぱれ兵やとみえけれども、勇は心計《ばかり》にて足手働かず、思ふやうに戦へず」
「老武者は雑兵の手にかからん事を思て大手の木戸を抜《ひら》き、各《おのおの》一面に座して三十八人一度に腹を切て伏にけり」

なにしろ長いこと、満足な物を食べていない城兵が相手である。忽《たちま》ちの中に寄手は、二つの城砦を攻抜《コウバツ》したのだ。

正月十五日に、羽柴筑前守の寄騎である別所孫右衛門重棟《しげむね》（主水正長棟とも）が、三木城内から、小森与左衛門なる侍を呼び出した。秀吉の内意を受けて、長治と吉親と友之の三将への書状を、小森に託したのだ。

摂津の荒木や丹波の波多野のごとき最期を遂げては、末代まで世間の嘲弄を受けて、悔しいことになってしまう。尋常に切腹したほうが宜しいのではないか。という趣旨の手紙であった。

すると、三人とも腹を切るべく覚悟をつけたので、城中の諸卒を全員助けてもらいたいとの、懇《ねんご》ろなる嘆願書を、小森を使者にして送り届けてきた。

宛て先は、浅野長吉《ながよし》（のち長政）と別所長棟になっていた。

その旨を披露したところ、秀吉が感嘆した。そして、諸もろの士を助命するとの返書を認めさせた。加えて、樽酒三荷などをも、城内に送り届けたのである。

長治は満足した。直ぐに、妻子や弟と家老たちを呼び集めた。そして、正月十七日に自刃することを、女房と子供にも言い聞かせた。

互いに觴酌《ショウシャク》を重ねて、今生の暇乞《いとまご》いを告げたのである。

そうして、小三郎から山城守の所に、十七日の申《さる》の刻（午後四時ごろ）に腹を召さるべきの旨を申し伝えた。すると吉親は、ここにきて納得しなかったのだ。

吉親は、こう考えたのである。自害すれば、必ずや信長めは、頸を取り、都大路で晒《さら》し物にしてから、安土城に送るであろう。然《さ》れば、京でも田舎でも世間の者の謗《そし》りを受け、全くもって無念である。ここは、城内に火を放ち焼死すればよい。骸骨が誰のものか分からなくなるだろう、と。

斯《か》くして館に火を掛けた時、居並ぶ武士たちが、跳びかかって吉親を抑え付けて、刺し殺してしまったのだ。

正月十七日の申の刻に別所長治は、三歳の嬰児を膝の上に措き、涙を怺《こら》えて差し殺した。さらに、妻を引き寄せて、同じ枕頭で生害した。友之も、同じように女房を刺殺した。

その後に兄弟は、手に手を取って広縁に出た。常の居場所の畳の上に、二人並んで端座して、家臣たちに最後の挨拶をしたのである。

「皆の者、長きにわたり苦労をかけ相すまぬ。心底より詫びを申す。この度の籠城においては、兵粮《ヒョウロウ》こと尽きて、牛馬をも食す有りさまであった。然《さ》りながら、虎口を堅く守り、楯籠りをつらぬいた。高恩は言うに及ばざるところ、唯ただ礼を申すばかりである。おの合わせて、我ら相果て諸士を助くるは、身の悦びにて候へば、是に過ぐべからず。おのおの方、真に大儀であった」

長治が、腹に小刀をあてて、従容として義に就《つ》いた。備前入道こと三宅治忠が、介錯をした。

友之は、長年召し使ってきた家人たちを呼び並べて、太刀、刀、衣裳などを、形見として受け取らせたあと、兄が腹を切った脇指を用いて、堂々と自刃したのである。

小三郎は二十六歳（二十三とも）、彦之進は、二十五歳（二十一とも）だったと伝わる。

ところで、吉親の正室は畠山総州の娘だった。この後家は、自決の覚悟を已《すで》につけていた。男子二人、女児一人を左右に並べていて、心強くも一人ひとり差し殺した後、己も喉頸《のどくび》を掻《か》き斬り、枕を並べて息絶えたのだ。

そして、三宅治忠が、つづいて自裁した。

「厚恩にあずかりたる人多しと云えども、この先お供申さんと言う人あるまじき。それがしは、なまじいに家老の家に生まれながら、政《まつりごと》にたずさわることがなかった。述懐は身にあまると言えども、今は、お供いたすのみ。三宅肥前入道が働きを見よや」

治忠は、腹を十文字に切ってから、臓物を繰り出した。武門の意地を見せたのである。

斯くして、城中の人びとは助け出された。その中の小姓の一人が、短冊を持って出て来た。是を取って見てみると、辞世の歌が、書き留められたものだった。

小三郎「いまはただ　うらみもなしや　諸人の命にかはる我が身と思へば」
小三郎女房「もろともにはつる身こそはうれしけれ　をくれ先だつ　ならひなる世に」
彦進「命をもおしまざりけり梓弓　すゑの世までも名の残れとて」
彦進女房「たのめこし後の世までに翅《つばさ》をも　ならぶる鳥のちぎりなりけり」
山城女房「後の世の道もまよはじ　思ひ子をつれて出でぬる　行すゑの空」
三宅肥前入道「君なくば　うき身の命何かせん　残りて甲斐のある世なりとも」

斯くのごとく、哀れを催す有りさまだった。上下の者が愁嘆することと言ったら、限りがなかった。

長治と友之の別所兄弟の潔い臨終のさまは秀吉の右筆によって、喧伝《ケンデン》された。そして、さまざまな書物に記述されて、伝えられた。

それらは扨措《さて》き、別所一門の三将の首級が、安土城に送り届けられた。

〈本願寺との媾和と　加賀への侵攻〉

二月二十一日に信長が上洛した。そして、具足山妙覚寺の山門をくぐった。

二月二十六日、本能寺に居所を移す旨の仰せがあった。信長自ら、四条坊門通の西洞院に在る本能寺へ出かけて行き、春長軒貞勝に、普請のことなどについて指図したのだ。

二月二十七日、京を罷り下り山崎に到った。ここで、惟住五郎左衛門と津田七兵衛と塩河伯耆守《ほうきのかみ》の三将に指令を出した。兵庫表の花隈城に軍勢を進め、しかるべき地を見はからって、堅固な付城を構築せよ。

然《しか》るのち、池田勝三郎一家、父子三人を入れ置くように。その上で帰陣いたすべし、との下知であった。

二月二十八日は、終日雨が降っていた。それで信長は、山崎に逗留していた。そこに、根来寺の岩室坊が伺候して、御礼を言上した。

すると、馬ならびに道服を下げ渡した。岩室坊は、ありがたく頂戴して帰路についた。

二月二十九日と晦日《みそか》の両日は、山崎の西山で白鷹を飛ばしていた。三月朔日《ついたち》に摂州郡山へ向かい、天神馬場と大田で、道すがら鷹狩りに興じていた。

偖《さて》、禁裏から石山本願寺に、織田方との講話をすすめる勅使として、近衛前久と観《か》修寺《じゅうじ》晴豊と庭田重通が下向した。信長から、目付役として松井友閑と佐久間信盛が、勅使に同行する形で、派遣された。

三月三日に伊丹城に動座した。荒木村重が主であった城の様態を見回してから、兵庫表を巡視するつもりでいた。ところが、向い城の普請が既に完成したので、惟住と津田と塩河の三将が引き上げるとの、報告を受けた。

それで、三月七日に信長は、伊丹から山崎まで戻った。路次の所どころで、鷹狩りを楽しんだ。そして、三月八日に帰洛し、具足山の三門をくぐったのである。

三月十五日に信長は、奥の島山（近江八幡市域）で鷹狩りをしようと思い立ち、船に乗り込んで、長命寺の善林坊に到り僑居《キョウキョ》した。

三月十九日まで、五日間つづけて逗留した。白鷹をたいそう愛好していたのだが、この猛禽は羽振りが殊に優れていて希有であると、聞きつけた人びとが、方々から鷹野《たかの》の見物に訪れた。群衆が、天下人を遠巻きにしていたと云うことになる。

三月二十五日に信長は、奥の島で泊まりがけの鷹狩りをするため、出立した。

三月二十八日まで、鷹を飛ばしつづけた。ここでは、世話になったとの言葉をかけ、永田刑部少輔景弘に葦毛《あしげ》の馬を、池田孫二郎景雄《かげかつ》には、青毛の馬を下げ渡した。

弥生の二十八日に安土山下町に戻り、天下人の城に入った。

既に、伊丹城の城番を、三十日交替で務めるべく下知していたのだが、閏《うるう》三月朔日、荒木元清らが楯籠る摂州花隈城から、向い城に軍兵を繰り出してきた。

そこで、足軽どもの攻め合いとなった。すると、勝九郎元助と三左衛門照政の池田兄弟が、鎗先《やりさき》の功名を遮二無二競いあった。二人とも十代の若者だったのだが、火花を散らして、一戦に及んだのである。

父親の勝三郎恒興も駆けつけた。鑓でもって、屈強の武者を数人討ち取るなど、兄弟は比類のない働きであった。

然《そ》う斯《こ》うしている頃に、禁中より畏れ多くも、勅使が大坂へ下向した。本願寺十一世の顕如光佐に、大坂を退城すべき旨を伝えたのだ。

門跡と北の方と年寄たちに対し、いかなる返辞が妥当なのか、信長公の威を恐れずに、胸中の存じ寄りのところを、残らず申し出るべしとの趣意を告げ、いくつかの質問をした。

すると、下間丹後、平井越俊、八木駿河、藤井藤左衛門らの年寄衆が、評諚をつづけた。そして、その結論を稟告《ヒンコク》した。

此のたびは、上下の者が一様に和議に応ずることが、道理にかなうと述べたのだ。厭戦気分が昂じたが、世の趨勢《スウセイ》を見極めたかの孰《いず》れかのゆえであろう。

ここにきて顕如光佐も、石山の城を開城することに賛意を表わした。

――御院宣に違背申しては、天道の恐れも如何かと思われる。その上、波多野も荒木も別所も討伐されてしもうたわい。このままにては、かの退治の如く、根を断ち葉を枯らして、門徒を根絶しにして、本願寺を湮滅《インメツ》させおるわ。大坂一円に端城《はじろ》を五十一構え楯籠ってきた。が、今は是まで。将にも兵にも、苦労かけたる者どもに、賞禄をこそ宛《あ》てがわずとも、せめての恩に、命だけは助けねばならぬ。実に相すまぬことよ。

斯くして、来たる文月の二十日以前に、大坂を退去することに決定したのである。

そして、近衛前久、勧修寺晴豊、庭田重通、ならびに宮内卿法印友閑と佐久間信盛らに、承諾したとの返辞を伝え、誓紙の検使役を派遣してもらいたいと、要請したのだ。

この旨を安土城に言上したところ、天下人は、青山虎に検使役を申し付けた。

閏三月六日に青山が、安土から天王寺へ当日のうちに参着した。翌日の七日には、誓紙の署名に立ち合って、たしかに見届けたのである。

誓紙の交換に携わった人びとについては、下間筑後の子である少進法橋《ほっきょう》に黄金十五枚。下間刑部卿法橋に同じく十五枚。按察使《あぜち》法橋、同じく十五枚。

そして、北の方には二十枚、顕如上人《しょうにん》には、添状を付けて三十枚を贈呈したのである。

閏三月九日、柴田修理亮が加賀へ侵攻した。添川と手取川を渡渉して、宮の腰に本陣を据えて、所どころに放火した。一向一揆勢は、野の市なる地に、川を前にして陣を構えていた。

柴田勢は、野の市の一揆輩《ばら》を追い払い、数多《あまた》の者を斬り捨てた。

勝家は、数百艘もの舟に、兵粮米を徴発して載せ、さらに分捕りもさせた。そして、奥へ奥へと焼き払いつつ、進撃をつづけ、越中との国境まで軍を進めたのだ。

安養寺越え（石川県鶴来町、現白山市）の辺りまで進攻した。安養寺坂を右に見て、白山の麓や能登との国境の谷だににも攻め入り、ことごとく放火して回った。

光徳寺（金沢市域）の大坊主が栖籠っていた木越の寺域を攻め破り、一揆加担の者どもを多数斬り捨てたのだ。

さらに、柴田勢は、能登の末盛にある土肥但馬守の砦に攻め寄せて、兵糧攻めを行った。ここでも、歴々の武者を数人討ち取った。

その後、陣を構えていたところ、長《ちょう》九郎左衛門連龍（孝恩寺宗顚《そうせん》、還俗《ゲンゾク》し初め長好《よし》連《つら》）が、飯の山に陣取り、柴田軍と一緒になって、所どころに火を放ったのである。

閏三月十六日より、菅屋九右衛門と堀久太郎と長谷川藤五郎の三名を奉行として、安土城の南、新道の北に濠を掘らせ、田を埋めさせた。そして、其の地をイエズス会の伴天連に、屋敷地として与えたのだ。

此のたび、蒲生右兵衛大輔賢秀《かたひで》の家来である布施藤九郎公保《きみやす》を馬廻りとして召しかかえた。その公保にも入江を埋め立てさせ、屋敷地として下げ渡した。

信長は、馬廻りや小姓衆にも、普請を下知した。鳥打の下の入江を埋め立てて、町屋用の土地を造成させ、鳰《にお》の湖《うみ》につづく西北口に、船入りを所どころに掘らせたのだ。

そして、恩賜の屋敷地に竹木を植えさせた。その埋め立てに携わった宅地を、私有地として賜わったのは、次の人びとだった。

稲葉刑部少輔、高山右近、日根野六郎左衛門、日根野弥次右衛門、日根野半左衛門、日根野勘右衛門、日根野五右衛門、水野監物守隆、中西権兵衛、与語久兵衛勝直《かつなお》、平村助十郎、野々村主水正《もんどのしょう》、そして河尻与兵衛秀隆など、名の知られた武士である。

信長は、来る日も来る日も、弓衆を勢子にして、鷹狩りに興じつづけた。

四月朔日、伊丹城警固の当番役に、矢部善七郎と交替して、村井作右衛門貞成《さだなり》が就《つ》いた。

四月十一日、蒲生郡の長光寺山で、鷹狩りを楽しむべく、出立したところに、神保越中守長住の使者が参上した。百々《どど》橋の畔《ほとり》で、馬を二頭進上したのだ。

四月二十四日に信長は、神崎《かんざき》郡の伊庭山《いばやま》（東近江市）での鷹野に出かけた。折悪しく、丹羽右近大夫氏勝の配下の者どもが、普請に取りかかっていた。運の悪いことに、天下人が進んで行こうとする先の方に、山から大石を落下させてしまった。

この件につき、一つ一つ不行き届きであると道理を陳べ、氏勝を譴責した。

そして信長は、その中の主だった家来を召し寄せたあと、一人を手討ちにしたのである。

庚辰《かのえたつ》の年の四月のことだった。播州宍粟《しそ》郡の長水《チョウスイ》城（広瀬城、宍粟《しそう》市）に、宇野祐清が楯籠っていた。祐清は、毛利氏に与していたのだ。

此の城をあと回しにして、宇野の一味である香山秀明の香山《こうやま》城（揖保《いぼ》郡新宮町《しんぐうちょう》、現たつの市）に、羽柴勢が押し寄せた。忽《たちま》ちの中に城は陥落してしまった。香山は、脱出して長水城に逃げ込んだ。

直ぐさま、四月の下旬に羽柴軍が、長水城に向け進撃して行った。この城は、山城であり且つ要害の地でもあったので、まずは山麓を焼き払った。同時に、支城の聖山《ひじりやま》城（堅木城、宍粟《しそう》市）を包囲したのだ。

秀吉自ら采配を振って、瞬《また》く間に攻抜してしまった。そして筑前守は、この小城を本営とした。さらに、二か所に付城を普請させ、合わせて向い城を三か所に構えたのである。

これらの付城に軍兵を入れ置いて、厳重に守備させた。勢いに乗じて、直《ただ》ちに英賀《あが》城（岩繁城、姫路市飾磨《しかま》区）に、攻め寄せたのだ。

城主は三木通秋だが、城中には浄土真宗本願寺派の英賀御坊が在り、寺内町を形づくっていた。播磨における一向一揆勢の拠点だったのだ。

守備に就いていた将兵の多くは、籠城を諦めていた。安芸の国に人質を出していた者たちは、船に乗って撤退して行った。それで、一戦もすることなく、寺内町をも占拠したのである。

筑前守は、この方面の状勢を判断して、御堂に配下の甲士を入れ置いた。そして、百姓たちを呼び出して、知行地に関する明細書の差し出しを命じた。その後に秀吉は、姫路城に凱旋し、兵を戢《おさ》めたのだ。

そもそも、姫路は、西国へ通じる街道の要地である。そして此の小城は、黒田官兵衛の持ち城だったのを、播州平均《へいぎん》の橋頭堡となさるべし、と述べたる孝高《よしたか》が、秀吉に譲渡した要害だった。

さらに、敵である宇野祐清の長水城に近いこともあり、諸もろの条件を勘案して、秀吉は、姫路を本拠地とすることに決定した。その上で、本格的な普請をすべく指図をしたのである。

さて秀吉は、次なる軍事行動として、実弟の木下小一郎の手の者に、甲兵を多数加えて、長秀（のち秀長）に将いさせた。直ぐさま但馬国に侵攻し、すみやかに一円を平定すべし、と下知したのだ。

小一郎は、藤吉郎の近親者の中では、数少ない真当な武将と云えようか。

木下長秀は、太田垣輝延《てるのぶ》が再び籠っていた竹田城《たけだ》（虎臥城《とらふし》、朝来郡《あさご》和田山町、現朝来《あさご》市）を、開城させた。輝延は、伊由谷（朝来町、現朝来市）に落ち延びたが、間もなく死去したようだ。

長秀は、竹田城に作事を施した。そして、配下の将兵を撰《え》りすぐって、在々所々に入れ置いた。竹田城には、桑山彦次郎重晴が城番として入った。斯くして、播磨と但馬の両国を平均したのである。

真に、信長の威光には、凄まじいものがあった。しかしながら、偏《ひとえ》に羽柴筑前守が、一身の覚悟をもって、滞りなく両国を鎮定したとも云えるのだ。都でも田舎でも面目をほどこし、後代までの名誉であった。

ところで北陸道においては、加賀に進撃した柴田修理亮が、長期にわたって在陣していた。こちらの方面の戦況について、信長は心許なく思っていた。

それで、木下助左衛門尉祐久と魚住隼人正の両人を使者として、柴田の本陣へ送った。北国の情勢を報告させるべく派遣したのだ。

すると、加賀と能登の二国とも、一度に平定した態様を、安土に帰城した両名が、悉《つぶさ》に奏陳《ソウチン》した。

その言上を聞いた天下人の祝着は、ひとかたではなかった。遠路での辛労の褒美として、御服に帷をも添えて下げ渡した。両者とも、有りがたく頂戴したのである。

その上、上意を伝える忝《かたじけな》い使者だということで、勝家からも、木下と魚住にそれぞれ、馬が進呈されていたのである。

五月三日、三位中将信忠と三介信雄の兄弟が、安土に登城した。自分たちの邸の普請を、天下人から仰せ付けられたのだ。

五月七日、堀割りと舟入の普請と道路工事が、いずれも竣工した。

これらを担当した惟住長秀と織田信澄に対し、長期間、苦労をかけさせたとのことで、信長が、両奉行に休暇を与えた。

「その方ら、在所に罷り越し、さまざま用事申しつけ候ふのち、ゆるゆると当城に立ち返るが良かろうぞ」

平伏している両将の耳に、やや甲高い声が、ゆったりと流れ込んできた。

「忝き仰せを賜り、それがしは果報者にて候ふと存じまするに」

「御沙汰の趣、しかと拝承つかまつりまいてござりまする」

七兵衛信澄は、高島郡の大溝《おおみぞ》城（高島城、高島市）に、五郎左衛門長秀は、犬上《いぬかみ》郡の佐和山城（彦根市）に帰って行った。

有岡城につづいて三木城も陥落した。摂津沖の制海権も、織田水軍がおさえているので、毛利軍の来援も期待できなくなった。

石山城中の糧粟《リョウゾク》だけは、饒給《ジョウキュウ》だったようだが、戦いによって、本願寺が活路を見いだす道は、遮断されてしまったのだ。

しかしながら信長には、本願寺を力攻めして、殄殲《テンセン》しようとの意向はなかったのである。

三木城が開城する前の月、すなわち天正七年十二月より、天下人が、禁裏に依頼して、本願寺側との和議をはかっていたのだ。そして、天正八年三月、信長から本願寺に、講和の条件が提示された。

主たる条件は、次の三点である。

一、教団の存続を認め、末寺の地位も保障する。

二、代わりとして、七月の盆（庚辰《かのえたつ》の年は十四日）までに、大坂の地を織田方に明け渡す。

三、退城以後、如在《じょさい》（越度）なきにおいては、江沼と能美《のみ》の南加賀二郡を、本願寺に返還する。

閏三月五日、大坂において、勅使と信長が派遣した目付役に対し、本願寺宗主らが媾和を受諾した。ここに、十年におよんだ石山合戦が、終結したのだ。

四月九日に本願寺が大坂を退去する次第については、顕如光佐から新宗主となる教如光寿に城を渡してから、大坂を退散する旨を、織田方に届け出てあった。

ところが、間道を通って運び入れた兵粮に依《よ》って妻子を養っていた、雑賀や淡路島の一向門徒たちが、ここから離れては不都合だと考えた。そして、新門跡を前面に押し出して結束しようとしたのだ。

まず、本門跡と北の方に石山を退去してもらって、我われは、ひとまず籠城をつづけるべきだとの主張に、教如も同調したのである。

顕如は、長男への説得を諦めた。致しかたなく、顕如上人は、勅使の方がたに道理を申し上げたあと、雑賀からの迎えの船を乞い求めて、北の方、下間、平井、矢木らとともに乗船した。

四月九日に大坂を離れ、紀州鷺森《さぎのもり》（和歌山市域）に移ったのである。

信長も、それに応じた。大坂への通路の封鎖を解除した。また、各地で門徒たちと戦っている部将の面々に、停戦の命令を表向き伝えたのだ。

しかし、教如は、強硬姿勢をつらぬいた。父の意向を蔑《ないがし》ろにして、諸国の門徒に、信長への徹底抗戦を呼びかけつづけた。期限の七月に入っても、まだ楯籠っていたのである。

播州宍粟《しそ》郡の長水城に籠城していた宇野民部大輔が、六月五日の深夜、ひそかに退散して去った。

異変を察知した木下平大夫や蜂須賀小六らが、追い駆けて行った。心馳《こころば》せある侍どもが、帰し合わせ立ち戻った。ここかしこで合戦になった。そして、歴々の武者を数十人討ち取ったのだ。

翌日の六月六日、羽柴勢が、この勢いに乗って、因幡と伯耆の国境に進出して、所どころに戦の煙を挙げた。

すると、東国の軍勢が、大挙して進攻して来たと聞いて、迎撃すべき手立ては全くない。国端の城主の面々は、それぞれ、血縁や地縁を頼って、降参を申し入れてきたのだ。

人質を進上いたし、その上で御挨拶を申し上げたいとの、各おのの意志を奏聞したところ、天下人の喜悦のさまは、尋常ではなかった。

羽柴筑前の数かずの武功は、名誉の極みたるべし、との旨の褒詞があるほど、信長が感服したのである。

六月二十四日、多くの分国のうち、近江の相撲取りをおもに呼び集めた。そして、安土城内で相撲大会を催した。

黎旦《レイタン》からはじめて夜に入った。それでも、提灯の燈火の下で続行された。麻生三五は、勝ちつづけて六人抜きをした。

蒲生忠三郎賦秀《ますひで》の家人の小一という者が、見応えのある角力《すもう》をとったので、天下人から誉言葉を賜わった。また、大野弥五郎は、良い角力をたびたび見せたので、此のたび召し出された。面目をほどこした次第である。

ここで、伊丹において荒木摂津守が謀叛をおこした時、折り忠をした連中《れんじゅう》である、中西新八郎、星野左衛門、宮脇又兵衛、隠岐土佐守、山脇勘左衛門を呼び出した。

信長が、この五人の者どもに、池田勝三郎恒興の与力たるべく、仰せ付けたのである。

六月二十六日、土佐国を領有している長宗我部《ちょうそかべ》宮内少輔元親が、惟任日向守の執奏で、音信物《いんしんもの》として、鷹十六連ならびに砂糖三千斤を進上してきた。普通、一斤は百六十匁である。

直《す》ぐに信長は、馬廻り衆に、砂糖を下げ渡した。

六月晦日に信忠が、西上して来て、天下人の城に登城したのだ。

偖《さて》、七月二日のことである。顕如光佐が紀伊の鷺森に移ってから、はじめて藤井藤左衛門と矢木駿河守と平井越後の三名が、使者として安土にやって来て、式体を言上した。勅使である。近衛と勧修寺《かじゅうじ》と庭田の堂上《とうしょう》衆が、かれらを召し連れて参上したのだ。この折の取り次ぎは、宮内卿法印友閑と佐久間右衛門尉だった。進物である太刀代として、銀子百枚を中将信忠に進上し、挨拶を申し上げた。信長は、彼らと対面しなかった。天下人が、本門跡の北の方に、音物《いんもつ》の目録を送った。さらに、黄金二十五枚を、此のたび使いとして参上した五人の衆に、下賜したのである（人数が合わない）。

翌日、忝く頂戴いたしましたと言上して、使者の面々は、帰って行った。

七月十四日に信長が、安土城を出馬し上洛した。そして、石山本願寺に近い東方の地に、将兵を集結させた。臨戦体制を保ちつつ、新宗主たる教如と、二度目の交渉を行ったのだ。

その結果、大坂開城の期限は、八月十日まで延期された。改めて、織田と本願寺との間に講和の条件がととのった。先に顕如光佐に提示したものと、ほぼ同じ内容だった(『本願寺文書』)。

天下人の対応は、珍しく寛大だった。余裕綽綽だったとも云えようか。

ここにきて信長は、本願寺が敗北を認めて、大坂を立ち退いてくれれば、それで満足だったのである。

斯くして、新門跡の教如も、大坂を明け渡すことを承諾した。

天正八年八月二日、教如光寿が石山城を退出した経緯は、次のとおりであった。

勅使は、近衛前久と勧修寺晴豊と庭田重通の三名であり、かれらの下使いとして、荒屋善左衛門が付いていた。

そして、信長の正使として、宮内卿法印と佐久間右衛門尉が同道した。さらに、大坂城の受取りの検使役を務めることを、矢部善七郎家定に命じたのだ。

さて、大坂を引き払ったあと、必ずや信長が入城して、城内を見物するに違いないからと、教如や坊官たちが、隅ずみまで掃除し、整頓すべきことを指示した。

表には、鑓、鉄炮、弓などの武器を並べ措いた。奥には、資材や雑具を点検してから、申し分のないように飾り置いた。

そして、勅使たる殿上人と織田家の奉行たちに引き渡したのである。

淡路と雑賀より数百艘もの迎え船を呼びよせた。

八月二日の未《ひつじ》の刻（午後二時ごろ）に、海上と陸路に別かれ、蜘蛛の子を散らすが如く、四方八方へ撤退して去った。

何年もの間、楯籠っていた端城の兵や門徒の者どもは、右往左往しつつ縁者を頼って、一蓮托生の大坂の寺内町を離れて行ったのだ。

いよいよ滅亡の秋《とき》が到来したかのように、無人のはずの本願寺に、火の手が上がった。

火災の原因については、判らない。濫妨者どもの掠奪行為にともなう失火と考えるのが、妥当なのだろう。

然《さ》りながら、退去するに先だち、祝融《シュクユウ》の災いが起こるべく、雑賀衆あたりが時限の発火装置を仕掛けておいたと、推定することもできようか。

翌日まで丙丁《ヘイテイ》はおさまらず、数多の堂塔伽藍が、一宇も残らず黒雲となって、炎上してしまったのである（『多聞院日記』）。


八月十二日に信長が、京を罷り下った。落成してから日が経っていない宇治橋を見分したあと、直ちに、舟で大坂へ向かった。そして、摂津の地で上陸して、本願寺跡を視察した。

この十年にわたる石山合戦は、信長にとっても、さまざまな悔恨を残した軍《いくさ》であった。長く困難な戦いだった。無残に焼亡《ショウボウ》した大敵の本拠地を検分するのも、想定外だったに違いない。

悲喜こもごもの思いも去来したのだろう。天下布武に邁進するための方策もあったのだろう。

ここで天下人は、四年間も本願寺攻めの総大将を務めていた佐久間信盛と嫡男の信栄《のぶひで》を、職務怠慢だとして譴責し、追放してしまったのである。

信長は、佐久間右衛門尉への折檻の条々を、直筆で認めて申し渡した。

覚

一、父子五ケ年在城の内に、云々など十九条。

天正八年　八月　日

（『信長公記』巻十三）


斯くのごとく自筆をもって書き上げて、楠木長安、宮内卿法印、中野又兵衛の三名に、佐久間父子の許に届けさせた。

無論、口頭でも遠国へ退去すべき旨が、申し渡されたのだ。

言われるままに、佐久間父子は、取る物も取り敢えず、高野山へ上ったのである。しかし、其の地に住むことも許さぬとの仰せ書きが、送りつけられてきた。

父子は、高野山を立ち出でて、足にまかせて、紀州熊野の奥地へ逐電した。

然《しか》る間に、譜代の家人にも見捨てられた。徒跣《かちはだし》になり、己で草履《ぞうり》や草鞋《わらんじ》の世話をするほどで、見るも哀れなる有りさまだった。

放逐の痛手と唐突たる環境の激変が、若くない身に堪《こた》えたのか、信盛は、翌年の七月二十四日に十津川の地で亡くなった。耳順《ジジュン》に近い五十代だったと思われる。

但し甚九郎信栄は、その翌年の天正十年の一月に赦免され、中将信忠付きとなった。

だが、かつての栄光の席に坐ることは、二度となかった。

八月十七日に信長が、大坂から北上し入洛《じゅらく》した。そして、都で重臣たちのさらなる粛清を断行したのだ。

長く織田家の一の長（乙名）だった林佐渡守秀貞、美濃三人衆の一人である安藤守就と嫡男定治、尾州の国人出身の丹羽右近大夫氏勝が、追放処分になったのだ。

この三家の処分理由として、『信長公記』には、「先年、信長公御迷惑の折節、野心を含み申すの故なり」と、ある。が、是だけでは判らないだろう。

林の追放について、『当代記』には、次のように記述されている。

「是昔年三十年以前、尾州名護屋において謀叛を企つ、其科《とが》に依る也」

正確には二十四年前、勘十郎信勝を御輿として、信長に反旗を翻したことを、述べているに違いない。ならば、信長は、異常に執念深いと云えるだろう。

本音を吐いたとも言えようが、たんなる理由付けの要素のほうが、大きいのではなかろうか。真の理由は別にあるはずだ。

信長は、佐久間父子の放逐を決めた際次《サイジ》、直ぐに家臣団の再編を思い立ったのだろう。大なる知行を有し、高い地位にいる無用の長物は、この折に追放するに限る。是が、信長の本心だったのではないか。

織田弾正忠家の筆頭家老だった秀貞は、天正八年十月十五日に死去したという。追放されてから、二か月の余命だったのだ。

林と一緒に粛清された安藤守就は、稲葉一鉄や氏家卜全と肩を並べる、美濃三人衆の一人である。

永禄十年八月、稲葉山城の開城の直前に、織田の軍門に降った。というより、西美濃三人衆が信長に通じたので、斎藤（一色）竜興の命の綱が切れ、長良川を勢州桑名郡へ下って行ったのだ。

氏家（桑原）、稲葉、安藤（伊賀）の三家は、ほぼ同じ広さの所領だった。氏家がやや大身、安藤が、幾分小身だったようだ。

然《さ》りとも、駒野城の高木貞久や其の一族を寄騎にするなど、西濃において、大きな勢力を誇っていた。本巣軍の北方《きたがた》城が居城だった。

不破郡の菩提山《ぼだいやま》城（岩手城、不破郡垂井町）主の竹中重治と、郡上《ぐじょう》郡の八幡《はちまん》城主の遠藤慶隆《よしたか》（六郎左衛門）は、ともに守就の娘婿だ。

織田家臣となった後の美濃三人衆は、尾張衆に次ぐ準譜代といった位置づけで、信長の軍《いくさ》のほとんど渾《すべ》てに参戦している。三人衆がまとまって、一軍を構成することが多かった。

安藤父子に対する処断について、『当代記』に記載された理由は、次のものである。

「又安藤伊賀守父子遠流に所さる。是は先年武田信玄え内通致しける事有るとてかくの如し」

先年とは、元亀三年に信玄将《ひき》いる武田軍が、西方へ向けて進撃した時期だと断定できうる。その際に、安藤父子が武田に通じたと言っているのだ。

だが、安藤家が武田と内通していたとは考えにくく、信長一流の言い掛かりだったような気がしてならない。

とはいえ、実際に信玄と音信《インシン》を交わしていた遠藤一族の事例から、推量すれば、捏造《デッゾウ》とばかりとは限らない。

守就が諒承《リョウショウ》したか否かはともかく、信玄から働きかけが有ったであろうことは、頷《うなず》ける。安藤父子は、黜遠《チュツエン》されてからも、西濃近辺に居住していたようだ（濃州武儀《むぎ》郡谷口村に隠棲か）。

一年十か月後、本能寺の変が勃発し、濃州も擾乱《ジョウラン》の巷となった。混乱に乗じて安藤一族は、かつての居城である北方に入城した。

対して、近くの清水《きよみず》城（揖斐郡揖斐川町）と安八郡の曾根《そね》城（大垣市）を固めていた、一鉄良通と貞通の稲葉父子が攻め寄せた。

六月八日に安藤勢は、重立ちたる面々が討ち死にして、北方城は陥落した。

守就の行年は、『臼井稲葉家譜』によると、八十歳だったとのこと。無用斎道足の老いの一花は、咲くことなく、枯れ朽ちたのである。

丹羽氏勝は、愛知郡の岩崎城を本拠地とする国人だった。信長の老臣の一人である丹羽長秀とは、別系統である。

天文二十四年（弘治元年、１５５５）六月のことだった。信長の叔父の孫十郎信次の家来が、信長の弟の喜六郎秀孝を、誤って射殺してしまった。

びっくり仰天した孫十郎は、居城の守山城（名古屋市守山区）を出奔した。

信長と信勝の兄弟が、軍勢を編成して、守山城を攻めさせた。しかし、城主不在にもかかわらず、老臣の角田《つのだ》新五を音頭取りにして、家来たちがまとまって抗戦をつらぬいた。

その中に、勘助もしくは源六郎を通り名にしていた氏勝もいたのだ。

守山籠城組はそのままにして、信長は、新城主として、異母兄の喜蔵秀俊を送り込んだ。

ところが、あろうことか喜蔵は、小姓の坂井孫平次なる者を龍陽《リョウヨウ》（かげま）にして、偏愛するようになってしまった。

これまで重臣だった角田新五が、冷遇されたことに忿怒《フンド》し、反旗を翻した。城主の安房守秀俊を謀殺したのだ。

その上で、信長と信勝の寄せ手に対する備えを堅固にして楯籠ったのである。氏勝は、角田らに同調して、行動をともにしていた。

これらの事柄からすると、岩崎城主であっても氏勝は、守山城主に従属していたようだ。さらに、角田や丹羽たちが、独立不羈《フキ》の気風を持ち、織田弾正忠家の総領たる信長にも、従順ではなかったことも判る。

熟慮のすえ、信長は、守山城を攻めたりせず、逐電ののち浪浪の身であった信次を呼び戻した。そして、再び守山城主に据え、一件落着させたのである。

尾張を平定したのち、美濃を併合し北伊勢をも占領した。そして、近江を制圧して上洛を果した信長は、この時点で覇王であった。さらに、五畿内を鎮定してしまった。

斯くなる上は氏勝も、跼天蹐地《キョクテンセキチ》のごとき態度で、服従するしか道はなかった。

天正元年ごろより、尾張と東濃の出身者を中核とする、信忠の軍団が編成されていった。その折、嫡男の源六郎氏次が岩崎城に残って、信忠の与力部将になったと思われる。

氏勝は、信長の馬廻りとして、直属していたようだ。

天正八年四月二十四日に、事件が起きた。この日に天下人が、伊庭《いば》山に鷹狩りに出かけた。山裾の道を進んでいる時、目の前に岩石が落下してきた。氏勝の家来たちが、山上で普請を行っていたのだ。

危うい目に遭った信長が、激怒した。

上様が近辺を通ることは、予《あらかじ》め通達してあったはずとの御諚により、直ぐさま現場の監督者が呼びつけられた。その中の一人が、哀れにも手討ちにされた。

林秀貞と安藤父子が召し放しになった時、丹羽氏勝も、同じ処分を受けた。

秀貞が、二十四年前の反逆を理由にされたのなら、氏勝も、ほぼ同時期に守山城で手向かっていたのだから、表向き其れが罪過とされたのだろう。加えて、四か月前の不祥事が影響した可能性もあるかもしれない。

唯一、氏勝にとって救いとなったのは、嫡男の氏次に、累が及ばなかったことだ。

のちのことだが氏次は、本能寺の変の後、凡庸な信雄に仕えた。

天正十二年四月の長久手合戦（小牧長久手の役）において、池田恒興と嫡男元助、娘婿の森長可《ながよし》の大軍を、岩崎城に引きつけて敢闘した。

これが、徳川軍の勝利に繋がったのである。当時、氏次が、信雄の家臣だったのか、徳川の禄を食《は》んでいたのか、定かではない。

庚辰《かのえたつ》の年の十一月十七日に、柴田修理亮の調略に因《よ》って、加賀の一向一揆の主だった面々をあちらこちらで討ち取った。そして、首級を安土に送り届けたのだ。

直ぐさま、松原町の西に懸け置き、晒し物としたのである。

頸の注文（目録）は、若林長門、子若林雅楽助《うたのすけ》、子若林甚八郎、宇津呂丹後、子宇津呂藤六郎、岸田常徳、子岸田新四郎、鈴木出羽守、子鈴木右京進、子鈴木次郎右衛門、子鈴木太郎、鈴木采女、窪田大炊頭《くぼたおおいのかみ》、坪坂新五郎、長山九郎兵衛、荒川市介、徳田小次郎、三林善四郎、黒瀬左近、以上十九人であった。

百姓の持ちたる国の宗《むね》との者どもの晒首《さらしくび》を、信長がじっくり眺めた。

生首《なまくび》というには日数が経《た》っていたが、断末魔の顔を思い遣《おこ》させるものだった。それ故か、天下人は、すこぶる機嫌が良かった。

〈高天神城　家康が取り巻きたる〉

遠州の高天神（小笠《おがさ》郡大東町、現掛川市）に、武田勝頼が、軍兵を入れ置いて守備させていた。この要衝を奪還すべく、徳川勢が攻め寄せた。そして、小笠山、中村、能ケ坂、火ケ峰、獅子ケ鼻、三井山の地に、城砦の構築をはじめたのだ。

天正八年十月には、高天神に対する、これら六つの付城が竣工した。

さらに、堀を掘り鹿垣《ししがき》を結《ゆ》いめぐらし、包囲を厳しくして、兵粮攻めの方策をすすめていった。そして、家康自ら滞陣《タイジン》をつづけていたのである。

辛巳《かのとみ》の年の元日、すなわち天正九年正月朔日《ついたち》の朝に、他国衆の出仕は無用であるとの通達が、だされていた。

そして、安土城下に住んでいる馬廻り衆に対し、西の御門から東の御門へ通って行って、退城するようにとの御諚であった。

信長は、年頭の閲兵式とするつもりであった。が、夜中から巳《み》の刻（午前十時頃）まで、雨が降りつづいていたので、登城は中止になった。

それとは別に、安土城の北側になる松原町の西から、琵琶湖の端にかけて、馬場を拵えるべく下命した。

菅屋九右衛門長頼、堀久太郎秀政、長谷川藤五郎秀一の三名が奉行となって、元日から普請がはじめられた。

正月二日に信長は、安土山下町の町人たちに、鷹狩りで攫《つか》まえた雁や鶴を、数多く下げ渡した。

それぞれの町内の住人は、有りがたいことだと感じ入っていた。それ故、沙々貴《ささき》神社で祝儀の能を演じ、ここで頂戴したのである。

正月三日に、武田の棟梁の四郎が出陣した、という風聞が伝わってきた。

遠州高天神城の後ろ巻きをせんとて、甲州と信州の民百姓に動員令を発し、出兵したとの風説だった。

それで中将信忠が、岐阜城を出馬して、尾州清洲の城に、本営を据えたのだ。

正月四日、遠州の横須賀城（松尾城、両頭城、掛川市）の城番として、水野宗兵衛忠重、水野監物守隆、それに知多郡の大野衆らの三組の部隊が派遣された。

正月八日に馬廻り衆に対し、左義長の行事に爆竹を用意すること、頭巾や装束にも意を致した上、思い思いの出で立ちで十五日に参り、出場すべきこと、との旨の触れがだされた。

爆竹の担当は、近江衆が命じられた。そして、それらの人びとは、南北に振り分けられた。

北方東一番には、蒲生忠三郎、平野土佐守、多賀新左衛門常則、後藤喜三郎高治、京極小法師高次、山崎源太左衛門片家、山岡孫太郎景宗、小川孫一郎祐忠が、骨折りをすることになった。

南方では、山岡対馬守景佐、池田孫次郎秀雄《ひでかつ》、久徳《きゅうとく》左近兵衛、永田刑部少輔景弘、青地《あおぢ》千世寿元珍《もとよし》、阿閉《あつじ》淡路守貞征《さだゆき》、進藤山城守賢盛《かたもり》が、奉仕することに決まった。

十五日、当日の馬場入りの順番は、先頭が小姓衆、その次が信長であった。

天下人は、黒い南蛮笠をかぶり、唐錦の傍続《そばつぎ》（袖なし陣羽織）を着て、虎皮の行縢《むかばき》を穿《は》いていた。

駒は葦毛の駿馬で、飛ぶ鳥を連想させるほど、脚の駅《はや》い馬であった。関東から祇候している矢代勝介なる馬術家が、信長の側近くに居あわせたので、この者にも乗馬させた。

近衛前久、伊勢兵庫頭貞為がつづいた。そして、一門衆である、三介信雄、上野介信兼、三七信孝、源五郎長益、七兵衛信澄らが、馬を早駆けさせたのである。

その外、歴々の武将たちの出で立ちは、思い思いの頭巾と装束で、きらびやかであった。早馬で十騎ずつ、あるいは二十騎ずつと隊伍を組んで、その後ろから爆竹を鳴らしつつ、喚声をあげた。そのまま馬場を駈け抜けて、山下町《さんげまち》へ乗り出して行った。

然《そ》う斯《こ》うして、馬をもとに戻した。群衆となった見物人たちは、左義長の大がかりな催しに、唯もが耳目を驚かしたのである。

正月二十三日、都で開催する馬揃えの順備を、天下人が、惟任日向守に申し付けた。

京にて馬揃えを執り行うゆえ、各《おのおの》できうる限り結構を尽し、上洛し参加いたすべし、との趣意を朱印状をもって、分国中に御触れを回したのである。

二月十九日、北畠信雄と中将信忠が上洛し、二条の妙覚寺に寄宿した。

二月二十日に信長が入洛した。定宿になっている本能寺に動座したのである。

二月二十四日、越前から柴田修理亮が、養子である伊賀守勝豊と三左衛門勝政を伴って、安土に来て登城した。

勝家は、色いろ珍奇な物や茶道具及び黄金を進上した。且つ、越前を拝領した御礼を言上したのである。


二月二十八日、馬揃えのために信長が、五畿内と隣国の大名や小名、そして御家人を召集した。駿馬を分国の外にも求めて、馬を集めまくった。都《すべ》て、主上の叡覧に備えんが為である。

上京《かみぎょう》の内裏の東側の北から南へ向けて、八町ばかり馬場を設けた。その中に高さ八尺の柱を竪に立てて、毛氈《モウセン》でもって包み、埒《かこ》い（埒《ラチ》）を結い回したのである。

信長は、下京の本能寺を辰の刻（午前八時ごろ）に出立した。室町通を北に上《のぼ》り、一条通を東へ進んで、馬場内に入ったのだ。

厩《うまや》別当の青地与右衛門が、奉行として、中間や小者を指図して、名馬を牽かせた。

その御馬とは、鬼葦毛《おにあしげ》、小鹿毛《こかげ》、大あし毛、遠江鹿毛、こひばり、かはらげの六頭である。

年頭の御先小姓二人と三十人ほどの御小人の真中《まんなか》で、信長が、駿馬の大黒に跨がって、堂々と進んで行ったのである。

はじめは、一組に十五騎づつとの下知が出されていた。だが、馬場が広いこともあって、三組、四組まとめて駆けさせることとなった。

鉢合わせをしないように、柵内を右から左へ、馬を乗りまわした。辰の刻から未《ひつじ》の刻（午後二時頃）まで続けられた。

信長は、駒を何度も替えて駆け回った。そして、祇候している矢代勝介にも騎乗させた。

中将信忠の驄《あしげ》（あお馬）は、脚のはやい優れた馬であった。装束も殊に華やかだった。

三介信雄は、河原毛の馬に乗っていた。また、三七信孝の糟毛《かすげ》の馬は、目だって足のきく早馬であり、比類がなかった。

斯くして最後には馬を駆け足にして、叡覧にこたえたのである。

馬揃えが半ばに達した時のこと、かほど面白き遊興は中なかないとの綸言が、十二人の勅使をもって伝えられていた。

晩になってから馬を厩に納め、帰館の途につき、天下人は本能寺の山門をくぐったのだ。

三月五日に、禁裏からの所望を受けて、また馬揃えを行った。この際は、前に出場した名馬五百頭あまりを選び抜いた。

孰《いず》れの馬乗りも、装束は黒塗りの笠に面頬《めんぼお》を付け、黒の道服に裁着《たっつ》け袴を穿き、腰蓑《こしみの》をつけていた。

正親町《おおぎまち》天皇はじめ、殿上人《てんじょうびと》、女御《にょうご》、更衣《こうい》など多くの方がたが、美々しき粧《よそお》いで姿を見せ、御覧《ごろう》じられたのだ。

また、行幸《みゆき》された帝が、叡覧のあと、一方ならぬ喜悦のようすを見せられたのである。

三月六日に、神保越中守長住と佐々内蔵助成政ならびに越中国衆が、上京して来た。

上洛するに際して勝家が、佐久間盛政と成政を留守居として、加賀と越中に駐めておいたのだが、成政は、勝家の指図を無視したのだ。

また、越前、加賀、越中の大名の多くが、此のたびの馬揃えのために、在京していた。この折に、名匠の郷義弘ゆかりの松倉の城に、楯籠っていた河田長親が、斯かる間隙をついて、軍勢を動かそうと目論んだのだ。

長親は、越後の春日山城（鉢ケ峰城、上越市）に使い番を走らせた。直ぐに、上杉景勝が出陣して来た。

三月九日に、成政が軍兵を入れ置いていた小出城（小井手城、富山市）を、上杉勢が、包囲し攻めたてた。

同時に、加州一揆が亦もや蜂起した。先に勝家は、加賀国の白山の麓の不動島なる所に、少しばかりの砦を築き、配下の兵士を三百人ほど入れ置いて、近辺の所領からの収穫物を納めておいたのだ。

一揆勢が、不動島に攻め寄せ功抜した。守備兵は、ことごとく玉砕してしまった。

加賀の警固として、佐久間玄蕃允盛政が在国していた。その盛政が、不動島に駆けつけ攻め登り、一揆の輩を数多《あまた》斬り捨てたのだ。この式勲での高名は、比類のないものだった。

三月十日に信長が、都を罷り安土城に帰館した。

三月十二日、神保長住ならびに越中の国人が、安土に伺候した。そして、馬九頭を進上した。佐々成政も、鞍と鐙《あぶみ》と轡《くつわ》と黒鎧を献上したのだ。

三月十五日の朝に信長が、松原町の馬場に馬を召し寄せて見物した。越中衆が、いずれも式体を申し上げたところ、一人ひとりに答辞を述べた。忝い次第と云えようか。

ここで、上杉景勝が越中に出兵し、小出城を取り巻いた、との報らせが届けられたのだ。直《ただ》ちに先勢として、越前衆の前田、不破、金森、原、さらに柴田修理亮の諸隊が、出立の支度をはじめた。時を移さず行軍いたすべし、との下知が出されたのである。

各おのの部将に、天下人が、別れの挨拶をした。諸将は、夜を日に継いで、進軍をつづけた。漸《ようや》く越中に到り、着陣したのである。

上方から織田の大軍が、参陣したとの情報を聞きつけて、三月二十四日の卯の刻（午前六時ごろ）に、景勝と長親は陣払いを命じた。上杉勢は、小井手表から撤退して去った。

同日に成政が、神通川《じんづうがわ》と六道寺川を渡り、中郡の中田なる所に駆けつけた。すると、火の手が三里ほど東方に見かけられた。

直ぐさま、佐々勢が成願寺川と小井手川を渡渉して、進撃したが、上杉軍が引き払った後だったので、手の打ちようがなかった。

後の祭ではあったが、籠城兵には、開運となり、助かったのである。

北陸方面軍に押し出される形で、上杉軍は本国に引き揚げて行った。

だが越中と能登には、大きな傷跡が残ってしまったのだ。此の時に再び、上杉の軍門に降った国人が多数いたのである。

織田と上杉の綱曳き場である、能登と越中の土豪たちは、常づね難かしい立場に居た。

謙信の病没後、上杉家の内訌が起きた時には、織田方の切り崩しを受けて、多くの国人が、信長に誼《よしみ》を通じるようになった。ところが彼らの中には、上杉との関係をつづけ、両天秤をかけていた者もいたのだ。

たとえば、新川郡の上熊野《かみくまの》城（富山市）主の二宮長恒の場合、神保長職《じんぼながもと》を介して、謙信に従属していた。

しかし、謙信の死後ほどなくして、神保長住が、信長を後ろ楯として越中に帰還すると、直ぐさま神保に帰順した。この年、天正六年五月十七日に、長住から知行安堵を受けている。

ところが、二か月も経たない七月八日に、上杉景勝の安堵状も手にしている。愉快なことに、同じく七月八日に、信長から知行安堵の朱印状を与えられている（『志賀文書』）。

このような姿勢は、長恒だけではあるまい。織田と上杉の争奪の庭になっているだけに、越中における己の既得権を墨守せんがため、首鼠両端、すなわち日和見をつづけていたのだ。

のちに信長の意向により、菅屋長頼の粛清を受けた国衆が、大勢いた。上杉方に寝返った、有力な越中の国人では、寺崎氏と石黒氏が特に名高い。

寺崎民部左衛門盛永は願海寺《がんかいじ》城（富山市）主であり、石黒左近成綱は、礪波《となみ》郡の木舟《きぶね》城（西砺波郡福岡町《ふくおかまち》、現高岡市）主であった。

天正九年から十年にかけて、かれら以外でも越中の国人が幾人《いくたり》も、上杉方に返り忠をしている。

滝山城（富崎城、婦負《ねい》郡婦中町《ふちゅうまち》、現富山市）の寺島牛之助と小島甚助は、佐々勢に攻めたてられた。両将は、城に火を放ち、山田川沿いに南へ落ち延びて行った。

小島職鎮《もとしげ》や唐人《からと》親広らは、一向一揆を煽動して反旗を翻した。そして、神保長住が城番だった富山城を占拠した。其のため、長住は城中に幽閉されてしまった。

越中の国人たちの動きを覘《うかが》うと、できれば上杉に与したいという心情が、垣間《かいま》見られるのだ。軍事力のみを尺度にすれば、織田に付くのが当然なのに、かれらは、上杉の方に心を寄せていた。

越中の一職統治者となる佐々成政に押さえつけられるより、旧来の在地支配を容認してくれる上杉家を選択したかったのだろう。尚《くわ》えて、信長の性格を問題視したに違いない。つまり、寛大長者の対極に居て、猜疑心の強い天下人は、数多《あまた》の人びとに嫌悪されていたのである。

然《さ》るほどに過ぐる年、兵部大輔藤孝、与一郎忠興、頓五郎昌興（興元）の長岡父子三人は、しばしば忠節を尽したので、丹後一国を拝領した。

それで、雍州乙訓郡《ようしゅうおとくに》の勝竜寺城（青龍寺城、長岡京市）を、天下人に差し上げたのだ。

是により、三月二十五日に、当城の警固のため城代として、猪子兵介《ひょうすけ》高就と矢部善七郎家定を勝竜寺に派遣した。長岡家の知行分を点検し、この城に常駐すべき旨を、仰せ付けたのである。

三月二十五日の亥の刻（夜十時頃）のことであった。

遠州の高天神に籠城していた、武田方の軍兵の中、已に過半の者が、餓死してしまっていた。残党が、堪《こら》えきれずに鹿垣《ししがき》を引き倒して、捨て身になって突撃して来た。此所かしこで白兵戦がはじまった。が程なく、徳川勢の一方的な勝ち軍で終わった。家康旗下の将兵が討ち取った首級は、渾《すべ》てで、六百八十八であった。

武田勝頼は、徳川の武威に怯《ひる》んでいた。かつて、目の前で甲斐と信濃と駿河における、歴々の侍を討ち死にさせただけではない。

ここ高天神では、乾《ほ》し殺しにされてしまった。後ろ巻きもできず、天下の面目を失ったのである。

〈秋霜烈日〉

三月二十八日に菅屋九右衛門が、天下人の代理という全権を委《ゆだ》ねられて、能登に派遣された。菅屋長頼は、七尾城（松尾城）の城代として入城したのである。

そして、織田軍の諸将を指揮下に措いて、能登と越中の整理をはじめた。菅屋の役目は、第一に、上杉に味方した若《も》しくは通じたと思われる国人たちを、粛清することであった。疑わしきは罰せよ、だったのだ。

次に、両国内の城割りを断行して、国人土豪の抵抗力をそぐことだった。

早ばやと、菅屋が将《ひき》いる織田軍が、願海寺城に攻め寄せた。五月の上旬には、功抜した。

さらに、能登の遊佐続光《ゆさつぐみつ》と其の一門を成敗し、温井《ぬくい》景隆と三宅長盛の兄弟を糾問した。

越中国人の石黒成綱《しげつな》の誅殺を、主君に献言したのも長頼に違いない。

そして、手柄のある長好連（のち連龍）の知行を安堵したり、能登一宮である気多《けた》大神宮の社務職を保障（『長家文書』、『気多神社文書』）した。

また、諸将を頤《あご》で使って、能登と越中の城砦の破却を押しすすめた。斯ように、もろもろの政務をこなしたのである。

斯くして菅屋は、越中と能登の織田分国化に結果を出してから、江州安土に帰還した。

四月十日に忌まわしいことが起こった。

信長が、小姓たちを数人伴って、琵琶湖の北部に浮かぶ竹生島《ちくぶじま》に出かけた。宝厳寺に参詣するためであった。

当山は、千手観音像を本尊とする真言宗の寺院であり、西国三十三所の三十番札所《ふだしょ》である。御詠歌は、「月も日も波間に浮かぶ竹生島　船にたからをつむこころせよ」である。

この竹生島は、滋賀県東浅井《ひがしあざい》郡びわ町（現長浜市）に属している。

一行は、羽柴筑前守の長浜城下まで馬に乗って行き、そこから湖上五里を船で進んで、参拝した。

陸路と水路を合わせて片道十五里の道程を、一日のうちに往復三十里を、上がり下がりして帰城したのである。稀にみる強行軍だったのだ。気力も人にすぐれ、壮健なので、人びとは、皆驚嘆した。

安土城内では、遠路なるゆえ今日は長浜城に逗留なされるはずだと、誰もが思い込んでいた。ところが信長は、その日のうちに戻って来たのである。

天下人が城中を見廻ると、二の丸に出向いている女房がいたり、或いは、繖山《きぬがさやま》（観音寺山）の西の山腹に在る桑実寺《くわのみでら》の薬師参りに出かけた者もいた。

城内の人びとは、意外なことに狼狽《うろた》え焦《あせ》り、びっくり仰天した。城中が恐慌の坩堝《るつぼ》と化したのである。

直ぐさま否応なしに、持場を離れていた女どもを括《くく》り縛った。それから、桑実寺に女房衆を差し出すよう、使いの武者を遣わした。

山門の下で長老が、剃髪《テイハツ》かつ露頂《ロチョウ》の頭を地につけて、懇願した。

「なにとぞ、お慈悲を賜わりたく存じまする。拙僧の一命を以って、女官の方がたをお助けくだされまするべく、おん願い上げまする」

僧侶が、額衝《ぬかづ》いたまま言上しても、使い番となった馬廻り衆の対応は、冷淡だった。

「われらには左ような力はござらぬゆえ、返答いたしかねる。ご坊自ら、上様に奏上いたされよ」

和尚も、女房衆とともに捕縛され、引き立てられて行った。

そして、詫言を申し上げた高僧も、哀れな女たちも一緒に、仕置されてしまったのだ。

まさに、鬼畜の所業だった。言語道断の蛮行である。


四月十六日、若狭の逸見《へみ》昌経が病死した。その知行は八千石だった。

此の中、昌経が新たに領有していた分で、武藤上野介友益の跡と粟屋右京亮（元隆か）の跡を受け継いだ三千石は、武田孫八郎元明に下げ渡した。

残りの逸見の本からの所領の五千石については、丹羽長秀が、竹なる幼名の頃より召し使っていた溝口定勝を召し出し、逸見跡を継がせ、五千石を下賜した。その上で、国の目付としての役を申し付けたのだ。

若州に在国して、善悪を尋ね求め、諸事を報告すべき旨を、朱印状を以って通達した。

四月十九日、武田孫八郎と溝口金右衛門が、岐阜城に伺候した。そして、天下人と織田家惣領に、御礼を奏陳したのである。

然《さ》るほどに、和泉の領内の差し出しなどに関して、信長が、堀秀政に下知した。槇尾《まきのお》寺《でら》領をも検地した結果、没収と決定した。

それを無念至極であると嘆いて、寺院の僧侶の連中が、寺下の郷中を固く守りあって、承引しなかった。

これらの情況を、信長が聞《きこ》し召《め》しつつ消《け》つたりける。

「道理を破る法はあれど、わが法を破る道理なし。予に詫言を申し述ぶるが理《ことわり》なるに、上意に背くは、曲事たるべし。直だちに攻め破り、一人残らず頸を刎《は》ね、しかるのち焼き払うべし」

天下人は、己の政《まつりごと》に逆らう輩を、けっして容赦しないのである。

四月二十五日に高麗鷹を六羽も、溝口金右衛門が、探し求めてきて献上した。このところ、鷹の進上がなかったので、信長にしては珍しく感激した。秘蔵し、たいそう大事にしたのである。

五月十日における、泉州の槇尾寺の坊舎などに対する扱いは次のような状況だった。

惟住長秀、堀秀政、織田信澄、蜂屋頼隆らが、各おの良き家の土地の検分や没収を行った。為に少し取り壊した所もあった。

その他は、堂塔伽藍、寺庵、僧坊など、一宇も残さず、検使の堀秀政が、焼き払ってしまったのである。


六月十一日、越中の国人である、民部左衛門と喜六郎の寺崎父子を召し寄せた。尋問すべき子細があったからだ。

それで、惟住五郎左衛門に預け置くこととなった。すなわち、江州犬上郡の佐和山城に、親子を押し籠めておいたのである。

さて、遊佐一族と温井の一統には、さまざまな負い目があった。かつて謙信に荷担して、鹿島郡の七尾城を明け渡した。さらに、織田に与した長一門を、宗顓《ソウセン》以外すべて殺害した大罪もあった。

彼らは、外聞を挽回しようと、一所懸命だったようだ。

温井景隆と三宅長盛の兄弟は、天下人には勿論のこと、伝奏の菅屋長頼、さらには菅屋の家臣（代官）の岩越吉久《いわこしよしひさ》にも、年末や年始の贈品をしつつ、忠誠を誓っていた。

遊佐続光も、同じ歩調だったに違いない。

それなのに、天正九年三月に上杉勢が越中を蹂躙した折、またも上杉方に通謀したのだろう。菅屋長頼の鋭鋒が、神妙だったはずの畠山旧臣に向けられたのである。

太田牛一は、『信長公記』に、六月二十七日に七尾城内において、続光と弟、続光の二男の伊丹孫三郎、そして老臣三人が誅殺されたと、記載している。

が、『長家家譜』の記述は、大きく異なる。菅屋の着任後すぐに、遊佐一族は七尾城を脱出した。そして、鳳至郡櫛比荘《ふげしくしびのしょう》の狂言師の家に隠れ住んでいた。

其所《そこ》のところを、長連龍が捜討《ソウトウ》した。見つけ出した一門郎等を戡殄《カンテン》してしまった、とある。この時に殺された者は、続光、長男盛光、次男の孫三郎、盛光の幼童二人、孫三郎の子、そして、家人たちだった。

因みに、連龍自ら、遊佐一族の頸を刎ねたという。

一方、温井景隆と三宅長盛は、脱兎のごとく七尾城を逐電し、越後に逃げ込んだ。

そして、翌年の本能寺の変の後、能登の奪還を目論んで、上杉軍の一部隊として、石《いす》動山《るぎやま》に拠《よ》った。しかし、荒山に築いた砦を、佐久間盛政や前田利家らの軍勢に攻められ、兄弟そろって討ち死にしてしまった。

その時の前田勢には、部隊指揮官たる将として、長連龍がいた。連龍にとっては、五年がかりで復讐を達成したことになる。

尚、石動山・荒山の戦いは、谷口克広先生の研究によれば、六月二十六日より、七月下旬にあったとの説のほうが、有力である。

〈鳥取の渇殺《かつえごろ》し（餓《かつ》え殺《ごろ》し）〉

天正九年六月二十五日に羽柴筑前守が、二万余騎を将《ひき》いて、中国へ向け出陣した。備前と美作《みまさか》を越え、但馬口より、因幡《いなば》の国中に乱入したのである。

吉川《きっかわ》式部少輔経家らが楯籠る鳥取城（久松城、鳥取市）は、四方が町家から離れた、険阻な山城である。

因幡の国は、北から西に滄海が淼漫《ビョウマン》と広がっている。城のある久松山《キュウショウザン》の麓を、東南から西北に川が流れている。此の川は、鳥取城の西方の二十五町ほど隔てた所を北流して海にそそぐ千代川《せんだいがわ》なる大河に合流している。

本城から二十町ほど間《へだ》てて、川際に雁金城なる繋ぎの出城がある。さらに、河口にも丸山城と云うつなぎの砦がある。

安芸方面からの味方の毛利軍を引き入れる為の手立てとして、二か所の支城を備えておいたのだ。

久松山の東方、八町ほど離れた所に、並みの高山がある。帝釈山という此の山に秀吉が登って、四方を眺望した。

測量したのち、この山（鳥取市域）を大将軍の本営として、普請をはじめた。今日この地は、太閤ケ平陣《たいこうがなるじん》とか御本陣山と称されているとのこと。

即刻、鳥取城の包囲に取りかかった。やがて、二箇所のつなぎの支城の間をも遮断してしまった。これまた、鹿垣《ししがき》を結いまわして、城兵を閉じ込めたのである。

数町あるいは、七、八町ごとに各部隊をして近ぢかと攻め寄せさせ、堀を掘っては柵を上げ、また堀を掘っては塀を造り、築地《ついぢ》を高だかと築き上げた。

その上に隙間なく、二重もしくは三重の矢倉を構築させた。軍兵を多数かかえている部隊の陣地には、殊に櫓を頑丈に組み建てた。後ろ巻きへの用心として、後陣の方にも堀を掘り、塀と柵を設けさせたのである。

馬を乗り廻しても、射越しの矢に当たらぬように、周囲二里の間の前後に、高だかと築地を造成したのだ。

その中に、陣屋を町屋作りのように造りあげた。夜は陣地の前面に篝火をたかせたので、十五夜のごとくに明るかった。

そして、柵際の廻番については、厳しく指図をしていた。また、海上には警固船を配置して、浦うらの家屋を焼き払ってしまった。

丹後や但馬から自由自在に船で、兵粮を搬送しつづけた。この方面一帯には、何年でも在陣できるように、準備万端おこたらなかった次第である。

越中の木舟城主である石黒左近蔵人は、安土への出仕の下知を受けて、近江へ向かった。石黒成綱に随行したのは、家老の石黒与左衛門、伊藤次右衛門、水巻采女佐《うねめのすけ》など、一族郎党三十人ほどだった。

七月六日に一行は、坂田郡の長浜の城下に宿泊した。既に信長は、石黒主従が佐和山に到着したら、全員を誅殺すべく惟住五郎左衛門に下命していた。

長浜で、一行はそれを察知した。抜かりなく物見を出していたのかもしれない。進退これ谷《きわ》まった主従は、長浜城下の町屋に籠って、動かなかった。

上意を受けた以上、長秀は、石黒一行を始末せねばならない。直ぐさま長浜へ討手を差し向けた。鉄炮も弓矢も用意したが、主たる武器は鑓である。

そして、石黒一行が籠っている町屋を包囲した。間、髪を容《い》れず、屋内に丹羽家中の手足《てだれ》が突入して行った。得物は打刀《うちがたな》だった。

斬り合いの末、主だった者すべてを含めた十七人を討ち取った。討手の側も三人討ち死にした。

修羅場から遁れ去った者は、小者や荒子《あらしこ》と見做《みな》して、長秀は、追手をかけなかった。

七月十一日に越前から柴田勝家が、黄鷹を六連《もと》献上してきた。同時に、適当な形かつ大きさに切った石を数百も進上したのである。

七月十五日に天下人は、安土城の天主（天守）ならびに摠見寺《ソウケンジ》に、提灯を数多く吊させた。また、馬廻りの若侍たちが、入江や濠に舟を浮かべ、手に手に松明《たいまつ》をともした。城も山下町も明るくかがやいた。水に映って風情に溢れ、人びとが、群れをなして見物したのである。

七月十七日に信長が、秘蔵していた雲雀毛の馬を、中将信忠に譲渡した。名高い駿馬である。寺田善右衛門を行李《コウリ》として、岐阜に遣わしたのだ。

同じく十七日のことである。佐和山城中に禁錮を申し付けておいた、寺崎父子の生害の儀を信長が申し渡し、惟住長秀に伝達された。

喜六郎は、いまだ十七歳の若年だった。顔貌《かおかたち》や容姿が、尋常にうつくしく育った若衆《わかしゅ》だったのだ。

最後の挨拶は、哀れなる有りさまだった。為来《しきたり》があって、親が先に行うのが本儀なり、と述べて、父の盛永が腹を召した。それを若党が介錯したのである。

その後に、父親の腹から流れ出る血汐を手にうけて舐めた。

そして、我われお供申すとの科白《せりふ》を吐いて、従容として腹を切ったのだ。堂堂たる容《ヨウ》止《シ》は、実にみごとと云えよう。

七月二十五日、岐阜中将が西上して来て、安土城に登城した。

この折に信長が、兄弟三人に脇差を賜与した。お使いは、森乱（乱法師、成利、長定とも）だった。

信忠には、五郎入道岡崎正宗作の業物を、三介信雄には、粟田口吉光作の北野藤四郎を、三七信孝には、同じく吉光作の鎬《しのぎ》藤四郎を下げ渡したのだ。言わずもがなの事だが、藤四郎とは、吉光の通り名である。

八月六日、奥州岩代《いわしろ》の黒川（会津）の蘆名《あしな》盛隆から音信が届けられた。同時に、あいそう駮《ぶち》の馬が天下人に進上された。奥州では知らぬ者のいない、珍しい名馬だとのことであった。

八月十三日、因幡の鳥取方面において、毛利と吉川と小早川が、後ろ巻きのために、安芸から出兵するとの風聞が流れた。

そこで、先備えとして在国の将兵は、一左右《いっそう》（一報）あり次第、昼も夜も休まずに参陣する準備をすませ、いささかも油断致すべからずとの命令が出された。

信長は、丹後は長岡父子三人、丹波は惟任日向守、摂津は池田勝三郎を、其れぞれ大将に指名した。また、高山右近、中川瀬兵衛、安部二右衛門、塩河吉大夫などに、進発の用意を下知したのである。

この外、隣国の武将や馬廻りは、申すまでもなく出陣の支度をして、待機すべきこと、との指令を発した。

此のたび毛利家が、後詰めとして軍勢を動かすのであれば、信長自ら出馬し、相対して一戦を遂げ、悉《ことごと》く討ち果たしてくれる。然《しか》るのち、本邦をとどこおりなく、思うがままに統治いたすべし。

斯ような決意を吐露したのである。上意を聞き知って、諸将は、その覚悟をつけたのだ。

直だちに、長岡兵部大輔と惟任日向守の両将は、大船に兵糧を積み込ませた。そして、長岡の船の上乗りには、松井甚介を任じ、惟任の船にも責任者をつけて、鳥取城の近くの千代川の中に、停泊させておいた。

八月十四日に信長が、秘蔵の馬三頭を、羽柴筑前守の許に送り届けた。使いを務めたのは、高山右近であった。

鳥取表の戦況を、微に入り細をうがって視察いたし、罷り帰りたる時に報告せよ、との御諚があった。それで重友が、馬を牽いて行って、参陣したのである。

まことの名誉だと念い、身にあまる忝《かたじけな》い次第であると、秀吉が申し上げた。という奏聞が安土城に伝えられた。

八月十七日、高野聖を尋ね出した。搦め捕えた数百人の勧進僧を、分国中から安土に押送させた。彼らは、上意により全員が誅殺されてしまった。

その訳は、摂津伊丹の牢人どもで、高野山に隠棲していた侍の中に、訊問すべき者がいたので、召喚を命じる朱印状を持たせた行李を派遣した。

然《しか》るに、それに対し返辞をしなかったのみならず、使者として送った十人ほどの織田家臣を殺害してしまったからだ。

信長の勘気をこうむった者を、抱えおいていた緩怠《カンタイ》のため、此のような惨劇が起こってしまったのだ。

この頃に天下人が、能登の四郡、珠洲《すず》、鳳至《ふげし》、鹿島、羽咋《はくい》を、前田利家に賜与した。

〈片手間の伊賀平定〉

九月三日に織田の大軍勢が、伊賀の国へ侵攻した。先陣の各部将は、以下の顔触である。

甲賀口からは、甲賀《こうか》衆、滝川左近将監、蒲生忠三郎、惟住五郎左衛門、京極小兵衛、多賀新左衛門、山崎源太郎左衛門、阿閉《あつじ》淡路守、阿閉孫五郎、北畠信雄らが、大軍を押し進めた。

信楽口《しがらきぐち》は、堀久太郎、永田刑部少輔、進藤山城守、池田孫次郎、山岡孫次郎、青地内匠助《あおぢたくみのすけ》、山岡対馬守、不破彦三、丸岡民部少輔、青木玄蕃允、多羅尾彦一らが、進撃して行った。

加太口《かぶとぐち》は、滝川三郎兵衛を大将として、織田上野介と伊勢衆が乱入して行った。

大和口は、筒井順慶と大和衆が受け持った。斯くのごとく、諸方から一斉に攻め込んだのである。

柘植の福地については、赦免が出された。既に、安土城にも伺候していた。天下人に伊賀攻めの道案内をも、買ってでていたからだ。其の条件として人質を執り固めた。さらに、不破彦三直光を警固役として、この小城に入れ置いた。

九月六日、信楽口と甲賀口の将兵が、合流して一手になった。壬生野《みぶの》城（阿山郡伊賀町、現伊賀市）と、佐那具《さなぐ》の城（上野市、現伊賀市）へ向けて進軍した。

北畠三介は御台河原に陣を据えた。そこで、滝川左近将監、惟住五郎左衛門、堀久太郎や近江衆と若狭衆が、此所に陣地を構築した。

九月十日、佐那具城に諸将が一緒になって、攻め寄せた。さらに、伊賀一の宮である敢国《あえくに》神社をはじめ、多くの堂塔伽藍を、ことごとく焼き払ってしまった。

九月十一日に攻抜するつもりでいたところ、夜半に守備兵が退散してしまった。此の城には、北畠信雄が入城した。そして、他の部隊は、奥郡へ進撃して行き、方ぼうの攻め口から将兵を入れ合わせた。

部将たちは、各郡を分担して請け取り、勝手気儘に敵兵を撫斬りにした。その上で、城砦の破却を押しすすめていったのだ。

山田郡は、上野介信包の責任で以って、成敗した。また、名張郡は、惟住五郎左衛門、筒井順慶、蒲生左衛門大夫（賢秀）、多賀新左衛門、京極小兵衛、そして、若狭衆らが、仕置を執り行った。

阿拝《あへ》郡は、滝川左近将監、堀久太郎、永田刑部少輔、阿閉淡路守、不破彦三、山岡美作守、池田孫次郎、多羅尾彦一、青木玄蕃允、青地内匠助、それに、甲賀衆が受け持った。

武将たちが、あちらこちらで討ち取った頸の注文（首級の目録）は、大将分だけでも大層な数であった。その他の端武者のものは、その数を知らずと云った厖大な有りさまだったのだ。

さて、伊賀四郡の中、三郡を信雄の知行地とし、一郡を弟の信兼に与えたのである。伊賀の乱を鎮定したのに合わせるかのように、因幡の鳥取表から、高山右近が戻って来た。

そして其の地における、本陣や包囲網の堅固な様子を、絵図をもって重友が、天下人に具《つぶさ》に奏陳《ソウチン》したのである。

満足気な信長が、相好《そうごう》を崩して、犒《ねぎら》いの辞《ことば》とも褒詞《ホウシ》ともとれる台詞《せりふ》を口にした。

「右近大夫、遠路はるばる大儀であった。汝の骨折りに酬《むく》いねばならぬだで。追って沙汰をとらすであろう」

「忝き御諚にて候へば、有りがたく拝承仕《つかまつ》りまいてござりまする」

重友は、額衝《ぬかづ》いたまま、首を動かさずに言上したのである。

十月五日、祝《はふり》弥三郎、稲葉刑部少輔、高橋虎松の三人に対し、新たに知行を宛行《あてが》った。十月九日になって信長は、伊賀国を見物するために、安土を出立した。中将信忠と七兵衛信澄が同道した。

この日は、江南の飯道山に登り、甲賀郡の形勝地を眺望した。当夜は、此所の修験道の寺院に宿泊した。

十月十日、伊賀の一宮に着到した。暫時の休息すらもせずに、一宮の上の国見山《くにみやま》なる高山に登った。まずは、国中の情況を視察したのである。

御座所となる仮御殿を、滝川一益が、華麗に造営した。また、中将信忠に対する持て成しも特別だった。

天下人と織田家家督（当主）への崇敬のあかしとして、珍物をととのえ盛饌《セイセン》の折敷《おしき》をならべたのである。

北畠信雄、惟住長秀、堀秀政の三将も、豪華な御座所を競って普請したのだ。

十月十一日は終日《ひねもす》、雨降りだったので、逗留をつづけていた。

十月十二日には、北畠の本陣、筒井の陣所、惟住の陣営などを、老臣を十人ほど召し連れて、陣中見舞いをした。同時に、切所を指摘して、それぞれ砦を構築すべく下知した。

十月十三日に伊賀を離れ、江州蒲生郡へ至り、天下人の城に帰館した。

十月十七日、伊賀一円を平定したことで、渾《すべ》ての将兵が帰還したのである。

此のたび、因幡国の鳥取郡の住人は、尽く城中に逃げ入り、将兵といっしょに籠城していた。また、兵糧攻めを効果的にすすめんがために、秀吉が、敢えて追い込んだ一面もあったのだ。

この鳥取城の本丸には、吉川式部少輔経家が入っていた。二の丸は森下道誉が守備につき、三の丸は、中村春続が受け持っていた。

そして、本城に近い繋ぎの支城である雁金城の大将は、塩冶周防《えんやすおう》であった。さらに、海寄りの出城の丸山には、奈佐日本助、山県九左衛門、佐々木三郎左衛門の三名が、守将として楯籠っていた。

しかしながら下じもの者、百姓以下の人びとは、長期の籠城に耐えていく覚悟も用意もなかったから、忽《たちま》ちのうちに、飢え死にする者が続出してしまった。

はじめの頃は、三日に一度とか五日に一度、鐘を撞き、その音を合図に総べての雑兵が、柵際まで出てきて、木や草の葉を採って食料とした。中でも稲の切り株を上々の食物としていた。だが、のちには是らも採り尽くしてしまったのだ。

致しかたなく、牛馬を食らうも、露霜にうたれて餓死する弱者は、際限がなかった。餓鬼のごとくに瘠《や》せ衰えた男女が、柵や塀にしがみついて悶え苦しみ、「出してくだされ、お助け候へ」と、喚《おめ》きつづけるのだった。

阿鼻叫喚の巷と化し、悲しみ嘆くさまは実に哀れで、見ておられるものではなかった。

鉄炮で撃ち斃《たお》すと、片息をしているであろう者の所に人びとが集《たか》り、刃物を手に手に持って、関節などを切り離し、肉を取るのだ。

人体の中でも、とりわけ頭部は味わい良しとみえて、頸をあちらこちらに奪い合い、逃げ回るのであった。宛《さなが》ら地獄絵のごとき惨状だったのだ。

とにもかくにも、命ほどままならぬ物はなしと云えよう。しかしながら、義のために命を捨てる習いも、実に大切なことである。

ついに、城内から降状の申し入れが届けられた。

吉川式部少輔、森下道誉、奈佐日本助、三人の大将の頸を進呈いたすべく候ふ間、残党の者どもをお助け願いたい、との趣旨で詫言を陳弁してきたのである。

それで、此の旨を天下人にお伺いをたてたところ、異存はないとのことであった。直ぐさま羽柴秀吉が、承諾したとの返辞を城中に送り届けた。

すると、短時日《タンジジツ》で三将は、切腹して果てた。

辛巳《かのとみ》の年の十月二十五日、久松山麓の真教寺において、吉川経家が自刃。行年《ギョウネン》三十五歳であった。

約定どおり三将の首級を納めた首桶を、吉川家の郎等が、羽柴筑前守の本陣へ、鄭重に捧げ持って来たのである。

この日、鳥取城に籠城していた人びとが救出された。羽柴勢の将兵が、あまりに不便に思って、食物を与えた。すると、酔ったように過食して、過半の者が頓死してしまった。実に餓鬼そのものと思われるほど、痩せ弱って、なんとも哀れな有りさまだったのだ。斯くして、鳥取城は陥落した。秀吉は、城中の修繕と掃除を、配下の武将に申し付けた。そして城代として、善祥坊宮部継潤《ケイジュン》を入れ置いたのである。

鳥取城の包囲を羽柴軍団がつづけていた頃、毛利方である吉川勢に対する、抑えの城砦は、主として四城あった。

まず伯耆国では、羽衣石《うえし》城（鳥取県東伯郡東郷町、現湯梨浜町《ゆりはまちょう》）、岩倉城（小鴨城、倉吉市）、田尻《たじり》城（もと東伯郡羽合町、湯梨浜町）の三城が要になっていた。

そして、因幡には鹿野城（王舎城、気高郡鹿野町、現鳥取市）があった。

鹿野城の城番は、亀井新十郎真矩《さねのり》だった。真矩は、山中鹿之助幸盛の娘婿である。

また、羽衣石城の城主は、南条勘兵衛元続であり、岩倉城主は小鴨左衛門尉元清で、田尻城は、南条兵庫頭元周《もとちか》が守将であった。

そして、元清は元続の実弟であり、元周は甥だった。つまり南条一族は、秀吉の頼りになる寄騎武将だったのだ。

さて、駿河守元春と治部少輔元長の吉川父子が、田尻城に鋒先を向けてきた。

元春が、馬の山（湯梨浜町）に本陣を据え、砦を構えた。元長は、茶臼山砦（東伯郡北条町《ほうじょうちょう》、現北栄町）を向い城とした。

衆寡敵せず、元周の家来が城に放火し、元周配下の守備兵は、逃れて羽衣石に入城できた。八月二十一日のことであった。

吉川勢の次なる標的は、当然、羽衣石城と岩倉城である。馬の山砦が、羽衣石城に対する付城となり、岩倉城の向い城は、今倉城（島田城、倉吉市）だった。

十月二十六日、南条の城の羽衣石と岩倉を吉川勢が取り巻いたとの注進を伝えるために、羽柴筑前守の本営に、急使が飛び込んで来た。

目前で味方を攻め殺させては、天下の嘲弄をまねき無念の極みなりと考えた。直《ただ》ちに秀吉は、後詰めの軍勢を派することを決めた。

一戦に及ぶための手配をすすめつつ、兵は拙速を貴《たっと》ぶの定石どおりに、その日のうちに直ぐさま先勢を進発させたのだ。そして秀吉の本隊は、十月二十八日に出陣したのである。

十月二十九日、越中から佐々内蔵助が、黒部育ちの馬を十九頭牽き連れて上って来て、天下人に進上した。

さて、伯耆に入国してから七日間、秀吉は、羽衣石城の近辺に在陣していた。国中に手配をして兵粮を取り集めた。同時に、蜂須賀小六と木下平大夫の両将を後詰めとして、馬の山砦へ差し向けたのだ。

蜂須賀隊と木下隊は、羽衣石と岩倉の二城に入城した。多くの甲士を配備し、糧粟《リョウゾク》や玉薬などを十分に備蓄したのである。そして諸将は、来たるべき明春の合戦について、打ち合わせをした。

十一月八日、羽柴秀吉が、播州姫路に帰還した。本拠の城に凱陣したのである。

元春と元長の吉川父子も、なす術《すべ》なく退陣《のきじん》して行った。

後ろ巻きの軍勢をすすめて、一門の経家を救援することもできず、鳥取城への兵糧入れにも失敗してしまった。さらに、織田方になった羽衣石と岩倉の城も、攻抜できなかった。

出雲の富田城《とだ》（月山城《がっさん》、島根県能義郡《のぎ》広瀬町《ひろせまち》、現安来市《やすぎ》）から出向いて来たのだが、吉川勢には、赫赫《カクカク》たる戦果と云えるものは、なかったのだ。

天正九年九月のことだった。長宗我部勢に押されている三好党の、勝瑞城《ショウズイ》（阿波屋形、徳島県板野郡藍住町）と木津城（鳴門市）の救援のため、阿波へ渡海されたし、と云う趣旨の書翰を、秀吉が黒田官兵衛に送った。

仙石秀久や生駒親正と手を携えて、事に当たるべしとの、孝高《よしたか》に宛てた下知状の日付は、九月十二日である。

この時期だと、光秀が、宮内少輔元親の説得をつづけていた筈である。長宗我部への敵対行為を、天下人が秀吉に指図したということは、光秀は四国担当から除外されたと見做《みな》しても良かろう。

さらに十一月十七日、秀吉麾下の黒田や仙石の部隊と、池田勝九郎元助の軍勢が、淡路島に渡り、岩屋城《いわや》（松尾城、津名郡淡路町、現淡路市）に攻め寄せた。此の城は、毛利に与していた安宅《あたぎ》清康の本城だった。

すると筋をとおして、降参を許してもらいたいとの懇願を、城方が申し出てきた。

そこで、元助の配下の武将に岩屋城を守備させることにして、別条なきよう注意すべしと、指示した。淡路一島の占拠により、以後、この地が四国攻略の橋頭堡の一つとなるのだ。

十一月二十日に秀吉が、播州飾磨《しかま》郡に帰還し、姫路城の大手門をくぐった。

同じく池田元助も、兵を戢《おさ》めた。この節には、淡路一円の知行を、天下人は誰にも命じなかった。


霜月の二十四日に、信長四男の津田坊丸が、安土城に登城し、父親と再会した。

お坊は、濃州恵那郡の遠山家の猶子として、岩村城に居た。ところが、元亀三年（1572）十一月に、武田の部将の秋山信友（虎繁）に対し開城されたため、秋山により甲府に送られてしまったのだ。

それが此のたび、信長の歓心を買わんとして、武田勝頼が送還してきたのである。

この日に元服して、織田勝長を名乗る。通称は源三郎である。また、池田恒興の娘を娶《めと》ったとも伝わる。

天下人は、勝長を尾州犬山の城主とした。そして、大小の腰の物、小袖、馬、鷹、持鑓、其の他を賜与した。さらに家人たちにも、それぞれに相応しい物を、下げ渡したのである。

さて、師走の月の末に、一門の方がたと、隣国遠国の大名や小名が、安土に馳せ参じた。歳暮の祝儀として、金銀、唐物、衣裳などなど、結構な物ばかりで、われ劣らじと色いろの重宝を進上したのである。門前市をなすが如き殷賑ぶりであった。

おくれて羽柴筑前守も、播磨から参上して来た。そして、祝儀として小袖を、数にして二百も献上したのだ。さらに、女房衆へも歳暮の品じなを其れぞれに差し上げたのだ。

この日に筑前守は、天下人から、因幡一円の平均《ヘイギン》の武功を称賛する感状を頂戴した。

此のたび因州鳥取城のこと、名立たる堅城であることと云い、大敵を相手に致したることと云い、大勝利をおさめしは、武勇の誉れにして破天荒の手柄である、との趣旨だった。

大満足の信長が、褒美として、茶の湯道具の十二点の名物を下賜した。

十二月二十二日、ありがたく拝領した秀吉は、播州姫路への道を急いだのである。

〈壬午《みずのえうま》、天正十年の正月〉

天正十年、壬午《ジンゴ》の稔《とし》の元日に、隣国の大名や連枝の面々が、安土山下町と城中に居た。そして、各おのが出仕した。

人びとは、百々《どど》橋から摠見寺《ソウケンジ》へ上って行ったのだが、おびただしい人出のため、石垣が崩落してしまった。石と人が折り重なって崩れ落ちたのだ。

死人もでて、負傷者は数知れずといった有りさまだった。刀持ちの若党が、主人の佩刀を失ってしまい、困惑している姿も見かけられた。

さて、年賀の式体《シキタイ》の順序は、一番が一門衆、二番が他国衆、三番目は、安土に居住している人びとであった。

此のたびは、大名小名に限らず、礼銭を百文づつ持参すべしとの触れが、堀秀政と長谷川秀一を通じて出されていた。

摠見寺の毘沙門堂の舞台を見物してから、表門より三の御門の内に入り、天主（天守）

の下の白洲まで進んで行って祇候したのだ。

此所において、天下人が人びとに言葉をかけた。先例に従って、まず三位中将信忠、三介信雄、上野介信兼、源五郎長益、その外、一門の歴々の武将たちにであった。

その次が他国衆だった。各おのの者が、階段を陟《のぼ》り、座敷の内に入ったのだ。畏れ多いことに、御幸《みゆき》の間を拝見させたのである。

馬廻り衆や甲賀の地侍たちは、白洲に呼ばれ、そこで暫く控えていた。すると、やや甲高い声が上から降ってきた。

「皆の者、白洲にては冷え候はんゆえ、南殿に上がりてのち、江雲寺御殿を見物致すがよかろうぞ」

上意に順《したが》って、各自が拝見したのだ。

座敷は都《すべ》て、金が鏤《ちりば》められていて、室《へや》ごとに狩野永徳に仰せつけて、色いろな諸方の名所の写し絵が描かせてあった。

御幸の間を拝見したあと、元の白洲に戻った。すると、台所口へ参上せよとの御諚が告げられた。急いで行くと、天下人が、廐の入口に立っていた。

十疋（百文）づつの祝い銭を、忝くも直《じか》に手に取って、うしろに投げ入れたのである。

過ぐる年、信盛と信栄《のぶひで》の佐久間父子が、勘当をこうむり、他国へ流浪していた。既に去年の七月に、父の右衛門尉は、和州吉野郡の十津川村にて病死していた。不憫に思ったのであろうか。信長が、不干斎信栄を赦免し、旧領もそれなりに安堵したのだ。正月十六日のことであった。

甚九郎信栄は、急ぎ濃州岐阜に祇候して、三位中将に御礼を言上した。信栄は、信忠付きにされたのである。

備前の宇喜多直家《なおいえ》も病没してしまった。それで、正月二十一日に秀吉が、和泉守の家老衆を引き連れて安土に登城し、天下人に伺候した。

そして、直家の働きや病いの経緯について、奏陳したのである。

斯くして、宇喜多家から、天下人に黄金百枚を進上して、色体《シキタイ》を申し上げた。跡職を八郎秀家が継ぐことを承認いたせしこと、相違なしとの上意を聞き、一同は胸を撫で下ろした。

尚《くわ》えて、宇喜多の老臣たち一人ひとりに、馬を下賜したのだ。年寄どもは、有りがたく頂戴して、備前と美作に下国して行ったのである。

〈紀州への派兵と信州進撃〉

正月二十三日、紀州雑賀の鈴木孫一重秀が、同地の土橋《つちばし》若大夫を生害した。その仔細は次のとおりである。去年、鈴木孫一の継父を、若大夫平次が討ち果たしたからだ。その遺恨により、天下人の内内の承諾のもとに、此のたび若大夫を闇討ちしたのだ。さらに、土橋の館城に攻め寄せて、包囲した。

その経過を安土城に注進申し上げたところ、天下人が、和泉衆と根来衆を、援軍として派遣した。大将は、織田左兵衛佐信張《のぶはる》だった。

斯くして、土橋平尉ら平次の子息たちは、根来寺の泉識坊に逃げ込み、兄弟まとまって楯籠ったのである。

二月朔日《ついたち》、濃州の苗木城（高森城、中津川市）城主の遠山久兵衛友忠が、岐阜城に急使を送ってきた（実際は、もっと早かったのではないか、と思われる）。

信州木曽郡の福島城（長野県木曽福島町《きそふくしままち》）の木曾左馬頭義昌が、調略によって織田方に与したので、軍勢を進め出だすべきことを報せたのである。

直ぐさま中将信忠は、平野勘右衛門を安土に赴かせた。野山の浅緑の中に紅や白の花が散見される、織田分国の街道を、勘右衛門は、西へ馬を駈けさせた。

ところが、急報を受けたにもかかわらず、信長らしからぬ珍しい対応をしたのである。

まずは、東濃一円の将兵を境目に出陣させ、且つ人質を執り固めるべし。その上で、予が出馬致すだわ。

なんともはや、いかにも悠長な上意だった。義昌の正室が信玄の娘（真理姫か）なので、信長が真意を疑ったのかもしれない。

そこで遠山友忠は、木曾家と交渉して、義昌の弟である上松《あげまつ》蔵人を、人質として先ず差し出させた。

ことの進展に満足した信長は、蔵人を菅屋九右衛門に預け置いたのである。

早ばやと、木曾義昌の裏切りは、勝頼と信勝の武田父子や典廐《テンキュウ》信豊の知るところとなる。

実は、新春早々に木曾が織田に通じたとの風説が流れはじめた。正月の末には勝頼が、義昌を追討するために、動員令を発していたのだ。

二月二日に勝頼が、新府城（山梨県韮崎市）から出陣した。一万五千ばかりの軍勢を引き連れて、信州諏訪郡の上原まで進み、陣を据えた。そして、諸方面への手配を指示した。

二月三日、各方面から武田領へ進攻すべきよう、天下人が下知した。

駿河口から徳川家康、関東口から北条氏政、飛彈口からは、金森長近が、大将として指揮を執ったのである。

そして伊那口からは、信長と信忠が、総戎《ソウジュウ》として二手に分かれて進撃すべき旨を、諸将をして知らしめたのだ。

同日に信忠が、森勝蔵長可《ながよし》と梶原平八郎（団忠正）を先鋒として、尾州と濃州の将兵を、木曽口と岩村口の二方面に出撃させたのだ。

敵方は、伊那口の切所を抑え、滝ケ沢に要害を構えて、下条伊豆守に守備させていた。ところが、家老の下条九兵衛が逆心を懐《いだ》いた。

二月六日、伊豆守を砦から追い出し、岩村城将の河尻与兵衛秀隆の手の者を引き入れたのだ。返り忠をしたのである。

一方、紀州の雑賀表の情況だが、野々村三十郎に、土橋館への城攻めの検使役を命じ、雑賀へ派遣した。

当然、油断なく攻め寄せたから、敵は支えがたく観念したのだろう。千職坊らが、三十騎ばかりで駆け落ちて去った。それを斎藤六大夫が追いかけて行き、千職坊を討ち取った。二月八日に安土へ首級を持参し、上覧に供したところ、小袖ならびに馬を褒美として、斎藤六大夫に下げ渡した。使いは森乱だった。

直ぐさま、安土城下の百々橋の袂に、千職坊らの頸が懸け置かれた。人びとが見物したのは、言うまでもない。

同じく八日に、土橋の館城を攻め落とし、残党を撃ち果たした。

そして信長が、城郭の修理と掃除を申し付け、織田信張を城代として入れ置いたのである。

二月九日に天下人が、信濃に至り動座すべきことについて、朱印状をもって書き出し、下知した。

条々

一、信長出馬については、大和の人数出兵の儀、筒井が召し連れ出立すべきの条、用意然るべく候ふ。但し、高野方面の武者少し残し、吉野警固いたすべし。

一、河内国の連判の武将ならびに地侍の衆は高野と雑賀表へ当ておくこと。

一、泉州一国の兵力は、紀州方面に備えること。

一、三好山城守（康長、咲岩《ショウガン》）は、四国へ渡海すべきこと。

一、摂津国、父勝三郎留守居候ふて、子両人、元助と照政が兵を率いて出陣すべきこと。

一、中川瀬兵衛出陣すべきこと。

一、多田（某）出陣すべきこと。

一、上山城衆出陣の用意、油断なく仕るべきこと。

一、藤吉郎、中国一円に宛《あ》て行うこと。

一、長岡兵部大輔の儀、息与一郎、（娘婿）一色五郎満信を出陣させ、藤孝在国いたし警固すべきこと。

一、惟任日向守、出陣の用意すべきこと。
右、遠征の儀に候へば、人数少なく召し連れ、在陣中兵糧づづき候ふように手当、肝要なるべし。但し、軍勢多く見ゆるよう華やかに且つ軍律厳しく、粉骨を抽《ぬき》んずべく候ふなり。

二月十二日、いよいよ中将信忠が出馬した。当日は、濃州可児《かに》郡の土田《どた》に陣取りをした。十三日には濃州の中、土岐郡の旧高野《こうの》城（鶴ケ城、瑞浪市土岐町）に本陣をおいた。十四日、岩村城に到り入城した。遊撃軍団長の滝川一益に、河尻秀隆、毛利長秀、水野守隆、水野忠重といった、信忠麾下の諸将が、合流したのである。

同じく二月十四日、信州松尾城（飯田市）主の小笠原掃部《かもん》大輔《だゆう》信嶺が、武田を見限り、さっさと降参してきた。

木曽口を進んでいた森勝蔵と団平八郎が、妻籠口《つまごぐち》から先鋒として、清内路口《せいないじぐち》に進攻して行った。そして、両将が、梨子野《なしの》峠に軍兵を登らせたところ、小笠原信嶺が、呼応して所どころを放火させたのだ。

敵城の飯田には、坂西《ばんざい》と星名弾正（保科正直《ほしなまさなお》）が楯籠っていたのだが、支えがたいとて抗戦を諦め、二月十四日、夜になってから城を脱出した。そして、北へ向かって北《に》げて去ったのだ。

翌十五日に森勝蔵が、三里ほど追撃した。そして市田なる所にて、逃げ遅れた落武者を、十騎ばかり討ち取ったのである。

二月十六日、武田方の今福昌和が、大将として藪原から陣笠連を率いて来て、鳥居峠（木祖村）に防衛線を構えた。

木曾義昌と遠山友忠、さらに信忠の馬廻り衆が加勢した軍勢が、突撃して行った。一戦ののち今福勢は、頸数四十あまりを揚げられ、撓北《ドウホク》して北《に》げ去った。

木曾口参陣の武将は、織田源五郎、織田赤千代（小幡正信）、織田孫十郎、稲葉彦六、梶原平次郎景久、塚本小大膳、水野藤次郎（太田牛一の誤りか）、簗田彦四郎、丹羽源六郎氏次らの人びとであった。これらの面々が、木曾義昌と一手になって、鳥居峠の守備についた。

敵将の一人、馬場（教来石《きょうらいし》）信春の子息の民部は、深志城に楯籠っていて、遠く鳥居峠に対峙する形になっていた。

三位中将は、恵那郡岩村から険阻にして切所である地を越え、平谷（下伊那郡平谷村《ひらや》）に陣取りをした。次の日、飯田に進み本営を移した。

大島（下伊那郡松川町）には、日向玄徳斎（宗英）が楯籠っていた。物資が豊富とのことだった。逍遙軒武田信綱、小原丹後守、上野の安中氏などの武将も城番に加わって、城を守備していた。

だが、織田信忠が帥《ひき》いる大軍が攻め寄せたので、運を開くのは、迚《とて》もではないが困難だと悟り、深夜に城を落ちて去った。

そこで信忠は、入城して本陣とした。ここには、河尻秀隆と毛利長秀を入れ置いた。

さらに、先陣が飯島（上伊那郡飯島町《いいじままち》）に進出したのである。

森長可、団忠正、小笠原信嶺らが先鋒を命じられた。然《そ》う斯《こ》うするうちに、織田の先《さき》勢《ぜい》が進み行く先ざきで、百姓衆が、自分の住処《すみか》に火を放って、味方に加わってきた。

その仔細は近年、武田勝頼が、新規の課役を申し付けたり、新たに関所を設置したりした。民百姓の苦悩が増すばかりで耐えがたかったからである。

さらには、重罪の者でも賄賂を取って赦免した。つまり、贖刑《ショクケイ》が罷り通っていた。民氓《ミンボウ》（黎庶《レイショ》）は、武田のでたらめな統治に、我慢がならなかったのである。

ところで、天正九年三月に、遠州の高天神城を攻抜した家康は、駿河の江尻城（小芝《おしば》城、清水市、今は静岡市）に調略の手をのばしていた。

江尻城は、馬場信春に縄張をさせ、永禄十二年に信玄が、急拵えした要害だった。その後、天正六年に梅雪斎こと穴山信君が入城したのち、大改造して堅固な城郭になっていた。

家康は、付城を築くことなど論外、攻め寄せることすらしなかった。密使を送りつづけたのだ。長坂血鑓《ちやり》九郎《くろう》信政も、その一人だったのだ。

ついに四の五の言わずに、梅雪斎不白は家康に内通した。信玄の甥であり、娘婿でもある信君が、木曾義昌と同じく裏切って、織田方になったのである。

二月二十五日、甲斐府中に人質として入れていた妻子を、雨天の夜に紛れて脱出させた。

直だちに、穴山の逆心の急報が、総大将の許に伝えられた。

二月二十八日、勝頼と信勝の武田父子、及び左馬助信豊は、本拠を防衛せんとて、信州諏訪郡の上原の陣地を撤退した。そして、甲州巨摩《こま》郡への帰路を急いだ。漸《ようよ》う、新府城に帰還して、将兵を犒《ねぎら》った。勝頼は、主だった武将と向後の対応について、鳩首凝議《キュウシュギョウギ》したが、誰しも頭をかかえるばかりであった。

〈甲斐武田家の滅亡〉

信長は、宿敵である武田を、自らの手で片付けるつもりでいたようだ。無人の野を行くがごとき、有能なる跡継の快進撃を聞き、かえって焦ってしまったのだ。

補佐役となっている滝川一益や河尻秀隆に宛てて、頻《しき》りに指令を送った。まず、二月十五日付けの滝川宛て朱印状。

「信忠は若さからか、この機会に遮二無二進み高名せんとの気負いがみえる。それゆえ、軽忽《ケイコツ》な振舞いがあるのであろう」(『建勲神社文書』)。

次に、二月二十三日付け河尻宛て黒印状。

「信忠のこと、われらが出馬するまで先を越さぬべく、滝川と相談して強く説得するのが肝腎である」

「先鋒の森と団が、独断専行し突き進んでいると聞いている。若年の者たちゆえ、ここぞとばかりに功名せんと逸《はや》っておるに違いない。無理をせぬよう、たびたび説諭いたさねばならぬ」（『徳川黎明会文書』）。

さらに、二月二十八日付け河尻宛て朱印状。

「四郎めの所には、われらが其の地に出張って、大軍にて追い詰めるべし。それまで違背なきよう、慎重に動かねばならぬ」

煩《うるさ》く指図されて、さすがに信忠も、大島城（台城、下伊那郡松川町）に滞陣していた。

しかし、穴山の叛逆の報らせにより、武田の棟梁が、諏訪の上原を陣払いして、新府城に戻って行った。

信州一の要害である高遠城（兜山城、上伊那郡高遠町《たかとおまち》、現伊那市）に攻め寄せる、千載一遇の好機が到来したと、信忠は念ったのだ。

三月朔日、諸将に進軍すべく、下知した。天龍川を渡河して、貝沼原なる所に軍勢を展開させた。そして、小笠原掃部大輔を案内《あない》者として、河尻与兵衛、毛利河内守、団平八郎、森勝蔵、それに足軽部隊を先に進ませた。

信忠自身は、母衣衆を十人ばかり引き連れて、高遠の城からは川を間《へだ》てた、こちら側の山に登って、城中の動きなどを覘望《テンボウ》した。当日は、貝沼原に陣取りをした。

高遠城は、三峰川《みぶがわ》と藤沢川の合流点に築かれた堅城である。勝頼の弟である仁科《にしな》五郎(武田盛信)が、楯籠っていた。

開城させるべく、信忠が、降伏を勧告する書状を送った。だが盛信は、織田の軍門に降るのを潔しとせず、一戦することを撰んだ、と『甲乱記』に記述されている。

城の裾を流れる川の川下に浅瀬があった。此所を小笠原信嶺を先導にして、夜の間に、森長可、団忠正、河尻秀隆、毛利長秀らの部将が、川を渡渉した。そして、追手口の川向かいに攻め寄せた。

飯田城主だった保科正直は、飯田城を退去したあと、此の城に入っていた。この時点で、城内に火を放ち、返り忠を仕りたいとの趣旨を信嶺の許に連絡してきたが、言上する時間の余裕は既になかった。

三月二日の払暁に、攻撃がはじまった。総戎は、尾根つづきの搦手口に鋒先を向けた。大手門方面へは、森、団、毛利、河尻、小笠原の諸将が取りかかった。数刻の間、互いに鑓をくり出した。結果、城兵が数多討ち取られて、残党は逃げ込んで行ったのだ。

然《そ》う斯《こ》うしているうちに、信忠自身が、武具を持って、先を争うようにして、塀際に駆けより柵を引き破ったのだ。

総帥《ソウスイ》自ら、塀の上に登って、いっせいに乗り入れるべく下知したので、小姓衆、馬廻りの侍どもが、われ劣らじと突入して行った。

大手と搦手と二方面から乱入して行った。火花を散らして戦いつづけた。それぞれ負傷したり、討ち死にした者が、算を乱したように倒れ臥していた。

歴々の武将たちが、夫人や子供を一人ひとり引き寄せて刺し殺してから、斬って出て奮戦したことは、言うまでもないことだ。

この中で、諏訪勝右衛門の女房は、刀を抜き放って立ち回り、比類のない働きをした。前代未聞のことであった。

また、十五、六のうつくしい若侍が、弓を持ち、台所の隅で多数を射倒した。矢を射尽くしたあと、抜刀して斬ってまわり、散華《サンゲ》した。

さて、名を知られた武将の頸の注文は、次のとおりである。

仁科五郎盛信、小山田備中守昌行、原隼人、春日河内守、渡辺金大夫、畑野源左衛門、飛志越後守、神林十兵衛、今福又左衛門、小山田大学、小幡因幡守、小幡五郎兵衛、小

幡清左衛門、諏訪勝右衛門、飯島小太郎、今福昌和など、以上。そして、首級の数は四百あまりであった。

尚お仁科五郎の頸は、信長の許に届けられた。

此のたび勝頼が、ここが要と覚悟して、屈強の武者たちを入れ置いていた、名城と謳われた高遠の城を、わずか一日で攻抜してしまった。

その総戎の高名は、分国の内外に知れわたることとなった。信長の後継者の座を磐石のものとした信忠の名誉は、後胤《コウイン》の亀鑑《キカン》ともなるべきものと云えようか。

三月三日に信忠は、上諏訪方面にまで進攻して、在々所々に放火して回らせた。諏訪大社の諸伽藍も、ことごとく灰燼《カイジン》に帰した。

軍略的に意義が有ったとは、とても思えない。そもそも、文化財を毀壊するような者に、為政者たる資格が有るのであろうか。

ところで、安中左近大夫景繁は、大島城を退去したあと、諏訪湖の畔《ほとり》の高島の小城（諏訪市）に入っていた。が、籠城をつづけるのは無理だと悟り、当城を織田源三郎勝長に差し出した。そして、退散して落ちのびて行ったのである。

鳥居峠に布陣していた将兵も、深志表へ進出し攻めかかった。深志城を守備していた馬場民部は、支えがたいと思い、降参し開城。

城を受け取ったのは、織田源五郎長益だった。敗軍の将の馬場は、とぼとぼと南へ向かって落ちて行った。


その頃、家康が、穴山玄蕃頭を案内者として伴って、駿河の河内口《こうちぐち》から甲斐国の文殊堂（西八代郡市川大門町）の麓の市川口に乱入していた。

勝頼は、高遠城でひとまず支えられると期待していたのだが、思いの外に早ばやと陥落してしまい、憮然とし落胆していた。

既に、信忠の将いる織田軍が、新府城に向かって進攻して来た、との風聞が流れてきた。

しかし、新府に居る一門衆や家老たちには、軍《いくさ》の手立ては一切なく、それぞれ婦女子を他に移す慌しさに取り紛れ、狼狽するだけであった。亦さしあたって、勝頼の旗本たちは、一隊を編成する人数すらいなかった。

ここにきて信豊も、新府を離れ、信州佐久郡の小諸に楯籠って、ひとまず同地で防戦する覚悟を述べた。下曽根覚雲軒を頼って、小諸城（旧の鍋蓋城を取り込んでいる）へ遁れて去ったのだ。

三月三日の卯の刻（六時頃）、武田勝頼が新府の館に火を放った。

此所には、たくさんの人質が居たが、それらの女性や子供を焼き籠めにして、城を立ち退いたのである。生きながら焚殺《フンサツ》される人びとの泣き悲しむ声は、天にも轟くほどであった。

新府城は、真田昌幸を普請奉行に任命して、領国中に総動員をかけて構築した居城である。但し、未完成であった。

そして、古府中（甲府）を離れて、この新城に移転する際、心残りのないように、館や侍屋敷を打ち壊したことが、『甲陽軍鑑』に記載されている。

此の城に自ら火をかけたことで、甲州一円に拠るべき所は無くなり、武田軍が崩潰した。勝頼個人の死を待たずに、武田家は、戦国大名としては滅亡したと云えよう。

落人となった重立ちたる女性《にょしょう》は、勝頼夫人（北条氏政の妹）、一の側室である高畠のおあい、勝頼の伯母の大方、信玄の末娘（お松御寮人、のち信松院）、などである。

その他、一門や親戚の上﨟やお付きの女房など、二百余人の中で、馬に乗ることができた者は、わずか二十人ほどであった。

歴々の侍の夫人や子供たちが、踏みなれない山道を徒跣《かちはだし》で歩みを進めた。足は紅に染みて、落人の哀れさとは斯くあるものか、なかなか目も当てられぬ有りさまであった。

名残りを惜しみつつ、住みなれた古府中を余所目《よそめ》に見て、直だちに小山田信茂を憑みにして、東へ向けて逃避行をつづけた。

勝沼を過ぎ、駒飼《こまかい》（甲州市）なる山中に到った。ようやく、小山田の岩殿山《いわどのやま》城（大月市）に近づいたのだ。

ところが信茂は、うちうちに承引して呼び寄せておきながら、ここにきて無情にも、突き放したのである。勝頼主従を庇護しがたいとの、冷淡きわまりない通告を伝えてきたのだ。

はたと誰しもが困惑してしまった。もう勝頼には、打つ手がなかった。万策が竭《つ》きてしまったのである。

新府を出立した時、数百人いた武者も、路次すがら逃散《トウサン》して消えていった。潰走《カイソウ》しなかった武士《もののふ》は、わずかに四十一人だった。
木賊山《とくさやま》を臨む、日川《にっかわ》沿いの田野《たの》（東山梨郡大和村《やまとむら》、現甲州市）なる所の平屋敷に急拵えの柵を設け、陣所として足を休めたのだ。

三月五日に信長が、江州と隣国の将兵を帥《ひき》いて出馬した。その日は、坂田郡の柏原（米原市）に在る上菩提院に宿泊した。

翌日、仁科五郎の頸が進上されてきたので、ろくの渡し（揖斐《いび》川の渡し、本巣《もとす》郡穂積《ほづみ》町、現瑞穂市）で首対面をした。そのまま、岐阜城下に持っていって、長良川の河原に懸けておいた。当然、上下の者が見物をした。

七日は雨天だったので、岐阜城に逗留した。

三月七日に信忠は、信州諏訪から甲州に入国し、甲府に到った。一条蔵人の私宅に本陣を据えて、武田一門、親類の者、家老衆を捜索して搦め捕った。そして、悉《ことごと》く成敗した。

生害されたのは、一条右衛門大輔、清野美作守、朝比奈摂津守、諏訪越中守、武田上総介、小山田出羽守、逍遙軒武田信綱、隆宝（信玄の二男、聖道様と呼ばれた）らであった。

中将信忠が、織田勝長、団忠正、森長可に足軽衆を付けて、上野表へ派遣した。すると、小幡信貞が、人質を差し出して降参してきた。斯くして、この方面も別条なしとなったのだ。

駿河、信濃、甲斐、上野の国人と地侍が、各おの縁《えにし》を頼って、帰順の挨拶のために参上して来た。それで、門前市をなすが如き有りさまとなった。

三月八日に信長が、岐阜から犬山に進んだ。九日には、可児《かに》郡兼山《かねやま》に宿営した。十日、高野に陣取りをした。そして、勝頼の最期となる日に、漸《ようや》く岩村に到着し、入城したのだ。

武田父子、簾中《レンチュウ》（貴婦人）、一門衆が、木賊山《とくさやま》の麓あたりの山中に引き籠っている、という風説を、滝川一益が聞きつけた。

三月一日、険阻な岨道《そばみち》を進み、切所を探察した。すると、田野と云う所に陣地を構えていることが判った。直ぐさま、滝川儀大夫益重と篠岡平右衛門に下命して、屋敷を包囲させた。

四十人あまりでは、もう合戦にはならない。それでも武田の武士たちは、最後の奮闘を見せてから、玉砕して往《い》った。

勝頼は、観念して陣屋に入り、一門の上臈や子供らを一人ひとり刺し殺してから、自刃した。行年《ギョウネン》三十七歳であった。

四郎の近臣である土屋惣蔵昌恒は、弓で数多の武者を射殪《いたお》した。矢を射尽くしてから、追腹を切って逝《い》ったのだ。

太郎信勝の齢《よわい》は十六、容顔が美麗であった。この若武者も、家名を惜しみ、堂々と斬ってまわり、散華したのだ。

まことに、朝顔が晡夕《ホセキ》を待たずに萎《しお》れるように、その生涯は、蜉蝣《かげろう》のごとく短いものであった。

三月十一日の巳《み》の刻（午前十時ごろ）、忠義の士たらんと思いし者たちが、主君の供をして殉死したのである。

勝頼と信勝の武田父子の頸を、滝川一益が、中将信忠の首対面に供したところ、信忠は、関加平次と桑原介六（赤座助六郎）の両人に持たせ、天下人の許に進上したのである。

なお余談だが、武田勝頼の敗滅の地は天目山《てんもくざん》、と口の端《は》にのぼるけれど、間違いである。

甲州の天目山は、山名でも地名でもない。山号である。天目山棲雲寺《セイウンジ》と称する名刹なのだ。そして、田野は、木賊山の山裾にあたる。

現在、甲州市の田野には、景徳院の堂宇が在る。此所に、勝頼主従の墓があるのだ。

序《つい》でに父子の辞世の歌を記すと、

「朧《おぼろ》なる月もほのかに　くもかすみ　晴れて行くへの西の山の端」勝頼。

「あだに見よ　たれも嵐のさくら花　咲き散るほどは　春の夜のゆめ」信勝。


ところで此の頃に、越中の新川《にいかわ》郡大田保の富山城（安住《あずみ》城、浮城《うきしろ》）には、神保越中守長住が居た。その富山城周辺に、武田方が、実《まこと》しやかに偽の情報を流したのである。

このたび、信長と信忠の父子が信州表に進攻してきたが、武田四郎が、節所を抱えて一戦を遂げ、ことごとく織田の軍勢を討ち果たした。この勢いをもって、越中一円に一揆を蜂起させ、その国を存分に支配すべきである。といった趣旨であった。

苦しまぎれの悪足掻《わるあが》きに過ぎなかったのだが、本当だと思い込んだ者が、複数いたのだ。

小島六郎左衛門職鎮《もとしげ》や唐人《からと》式部親広らが、一揆の大将分になり、富山城を占拠した。

そして、元の主君の神保長住を城内に押し籠めたのだ。

三月十一日のことであった。時を移さず、柴田修理亮、佐々内蔵助、前田又左衛門、佐久間玄蕃允など、錚錚《ソウソウ》たる部将たちの甲士が、一揆勢の楯籠る富山城を取り巻いた。大田保へ進撃する前に、一揆の奴ばらの城を攻抜するは、掌《たなごころ》を反《かえ》すがごとく容易なるべし、との旨の注進を、織田家の老臣が、天下人の許に急ぎ伝えていた。

三月十三日に信長は、岩村から信州伊那郡の根羽《ねば》に本陣を移した。十四日には、平谷《ひらや》をうち越えて浪合《なみあい》に陣取りをした。ここで、武田父子の首級を、関加平次と桑原介六が持って参上した。

直ぐさま、矢部善七郎に命じて、飯田に運ばせた。十五日は、午の刻から雨脚が強くなったが、その日のうちに飯田に本陣を据えた。十六日も、そのまま飯田に滞在していた。

さて、信州佐久郡の小諸は、下曽根覚雲軒が守備していた。そこに武田左馬助が、家来筋である下曽根を憑《たの》んで、小諸にやって来た。

下曽根は、受け入れることを快諾した。が、二の丸まで呼び入れてから、無情にも逆心をあらわにした。包囲してから、屋敷に火を放ったのである。

此の時、左馬助の家臣に朝比奈弥四郎なる若侍がいた。この度は討ち死にを覚悟していたので、上原に在陣していた際、諏訪の要明寺の長老を導師として、道号を既につけて貰っていたのだ。

朝比奈は、最後まで斬って回った。そして、主君を介錯してから、追腹を切った。左馬助の姪の婿である百井と申す仁も、一緒に自決したのだ。

侍身分の者を十一人自害させ、信豊の頸を返り忠のしるしとして、下曽根が持ち来たった。進上した首級を長谷川与次（可竹か）が持参して御前に進んだ。

飯田に逗留していた三月十六日に、信長が、信豊の頸と首対面をしたのである。

四郎と太郎の武田父子、武田典厩、仁科五郎。これら四人の首級を都に送り、獄門に懸けるべし、との指図を長谷川宗仁に仰せつけた。宗仁は、上洛すべく西へ向かって出立して行った。

三月十七日に信長は、飯田から大島を経て飯島に到着して、陣取りをした。

同じく十七日、秀勝（信長五男の御次）の初陣の軍とあって、羽柴筑前守がお伴をした。備前の児島に敵の城が、一つ残存していた。その方面に軍勢を動かし、攻撃をかけたのだ。信長の本営に、その報らせが届けられたのである。

三月十八日、天下人が高遠城に陣を移した。翌十九日には、上諏訪の法花寺に本陣を据えた。そこで、各方面の陣取りを、数かず下知したのである。

軍兵を率いた備えの次第は、織田七兵衛、菅屋九右衛門、矢部善七郎、堀久太郎、長谷川藤五郎、福富《ふくずみ》平左衛門、氏家源六、竹中久作、原彦次郎、武藤助十郎、蒲生忠三郎、長岡与一郎、池田勝九郎、蜂屋兵庫頭、阿閉淡路守、不破彦三、高山右近、中川瀬兵衛、惟任日向守、惟住五郎左衛門、筒井順慶、この外、馬廻り衆の陣取りについても、色いろ指図をしたのである。

三月二十日、木曾義昌が出仕して、馬を二頭進上した。申し次ぎは菅屋長頼だった。当座の執奏は、滝川一益であった。

義昌が拝領した刀は、梨地の蒔絵作りで、目貫《めぬき》と笄の金具には、十二神将像が地彫りされていた。後藤源四郎の作であった。同時に信長は、黄金百枚を下げ渡した。

三月二十日の晩に、穴山信君が伺候した。御礼を奏《もう》し上げ、馬を進上したのだ。小笠原信嶺も参上して御礼を奏上し、駮《ぶち》の馬を献上した。信長は、この馬が気に入り、秘蔵したのである。

このたびの忠節は比類のないものであった、との上意が三将に伝えられた。その上で、本領安堵の朱印状が、矢部家定と森成利の両名を使者として、下げ渡された。

三月二十一日、小田原の北条家から端山《はやま》大膳大夫と申す者が、行李として参り、馬ならびに色いろな品じなを進上した。滝川左近将監が取り次ぎだった。

三月二十三日に天下人が、滝川一益を召し出して、上野一国、尚《くわ》えて信州の中、小県《ちいさがた》と佐久の二郡を賜与《シヨ》した。

「左近将監、そなた。歳まかり寄りて、遠国《おんごく》へ赴きたること大儀なるべし。されど、余人にては成るまじきゆえ、汝に、関東八州の御警固および東国の儀取次ぎを申しつけるだわ。あれなる馬を贐《はなむけ》として取らすゆえ、その駒に乗りて、上州に入国つかまつり候へ」

信長が、片笑みを浮かべて申し渡し、小者が牽いてきた、えび鹿毛の馬を指さした。

「こたびは、大封を賜わり実《まこと》にかたじけなく存じまする。御下命のほど、拝承仕るべく候ふ」

一益は、地に額衝《ぬかづ》いたまま、言上した。

三月二十四日、いずれの部隊も長陣になっているため、兵糧などに困っているであろう、との御諚があった。

菅屋長頼を奉行として、諸将の着到を記帳させ、軍兵の人数にしたがって糧粟《リョウゾク》を、信濃の深志で下げ渡したのである。

三月二十五日、上州の小幡信貞が、甲府に参上して来た。岐阜中将に帰順の御礼を申し上げると、お暇《いとま》をいただき、滝川一益に同道して帰国して行った。

三月二十六日、北条氏政が、馬の飼料として、米千俵を諏訪まで届けてきた。天下様に進上したのである。

三月二十八日に信忠は、東国においては当面、手数のかかることはないからと、甲府から諏訪まで軍勢をもどした。

この日は、冷たい雨が降り、風も強く、寒気が一通りではなかった。信忠に従っていた中間が、軽装だったため、二十八人も凍死してしまったという。

信長は、諏訪から富士の裾野を見物してから、駿河と遠江を回って帰洛するつもりでいた。諸卒は此所から帰陣させ、頭立つ者だけ供をするように、と下知した。

軍兵たちには休暇が与えられたのだ。それで三月二十九日、侍も雑兵も思い思いに、木曽口や伊那口から帰国して行ったのだ。

三月二十九日には、知行割りを公表したのだが、以下の次第であった。

甲斐国、河尻与兵衛に与える。但し、穴山の本知分については除く。

駿河国、徳川三河守に。

上野国、滝川左近将監に与える。

信濃国の内、高井、水内《みのち》、更科《さらしな》、埴科《はにしな》の四郡は、森勝蔵に与える。このたび、先鋒として粉骨の働きをしたので、褒美として加増を受けたのである。

同木曽郡は、木曾左馬頭の本知として安堵。同安曇《あづみ》と筑摩《ちくま》（つかま）の二郡は木曾の新知とする。

同伊那一郡、毛利河内守に与える。

同諏訪一郡、河尻に穴山分の替地として与える。同小県と佐久の二郡は、滝川に与える。

尚、岩村城は、このたび一所懸命の働きをした団平八郎に与える。また、金山（兼山）と米田島は、森乱（長定）に与えられた。兄の長可にとっても忝《かたじけな》い処遇であった。

北条氏政が、武蔵野で追鳥狩《おいとりがり》を行って捕獲した雉を、五百羽あまり進上してきた。そこで、菅屋九右衛門、矢部善七郎、福富《ふくずみ》平左衛門、長谷川藤五郎、堀久太郎の五人の褻《セッ》臣《シン》を奉行にして、手順をすすめた。

馬廻り衆を召し寄せ、その着到を記帳させてから、遠国の珍物を拝領させたのだ。

四月三日に山やまの間から、これぞ名山なりと思える不二の山が見えた。皓々《コウコウ》と雪をかぶり、まことに面白い有りさまであり、各おの見物して耳目を驚かしたのである。

信長は、勝頼の居城だった甲州新府の焼け跡を眺めてから、さらに進んで古府中に到着。已に、つつじが崎館趾には、信忠が普請を命じた仮御殿が、豪華に築かれていた。そこに、本陣を据えたのである。

ここで、惟住長秀、堀秀政、多賀常則に休暇を与えたので、三将は一緒に上州の草津へ、湯治に出かけて行ったのだ。

さて、この頃の乾徳山恵林寺《エリンジ》（塩山《エンザン》市、現甲州市）では、六角四郎義治を匿っていた。その過怠《カタイ》として、恵林寺の僧衆を成敗するための奉行人に、織田九郎次郎（津田元嘉《もとよし》）、長谷川与次、関十郎右衛門、赤座七郎右衛門の四人を、信忠が任命した。

上意により奉行衆は、恵林寺に赴くと、寺中の者を、一人も残さず山門の上に陞《のぼ》らせた。そして、廊門から山門に至るまで、藁《わら》を積み上げさせて火をつけたのだ。はじめは黒煙が立ち上《のぼ》って状況が分からなかった。そのうち次第に煙がおさまり、炎が上がって、人の形も見えるようになった。

老若の僧、稚児、若衆たちが、炎の中で踊り上がり、跳び上がり、互いに抱きつき悶《もだ》え苦しむ。かの焦熱地獄のごとき焔に咽《むせ》び苦しみ、嘆き悲しむ有りさまには、目も当てられなかったのだ。

長老だけでも十一名が焚殺された。その中で判っている僧侶は、宝泉寺の雪岑《セッシン》長老、東光寺の藍田《ランデン》長老、高山の長禅寺の長老、大覚和尚長老、長円寺長老、快川長老である。

中でも、快川紹喜《カイセンジョウキ》は高僧だった。それゆえ、一年前には禁裏（内裏《だいり》）において、円常国師という国師号を頂戴したほどなのだ。

快川は、狼狽《うろた》えることなく、端座したまま焼死したと伝わる。従容として吟じていたのが、晩唐の詩人の七言絶句だったのである。

「夏日題悟空上人院」　杜荀鶴《トジュンカク》
三伏《サンプク》門を閉ざして一衲《イチノウ》を披《き》る
兼ねて松竹の房廊を蔭《おお》う無し
安禅必ずしも山水を須《もち》いず
心頭を滅却すれば火も亦た涼し

四月三日、恵林寺は焚滅《フンメツ》した。老若上下にかかわらず、百五十人あまりが焼き殺されてしまったのだ。

そのほか各所で仕置を受けたのは、諏訪刑部、諏訪采女、段嶺《だみね》、長篠といった者たちで、黎庶《レイショ》に殺され、頸を進上されたのである。すると、その者には直ぐさま、褒美として黄金が下げ渡された。

これを見たり聞いたりした他の百姓たちは、後の世まで名を残すほどの武田の武士を尋ね捜した。いい鳴や大物を見つけ出すと、打ち斃して、首級を持参して来るようになった。

森勝蔵長可が、信州川中島の海津城（長野市松代町）を本拠としていた頃、稲葉彦六貞通は、飯山に陣地を構えていた。

四月五日、一揆が蜂起して、飯山を取り巻いた、との注進があった。

直ぐさま信長は、稲葉勘右衛門重通、稲葉刑部少輔、稲葉彦一（庄右衛門直政か）、国枝与三兵衛重元らを、加勢として派遣した。

さらに、中将信忠が、団平八郎忠正を差し遣わしたのだ。

ところが、敵勢は山中に引きこもった。それから、大倉（上水内郡豊野町《かみみのちとよのまち》、現長野市）の古城を修築して、いも川親正なる者が、一揆勢の大将として楯籠ったのである。

四月七日、敵が、八千ばかりの兵力で長沼へ攻め寄せてきた。既に赴援のため海津を出陣していた森勝蔵が、直《ただ》ちに駆けつけた。

そして機《きざ》しを見て、鑓を把《と》っての突撃を命じた。七、八里の間を追撃して、千二百人あまりを討ち取った。大倉の古城では、女や子供を千人ほども斬り捨てたのだ。

森勝蔵が、飯山を請け取り、配下の将兵を入れ置いたのである。

稲葉彦六は、本陣の諏訪に帰還した。そして、稲葉勘右衛門、稲葉刑部、稲葉彦一、国枝与三兵衛らは、江州安土に帰陣して、顚末のすべてを奏陳《ソウチン》したのである。

森勝蔵は、山の中を毎日のように駆け回った。在々所々の人質を取り固め、百姓どもに還住すべく申しつけた。粉骨の働きは、なかなかのものであった。

〈凱風《ガイフウ》凱旋〉

四月十日に天下人が、東国の儀を仰せつけてから、甲府を出立した。南進して笛吹川を渡り、その日は、右左口《うばぐち》（東八代郡中道町《ひがしやつしろなかみちまち》）に陣取りをした。

家康が、竹木を伐《き》り払わせ道を広くして、警固の甲兵を配置した。この峠の陣屋には、りっぱな普請をさせ、周囲には三重の柵も設けさせた。その上、軍兵用の千軒もの小屋を、行く先ざきの陣所の四方に造っておいたのだ。

四月十一日の黎明に、右左口峠を南下して、精進湖《しょうじこ》の北にあたる女坂に到った。その日は、本栖《もとす》に着到して陣を移した。此の湖の東側の畔《ほとり》にも、家康が、御座所をしつらえた。さらに、将兵の賄《まかな》いなども渾《すべ》て執りしきったのだ。

四月十二日の彼《か》は誰《たれ》時に、本栖を出立した。その朝の寒気は、真冬のように厳しかった。富士の山を遠望すると、積もっている雪が、白雲のようであった。

信長は、富士の裾野で、小姓衆に馬を早駈けさせた。それから、名山の麓にある人穴（富士宮市に所在）を見物した。家康は、此所にも茶屋を建てておき、一献さし上げたのだ。大宮（浅間神社）の神官や僧侶が、総出で天下人に式体を奏《もう》し上げた。源頼朝ゆかりの上井手《かみいで》の丸山や、白糸の滝について、信長が質問をした。

家康は、社内に御座所を設けていた。念入りな作事を命じてあった。無論、接待ぶりも尋常ではなかった。

ここで信長が、粟田口吉光の鍛《きた》えし脇差、一文字作（鎌倉一文字、藤原次助真《すけざね》か）の長刀、加えて黒駮《くろぶち》の馬を、家康に下賜した。孰《いず》れも、秘蔵の逸品と馬であったのだ。

四月十三日の黎旦《レイタン》に、大宮を出立した。浮島が原から左手に足高山を眺め、富士川を渡河した。家康が、庵原《いはら》郡蒲原《かんばら》に茶屋をこしらえて、一献さし上げた。

信長が、名所旧蹟について、説明を求めた。四海は波静かにして、初夏の日は長閑《のどか》だった。羽衣の松で知られる、三保の松原などの景勝地に目を注《そそ》いでから、久能山の城について、徳川家の老臣に尋ねた。

物見遊山を凱《たの》しんだ此の日は、江尻城に泊った。四月十四日の夜のうちに、江尻を出立した。

駿府の町口に茶屋をしつらえて、家康が一献差し上げた。ここで、今川家の古跡などについて、詳しく聴いたのである。それから、西へ進んで安倍川を徒渉《トショウ》した。街道の左方に田中城（亀甲城、藤枝市）が遠望できた。この日は、田中の城に宿営した。四月十五日の昧旦《マイタン》に、田中を出発した。藤枝の宿場を抜け、島田の町に入った。信長は、大井川を馬で渡渉した。家康が、川の中に多くの水練の達者を立ち並べた。徒渡《かちわた》る軍兵に間違いのないように、配慮したのである。

牧野原の小城を右に見て諏訪の原を下り、菊川を通って陟《のぼ》れば、小夜《さよ》の中山である。ここにも、茶屋を結構にこしらえて、またも家康が、一献さし上げたのだ。

天下人は、掛川城（雲霧城）に泊った。

四月十六日の東雲に、掛川を出立した。ここより高天神、まむし塚、小山を手に取るばかりに近く見て、池田の宿場を過ぎて、天竜川の東岸に着いた。

家康が、小栗仁右衛門、浅井六介、大橋某を奉行人に任命して、この暴れ河に、舟橋を架けさせておいた。馬をも渡さねばならぬから。丈夫に且つ立派に架設してあった。

信長、家康ともども、浜松城（引馬城、のち出世城）に入城した。ここで、天下人が、小姓衆や馬廻りに対し尽《ことごと》く休暇を与えた。

彼らは、思い思いに本坂越えや今切経由で、先に帰陣して行った。弓衆と鉄炮衆ばかりが残って、供をすることになったのである。

先年に信長は、西尾小左衛門義次に指図して、黄金五十枚を以って、兵粮米を八千俵あまり調達させておいた。しかしながら、この上は必要あるまいと仰せになって、徳川家の家臣たちに分配した。各おの有りがたく頂戴して、御礼を奏上したのである。

当然のごとく、この日は浜松城中で休んだ。

四月十七日の昧爽《マイソウ》に、浜松を離れた。今切の渡しでは、家康が、御座船を飾りつけ、船中にて一献差し上げた。お供衆の船も多数つづき、前後に船奉行を付けて、慎重に西へ漕ぎ進んだのである。

境目の潮見坂に、茶屋や廐を建てておいてあった。ここでも一献さし上げたのである。

晡夕《ホセキ》になって雨が降り出した。この日は、三州の吉田城（今橋城、豊橋市）に泊った。

四月十八日に吉田川（豊川）を渡って、乾《いぬい》（西北）へ駒を進めた。本坂や長沢の街道は、山の中であり、悪路だったので、家康が、道の整備をしておくべく下知していた。

また、山中の法蔵寺に、茶屋を結構にしつらえた。寺僧、喝食《かつじき》、老若が総出で、天下人に挨拶を奏《もう》し上げた。

矢作《やはぎ》の宿場を過ぎて、三州の池鯉鮒《ちりゅう》（知立市）に着到して泊った。水野宗兵衛忠重が、館を建てて、饗応したのである。

四月十九日に信長は、尾州清洲まで行き、四月二十日、岐阜城に入城した。

四月二十一日、濃州岐阜から江州安土に凱陣する途中、呂久の渡しにおいて、稲葉一鉄が、飾り立てた御座船の中で、天下人に一献さし上げたのである。

不破郡の垂井でも、源三郎勝長が、館を新築して、父君に饗応の膳を出した。

また、不破郡今須《います》（関ケ原町）では、不破光治が、茶屋を拵《こしら》えて一献さし上げたのだ。

江州坂田郡の柏原にも、茶屋を設《しつら》えてあった。菅屋長頼が馳走したのである。

佐和山城中でも、惟住長秀が、茶屋を拵え、一献さし上げた。

犬上郡の山崎でも、山崎片家が、新造の茶屋で供応したのだ。

此のたびは天下人の凱旋とあって、京都、五畿内、近国の武将たちが、はるばる参上して来た。戦捷の祝賀を奏上しようとする人びとで、門前市をなす賑いとなった。

帰陣の途次で、さまざまな進物が、数えきれないほど献上されたのである。

四月二十一日に信長が、天下人の居城に凱旋した。

さて、既に四国の阿波（?・讃岐か）を、三七信孝に賜与したので、信孝が軍勢の催促をはじめた。

五月十一日、摂津の住吉に着到し、本陣を据えた。そして、四国へ渡海するための船の支度などを指図した。それらの準備に、大忙しだったのだ。

〈本能寺の変〉

この春に信長は、東国へ出陣した。結果、勝頼と信勝の武田父子、典廐信豊など、一門の重立った者を討ち果たして、本意を達した。

そして、駿河一国を家康に進呈し、穴山の本領も安堵した。その御礼を奏上するため、家康と穴山信君が、このほど安土に上って来たのである。

それで、天下人が御触れを出した。特別の持て成しをすべきである。まず、道筋を整備せよ。宿泊所ごとに国持ちや郡持ちの大名衆が出て行って、できるだけ結構に設えて接待せねばならない。という御諚であった。

五月十四日、江州坂田郡の番場の宿まで、徳川の一行と穴山主従が、やって来た。惟住長秀は、番場に仮の館を建てて、雑餉《ざっしょう》（酒や食物）をととのえ、一宿の持て成しをした。同日に岐阜中将も、上洛すべく番場に立ち寄った。

暫時の休息のところ、長秀が一献さし上げた次第であった。この日、信忠は、安土まで進み、登城した。

五月十五日に家康は、番場を出立して、安土に参着した。宿所は大宝坊しかるべきの由、との御諚であった。接待役を惟任日向守に仰せつけた。

光秀は、京や堺で珍物をととのえ、大層すばらしい振る舞いをした。それは、十五日から十七日まで三日間にわたったのである。

この頃、羽柴筑前守が、備中に進攻していた。この地には、高松城を主城として、冠山、庭瀬、宮地山など、数箇の支城があった。

まず、一城を攻め落として、城兵を多数斬り捨てた。次の小城に攻め寄せたところ、瞬時に、守備兵が降参してしまった。退城して、高松城（岡山市）に逃げ込んで行った。

備中高松城に取りかかってから、秀吉は、地勢を見分して、水攻めの方策をとることに決めた。黒田孝高《よしたか》の献策があったのだろう。

そのうちに安芸方面から、毛利、吉川、小早川の諸将が、軍兵を引き連れて後ろ巻きに出てきた。そして、羽柴勢と対峙したのである。

信長は、これらの戦況の報告を聴いて、雄雄しく臍《ほぞ》を固めたのである。

――これは、千載一遇の好機とも申せよう。斯ように間近く寄り合いたること、天の与うるところにて候へば、出陣致すべし。中国の歴々どもを討ち取り、その勢いを以って、九州一円をも知ろしめしてくれようぞ。

上意を受けて、堀久太郎が、使いとして羽柴筑前守の許に、細ごまとした指図を申し伝えたのである。

そして、惟任日向守、筒井順慶、長岡与一郎、池田勝三郎、塩河吉大夫、高山右近、中川瀬兵衛が、まずは先陣として出馬すべし、との命令が告げられた。直ぐさま諸将は、暇《いとま》を頂戴して支度をはじめた。

五月十七日、惟任光秀は、安土から坂本城に帰館した。ほかの部将も、同じく本拠地に戻って行って、中国出陣の準備にとり掛かったのである。

稲葉右馬允《うまのじょう》は夢をみていた。夢の中で、おおよそ三年前に心揺さ振られた出来ごとを、追憶していたのだ。

天正七年八月五日の誰《た》そがれ時だったと、右馬允は記憶している。口丹波の亀岡城（亀山城）内で、右馬允が軍支度をしている際に、長山《ながやま》庄九郎が、訪《おとな》いを入れてきたのだ。

「他言を憚《はばか》り申すことなれば、お人払いを願わしう存じまするに」

右馬允秀尚《ひでたか》が、主君日向守の褻臣《セッシン》だけに、庄九郎の物言いは、鄭重であった。室《へや》の主が家来を下がらせた。

「右馬允さま。単刀直入にお尋ねいたしまする。そなたさまは、それがしの氏素姓をご存じでございましょうな――」

「然よう。氏はともかく、出自は、薄うす察しており申した」

右馬允は、躊躇《ためら》うことなく即答した。

「左れば、殿さまは、無論ご存じでございまするな」

庄九郎も、怯《ひる》んでいなかった。真直ぐに前を視ていた。

「然《しか》り。殿は、そこもとに面語いたせし折、即座に気付いたと、後のち申されていたわい」

「すべて承知の上で、それがしを使うてくだされておられしか。さすがは、十兵衛尉さまよな。胆の太い方でござるよ。明智家に寇《あだ》をなすやもしれぬ間者を始末なさらぬとは」

庄九郎の言葉遣いが、少々ぞんざいになっていた。

「岐阜太守の御気性を慮《おもんぱか》れば、軽はずみな処遇なんぞ、致せるものではない。加えて、貴公は物の役に立つ武士《もののふ》だと、殿は仰せられておった。おそらく、お屋形さまの馬廻りなるべし、との存念を洩らされていたわい」

「左よう。それがしは、上様の馬廻りにて候ふ」

「猪子どのの家士なるべしと、みどもは推察いたしておったのでござるが、違《ちご》うており申したるか」

「それがしは、あの仁に恩誼がござるのよ。それゆえ、嫌な役目を引き受け申せし次第にて候ふ」

「して其の恩とは、いかなるものに候ふや」

庄九郎は、目を閉じて、やや首を上げてから、口を開いた。

「遠い昔のことでござる。それがしが、年端《としは》も行かぬ童《わらんべ》の頃のことでござりまいた。美濃国主たる道三入道の家臣であった父親《てておや》が、知行里《ちぎょうざと》の百姓を庇ったがために、斎藤家の法度に触れたのでござる。われら一家に下されし仕置は、大釜に入れられたる親父《おやじ》さまを、母御前《ははごぜ》と三つ上の姉さまと童子なりし拙者が、薪《まき》をくべて煮殺すべし、との酷《むご》いものでござった」

「釜煎《かまい》りの刑は、みどもも存じており申す」

右馬允が、眉を顰《ひそ》めて呟いた。

「ところが、猪子兵介《ひょうすけ》どのが執り成してくだされたのでござる。当時、あの仁は斎藤山城守の側近にてありしゆえ、裁許も変え得たのでござろう。親父さまは切腹、家の者は、お咎めなしと相なり申した。家名は、姉さまが婿取りをして継ぐことになったのでござる。されば、猪子高就《たかなり》どのの依頼とあれば、拒むこと能わざりき。ご容赦いただきたい」

庄九郎が、深ぶかと首《こうべ》を下げた。

「なんの、過ぎたることにて候ふ。さらに、貴公の当家における働きは、なかなかの物でござるしのう」

「さればでござる。上様への奉公は終わりといたし、日向守さまより、さらなる知行を賜りたく存ずる次第でござる。信長公の政の下に生くるのに、ほとほと疲れ申したる由、お判りいただけよう。三日のちには、氷上郡の保月城に、惟任軍が攻め寄する手筈にて候へば、それがし、一番乗りと一番鑓をつかまつる所存でござる」

庄九郎は、やや声高に言い放った。右馬允が、頭を二度徐《おもむ》ろに上下させた。

「御辺なればこその、決意なるべし」

「討死に致せば無論のこと。生還いたせし時も、猪子どのの許に、長山庄九郎が玉砕いたしたとの報らせを届けていただきたい。然《しか》るのち、ご当家にて新たなる姓名を頂戴いたし、禄を食まんことが望みでござる。なにとぞ、殿さまに宜しうお伝えくださるべく、おん願い上げまする」

庄九郎が、平伏して懇願した。

「しかと承知いたした。殿には聞き届けていただくべく言上いたすゆえ、心強うお待ちあれ。然れど、貴公が散華などされたら、約定が成り立たなくなり申す。赤井の黒井城は、取り巻くばかりにて陥落いたそうぞ。赤井勢が、自ら降参し開城するはずである。臆病者の身どもが説くのは、おこがましいが、矢面に立てば、矢のみならず鉄砲玉も飛んでくる。一番乗りは殊に危うい。御辺の討死には、当家の損失なるゆえ、此たびの軍は、お茶を濁すほどに致すべし」

「それは稲葉どの、かなわぬ相談にて候ふ。なんとなれば、已にそれがしが、一番乗りと一番鎗を口に出したるゆえにござる。駟《シ》も舌に及ばずと申す。尤《もっと》も本来は、辞《ことば》を慎重にせよ、との意味と教えをたまわりし」

「論語の中の子貢の科白《せりふ》と記憶しておるのだが、よろしかったかの――」

「左よう。子貢こと端木賜《タンボクシ》のことばにして、『論語・顔淵篇』にて候ふ」

『詩経』「衛風・淇奥《キイク》」の切磋琢磨も、「学而篇」で子貢《シコウ》の台詞として記述されている。さらに、『論語』「公冶長篇」において、回（顔回）や一を聞きて、もって十を知る、との台詞を述べたのも子貢なのだ。

「なかなかの学識にござるだわ。感服致したわい」

「なんの是しきのこと。上様も、われらが殿さまも、もそっと造詣が深かろうと存じまする。然《さ》ればこそ、十兵衛尉さまが、岐阜太守のお眼がねにかのうたのでござろう。三河守さまや上杉謙信は、同じか或いは、上かもしれませぬな」

「徳川殿も、やはり然ようでござるか――」

「あの方は、松平竹千代の童子のみぎり、太原崇孚《スウフ》の薫陶を受けられしゆえ、大人《タイジン》に成られし。雪斎和尚は、弘治元年の閏十月に入寂なされし。あと五年、長寿なりせば、上総介さまの覇権も、如何なるものに為《な》りたるか、判りかねるところなりし。また、長尾虎千代は、林泉寺の天室光育の教えを受けしゆえ、越後の虎に成長したとも申せましょう。ところで、謙信公の雅号と云うべきか。上の称号と申すべきなのか、ご存じでありましょうな」

「不識庵なるべし」

「然《さ》ればでござる。その由来はいかに――」

「いや、身どもには、一向に判り申さぬ」

「東坡居士《トウバコジ》、蘇軾《ソショク》の『西林の壁に題す』という七言絶句の転句が出典と申せましょう」

「左ようでござるか、なるほど。蘇軾の字《あざな》は、子瞻《シセン》でござったな」

「仰せのとおりにて候ふ」

暫しの沈黙の間があった。

「うーん。今さら貴公に自重を求むるも、糠に釘。今生の暇乞いになるやもしれぬゆえ、本名をお聞かせ願いたい」

「稲葉どの。それがしは、永禄十二年正月に、小者として明智家に奉公いたせし時、捨松なりき。それが本来の名にて候ふ。三日後には、長山庄九郎として死地に赴く身なれど、天佑があらば、別人の侍として生くることとなる。右馬允さま。およそ十年半、お世話になり申した。庄九郎尚松《たかまつ》、おん礼申し上げる。ご免くだされよ」

右馬允は、庄九郎が室から去る後ろ姿を見なかった。項垂《うなだ》れていたからである。

天正七年八月九日に黒井城（保月城、氷上郡《ひかみ》春日町《かすがちょう》）が開城した。それ以前に、長山尚松は散華した。広言どおり、一番槍で且つ一番乗りだった。頸を鉄炮玉が撃ち抜いたのだ。即死であった。

「庄九郎。死ぬるな、死んではならぬ」

右馬允は、己の声で目が覚めた。洛中の旅籠《はたご》屋の一部屋だった。

「源十郎はん。随分うなされておられましたけど、大丈夫どすか——」

岡城《おかじょう》土《ど》杉左衛門が声をかけた。目を開けた右馬允に、室内の薄暗さの中、四つの人影が、辛うじて見えた。

天正十年五月二十七日の黎明である。一年で最も陽が長い季節の、彼《か》は誰時《たれどき》であった。

「なんも有らへんわい。悪い夢をみただけどすわ。ほな皆さん、起きてはるみたいやさかい、出立の支度をしまひょか」

右馬允（源十郎）が、配下の四人に声をかけた。尤も、杉左衛門のみは、朋輩《ほうばい》もしくは弟分である。かれは、右馬允の妻である桔梗《ききょう》こと、お稲の従兄の杉造だった。

八年ほど前に、右馬允の推挙により、主君光秀に小者から取り立てられた、馬乗り身分の侍である。岡城土の苗字は、おかとときと神楽岡《かぐらがおか》と浄土寺村を、ごちゃ雑《ま》ぜにして作ったものなのだ。

残る三人のうち、二人は、稲葉家の家人だった若侍である。

「源十郎はん、まだ東雲でっせ。もう立たはるんでっか――」

「杉造はん。勿論、朝食《あさげ》を済ませてからどすわ。用意をしとかなあかんと、言うたんにすぎまへん」

全員が、商人《あきんど》の身形《みなり》である。

「丹波屋の旦那さんは、亀岡か愛宕山《あたごやま》に居はるはずどすわ。美濃屋の若旦那が、尾張屋の大旦那の持て成しをなさるために、都に逗留しはる件を、直ちにお伝えせなりまへん。丹波屋はんが、何ゆえ、美濃屋の若主人を気にされるんか分かりまへんけど、是が、わての務めどすさかいなあ。あんさんらとは、この旅籠で別行動になりますわ。今生の別れになるやもしれまへん。わては、旦那はんにお暇をいただくつもりどすさかい」

「源十はん、源十郎はん。それは、寝耳に水どすがな。致仕《チシ》して、どないしはりますのや――」

杉左衛門が、咎めるかのような口調で訊《と》うた。

「杉造はん。わしは、天正七年に亡くならはった庄九郎はんと違うて、臆病者どすさかい、賈人《コジン》か絵師になるつもりでおりますのや。孰《いず》れもあかんかったら、濃州可児《かに》の郡《こおり》に戻り、陶工として口を糊《のり》するつもりでいてます。我が儘《まま》を許したっておくれやす」

四人の顔を見まわしてから、右馬允が、深ぶかと低頭した。

「仕方おまへんなあ」

杉左衛門が呟き、他の三人は視線を下げた。

「この取引きを終えたら、稲葉右馬允ではなく、やきもの商人の久々利《くぐり》源十郎として、海北友松《かいほうゆうしょう》はんの教えを受けるつもりでいてますのや。あの仁は、大番頭の内蔵助はんと、縁《えにし》がおありどすさかいなあ」

友松（紹益）は、天文二年、江北に生まれた。父の綱親は、浅井《あざい》家の重臣だった。父と兄たちは、小谷山《おだにやま》城で戦死したが、紹益は、慧日山《エニチサン》東福寺の喝食《かつじき》だったので、難をのがれたのである。

新参の侍である、壮年の鬚眉《シュビ》に面を向けた。体格は中肉中背だが、鎧にも刀剣にも長《た》けている。それで、右馬允が一行に加えたのだ。

「杉原はん。あんさん、慥《たし》か文殊助といわはりましたなあ。お子はおられますのんか」

「杉原文殊助でござる。童女《わらわめ》と幼い男の子、一人づつござります」

はにかむかのような表情をみせて語った。

「大黒も、なんとか飢え死にいたさずに、息災にて候ふ。お前さまは、知恵ある方にはあらざれば、猪の猪三郎《いさぶろう》が似つかわしく存じまする。などと憎まれ口をたたくのでござる。それがし、兄二人が身まかりしゆえ、還俗《げんぞく》いたしたる者にござる。然れば、妻を大黒と呼んでおり申す」

右馬允が、莞爾として軽く頷いた。

「さて、皆さん方に一献さし上げますわいな。別れの宴といたしまひょ。文殊助はん、これ取っといておくれやす。お子さんを大事にせんとあきまへんえ。わての気持どすわ」

杉原文殊助が、紙包みを手に取った。

「斯ように大層な黄白《コウハク》を。稲葉さま、まことに忝く存じまする」

髭面の壮士が、頬をつたわる涙を隠すかのように、畳に突っ伏した。

――この漢《おとこ》は、毛利の間使《カンシ》ではあるまい。武田家によすがの有る者なるべし。孰《いず》れにしろ、織田の敵と思われるゆえ、殿に弓引くことはあるまじき。

「文殊助はん。あんさんなあ、町中で武家ことばを使うたらあきまへんえ。口を噤《つぐ》んでなはれや」

「申し訳ござらぬ」

文殊助は、平伏したままであった。

右馬允は、朝飯を済ませてから、直ぐに逆旅《ゲキリョ》をあとにした。微酔《ほろよい》のまま、双《ならび》ケ丘を右に見て仁和寺を東に眺め、御経坂峠を目指し、乾（西北）へ向かって歩みつづけた。周山街道を急ぎ足で進んで行ったのだ。

杉左衛門たち四人は、翌二十八日、徳川の一行のあとを追って、摂津へ和泉へ下って行ったのである。

天下人の勧めに順って、五月二十一日に物見遊山のため、家康と穴山信君が上洛した。翌二十二日には、中将信忠も入洛し、朝廷との昵懇《ジッコン》なる交わりをすすめた。また、音羽山清水寺での能興行を見物した。

家康と信君は、二十八日に京都を罷り、泉州堺に向かった。遊覧のためだった。信忠も、両将に同行するつもりでいたのだが、急遽、予定を変更した。入京して来る天下人を迎えんがため、都に稽《とど》まることにしたのである。

二十七日付けの、森乱(成利)に宛てた書翰には、「中国表近々御馬を出でらるべく候条、我々堺見物の儀、先ず遠慮致し候、一両日中にご上洛の旨に候間、是に相待ち申し候」と、記述されている。

右馬允秀尚は、近臣であるだけに、主君光秀の逆心に気づいていた。だが、妻の桔梗にも漏らさなかった。また、諫言しようとも思わなかった。したところで、聞き入れられる筈がない。諫止しようとすれば、抹殺されるだけだからだ。

そして、撰んだ道は一筋だった。明智家から賜わっている知行を返上し、侍身分をも捨てることだった。武士たることに、さして未練はなかったのだ。

秀尚は、寵臣と云える側近であった。主光秀が着用する甲冑《カッチュウ》、紅糸威本小札二枚胴具足《べにいとおどしほんこざね》の調達は、右馬允に任《まか》されたたし、佩刀の備前長船近景《ちかかげ》の購入にもかかわった程の存在だったのである。

だが、武家には向いていないと自覚していた。鉄炮放ちとしては、手足《てだれ》なのだが、鑓働きは苦手である。無論、一番槍など有ろうはずがない。

今、最後の奉公をするために、一本道を急いでいた。

——殿は、いつごろから謀叛を目論まれたのかの。

右馬允は、一年ほど前を思い遣《おこ》してみた。直ぐに、天正九年六月二日付けの、主君自ら定めた家中軍法に思い至った。

全十八条から成っており、知行高ごとの軍役の内容、兵糧、武具、挨拶に至るまで、詳細に規定されている。その末尾に記載された文言が意味深いのだ。

「自分は、瓦礫沈倫《ガレキチンリン》の輩なれど召し出され、あまつさえ多大なる兵を預けられる地位を与えられた。かくなる上は、法度を糺《ただ》し、無駄を省き、主君のため粉骨を催さんとて、この軍法を定むるものなり」

信長公への崇敬の念が溢れている家中軍法を、秀尚は、所によっては何度も読んでいた。

さらに、五か月ほど前の茶会の様子も思い出した。

――あの折に殿は、上様の直筆の書を、押板に掛けておられしよな。

『津田宗及茶湯日記　他会記』の天正十年正月七日の条には、用いた茶道具が記録される中、「一、床に上様之御自筆之御書、カケテ」と、記述されている。

――この春先までは、天下人を崇《あが》め奉られておられしよなあ。いつなのであろう、心変わりをなされしは。やはり、織田と長宗我部との手切れが、決定したる後であろう。先月卯月の末、三七どのが、阿波を拝領いたせし上、笑巌殿の養子となられ、すでに三好信孝と名乗りたるとも聞いておる。

三七信孝に与えられたのは、讃岐で、阿波は、咲岩《ショウガン》三好康長が賜与されたと思われる。

――殿と斎藤さまの密談を、小耳に挾みたる時、内蔵助さまは、甚だお怒りの様子なりしよな。殿も、上様より打擲《チョウチャク》を受けられたるやもしれぬ口振りに、聞こえしよなあ。

ルイス・フロイスの『日本史』が、「彼の好みに合わぬ要件で、明智が言葉を返すと、信長は立ち上がり、怒りをこめ、一度か二度、明智を足蹴にしたと云うことである」と、記注《キチュウ》している事件について、桐野作人先生は、四国対策をめぐる諍《いさか》いだと、推測しておられる。

長宗我部元親の正室は、幕府奉公衆の石谷《いしがい》光政の娘である。男子のいない光政は、土岐氏繋がりで、斎藤伊豆守（利賢）の長男（兵部少輔頼辰《よりとき》）を婿養子にしていた。伊豆守の次男が内蔵助利三《としみつ》である。すなわち、頼辰の義妹が元親の内室である。

利三は、斯かる縁で長宗我部家と繋がっていたのだ。のち、内蔵助が、捕縛されて、洛中を引き回された際、山科言経《ときつね》と勧修寺晴豊《かじゅうじはれとよ》は、次のように日記に書き誌した。

「日向守内斎藤蔵助、今度謀叛随一也」（『言経卿記』）。

「早天に済藤蔵助と申す者、明智の者也。武者なる物也。かれなど信長打ち談合の衆也」（『日々記』）。

――殿は、佐久間右衛門尉どのや、安藤伊賀守さまの身の上にも、思いを致したるべし。お歳なのに、嫡男の十五郎さまは、未だ十三歳。坂井右近（政尚《まさひさ》）さまや塙《ばん》九郎左衛門（直政《なおまさ》）さまの家を見れば、暗澹《アンタン》たるお気持になられようぞ。丹波一国は、とても無理。坂本城一つだに、天下様は、十五郎さまに下さるまい。殿の二心も解《わか》らぬでもない。岐阜中将が京にとどまると知れば、内蔵助さまの唆《そその》しを聞き入れられよう。天下人を斃《たお》すのみでは、謀叛が成就したることにはならぬ。織田家の総帥たる信忠公を討ち取らねばならぬだわ。わしの注進は、咲庵《ショウアン》（光秀）様への䭾《はなむけ》となろう。ま、中原の鹿のことは、身どもには判らぬわ。

中原に鹿を逐《お》うという故事成語は、『史記』の「淮陰侯列伝《ワイインコウ》」と魏徴《ギチョウ》の古詩の「述懐」が、出典である。

――それは扨措《さてお》き、三河守さま一行は、いかが相なろうかのう。織田七兵衛どのと惟住五郎左さまに、家康公への馳走を、大坂にて十分に致すべし、との上意が伝えられしと聞くが、あれは、謀殺の下知ではあるまいか。いや大役は、泉州岸和田に陣を据えたる蜂屋兵庫頭（頼隆）どのか、織田左兵衛佐（信張）どのに委《ゆだ》ねられしか。殿が、徳川どのの後を追うべく命じたるは、上様の動きを見定めんがためであろう。家康公を狙うてのことではあるまい。孰れにせよ、武門の争いは、身どもには関りがないわい。

この頃、明智家の家臣には、天下人は徳川家康を始末しようとしている、と思っている者がいたようだ。

丹波の土豪出身で、本能寺を襲撃した惟任軍に加わっていた本城某が、寛永年間に書き記した回顧録がある。その『本城惣右衛門覚書』にも、「さては、家康公を襲うのかと考えた」と、書かれている程なのだ。

——徳川の主従も、安土城中に居る間は生害さるることはないが、城外に出てからは危うい。やはり、泉州堺が玄武門、地獄の一丁目となろうのう。

長安の玄武門は、唐の高祖である李淵の長子の建成と、同じく三男の元吉が、次男の世民（のちの太宗）の配下に、暗殺された所なのだ。

——たしか堺の湊には、九鬼右馬允（嘉隆）どのが駐留しておるはずよな。まさに虎の穴と申せよう。徳川の一行は、明日にでも京を罷り、大坂か奈良へ向かうであろう。いずこも危地ではあるが、さて。

家康は、織田の家臣並みとはいえ、一応は同盟者である。長年の盟友を、天下人の城中で騙《だま》し討ちにすれば、外聞がいかにも悪い。信長は、天下の褒貶《ホウヘン》、天下の取り沙汰を気にする為政者である。秀尚は、そのように考えていたのだ。

さらに信長には、天正二年九月二十九日における、伊勢長島での苦い経験もあった。罠をしかけて、一揆勢を殲殄《カンテン》せんものと手薬煉《てぐすね》をひいていたところ、恰《あたか》も窮鼠猫を嚙むの適例のごとく反撃され、一門や近臣の多くを戦死させてしまったのだ。

少人数とは云え、勇猛な三河武士に城内で暴れられたら、大変な事態になろう。誰しも思い至ることである。

この節、家康に随行した徳川家臣は、次の人びとであった。

酒井左衛門尉忠次、石川伯耆守数正、本多平八郎忠勝、榊原小平太康政、本多重次、松平上野介康忠、天野康景、高力与左衛門清長、大久保次右衛門忠佐、大久保新十郎忠泰（のち忠隣）、石川右衛門大夫康通、阿部善九郎正勝、本多百助信俊、菅沼藤蔵定政、本多藤四郎政盛、渡辺半蔵守綱、牧野善右衛門康成、久野新平宗朝、三宅弥次兵衛正次、服部半蔵正成、森川金右衛門氏俊、酒井作右衛門重勝、花井庄右衛門吉高、高木久助広正、多田三吉直政、高力権左衛門正長、松平源七郎康直、牧野半右衛門康成、渥美太郎兵衛友勝、鳥居松丸忠政、井伊万千代直政、内藤新五郎正成、松平十三郎玄成《はるしげ》、菅沼小大膳定利、永井伝八郎直勝、松下小源太光綱、都築亀蔵、長田瀬兵衛、都築長三郎正行、三浦亀丸、青山虎之助、以上の四十一人。他に仲間や小者、夫丸《ぶまる》がいたのであろう。

さらに、信長から案内者として、西尾義次と長谷川秀一が付けられていて、同行していた。ところで家臣団の中に、重次と康景と清長の三奉行がいる。この三人は、「仏高力、鬼作左、どちへん無しの天野三郎べえ」と、云われた行政官である。主君不在の領国で、経略にたずさわるのが、普通であり当然だろう。

此の一事《イチジ》を見ても、なみなみならぬ決意で、主君の供をしたことが、推察できる。

五月二十六日に惟任日向守は、中国方面への出陣のため、江州志賀郡の坂本城を出立して、口丹波の亀山城に入城した。

翌日の二十七日、亀山から艮《うしとら》（北東）へ向かい、愛宕山に陟《のぼ》った。この山は、雍州《ようしゅう》と丹波の国境《くにざかい》に在る名山である。

神仏習合の坊舎も多く、本地仏の勝軍地蔵は、武将たちの信仰を集めていた。光秀も、愛宕社の勝軍地蔵に参詣して、籤《くじ》を二度も三度も掣《ひ》（抽《ひ》）いたと伝わっている。そして、威徳院西坊に泊った。

二十八日に、西坊で光秀主催の連歌会が催された。参加者は、連歌宗匠の里村紹《ジョウ》巴《ハ》、その門下の昌叱《ショウシツ》と心前、威徳院の住持である行祐法印、光秀の嫡男である十五郎光《みつ》慶《よし》、家来の東六郎行澄などである。

連歌会は、戦勝祈願の儀式として行われることもあった。それゆえ、「愛宕百韻」も、奇異な催しではなかったのだ。

だが、この連歌会で光秀が詠んだ発句《ほっく》が、注目された。のちに、物議を醸《かも》したのである。

発句　惟任光秀　「ときは今あめが下なる五月哉」

行祐法印　「水上まさる庭のまつ山」

里村紹色　「花落つる流れの末を関とめて」

（『明智光秀張行百韻《チョウギョウヒャクイン》』）。

『信長公記』では、「ときは今　あめが下知る五月哉」とされていて、惟任謀叛の意図を表したものと指摘している。

此のように百韻を詠んだあと、神前に納めた。その日のうちに、光秀一行は、亀岡城に帰館したのである。

五月二十九日に天下人が、京へ向かって安土城を旅立った。小姓衆を二十数名伴っただけで、上洛すべく出立したのだ。

この五月の晦日《みそか》に信長は、九十九茄子《つくもなす》や珠光小茄子をはじめとして、三十八種の茶道具を持参し、小姓たちに運ばせたのである。

これら名物の一覧表を、天下人の右筆である楠長諳が書き誌した。六月一日付けで、筑前博多の豪商である島井宗室に宛てた、「御茶湯道具目録」に記載されていたのだ。

信長は、茶会において客人たちに披露するつもりだったのだろう。

当日の申刻《さるのこく》（午後四時ごろ）に信長が、入京し、前年より宿所としていた本能寺の山門をくぐった（『兼見卿記・正本』）。

二十九日の昼過ぎから降り出した雨も、入洛した翌日の六月一日には上がった。この日の本能寺は、さながら内裏が、一時的に移って来たかの如き賑わいとなった。殿上人が大勢、天下人の宿所を訪れたからである。

『言経卿記』によると、太政大臣の近衛前久《さきひさ》と内大臣である息子の信基、前関白の九条兼孝、関白の一条内基、右大臣の二条昭実《あきざね》、聖護院門跡の道澄（前久の弟）らが参上した。

その他、今出川晴季《はるすえ》ら清華《せいが》家が七人、大納言以下の堂上衆が二十六人で、計四十人も居たのである。

天下人が都へ向かった、同じ二十九日に、家康一行は泉州堺に到着していた。翌日の六月朔日《ついたち》の家康は、まさに茶の湯漬けの一日になった。

朝は今井宗久の屋敷で、昼は、天王寺屋で津田宗及の茶会、そして夜も、堺奉行である松井友閑の邸において、茶の湯の饗応を受けていたのである。

酒井忠次が、主君の耳許で囁いた。

「殿、堺に居つづけては危のうごる。今ごろ上様は、上洛なされ、本能寺に逗留しておられるはず。急ぎ京に上るべきと存じまする」

「相わかった」

主従の短い会話は、直ぐに終わった。本多忠勝を先駆けにして、家康と徳川家臣団が、京に向かって高野街道を北上して行った。穴山信君一行も、その後につづいて進んだ。

河内の飯盛山《いいもりやま》の麓（四条畷《しじょうなわて》市）まで来た時、茶屋四郎次郎清延《きよのぶ》が、馬を早駆けさせて近づいて来た。急報が告げられた。

「なんと、上様が薨《みまか》られたと――」

「天下様が枉死《オウシ》なされしとは……」

「惟任日向めが弑逆《シギャク》いたせしとな」

清延のまわりから、声が沸き上がった。

――天下人でありし三好修理大夫（長慶）の城山の裾にて、天下様の訃報を聞くとは、夢にも思わなんだわい。前門の虎は消えたるも、後門には狼が群をなしておろう。さて、いかにして落武者狩りを抜けようかの。

　思案投首の家康に、忠次が進言した。

「殿、堺の湊より船にて、三州に向こうては、いかがでござろう――」

「左衛門尉、それは成るまい。九鬼水軍がとどまっておるゆえ、おそらく港を出るのはかなうまい」

　長谷川藤五郎が近寄ってきたので、家康は黙った。

「三河守さま。それがしの知行里が近くにござるゆえ、地侍を召し出し案内を致させまする。これより甲賀の郡に向かい、伊賀より伊勢に入れば、船を用い尾州なり三州への着到は容易いと存じまするが……」

「是非とも、お願い申す」

　已に家康も、同じ考えに辿り着いていた。

「玄蕃頭どの。お聞きのとおり、謀叛により上様が薨去《コウキョ》なされし。急ぎ城州《ジョウシュウ》を抜け、江州甲賀へ進みまするぞ」

　徳川の総師が出発を告げた。長谷川秀一が呼び出した津田某の先導により、尊延寺越えで、無事に草内《くさじ》（京田辺市）の渡しを通過できた。遅れていた穴山の主従は、この山城の草内で土民に襲撃された。梅雪斎は、物言わぬ骸《むくろ》になってしまったのだ。

家康一行は、山口玄蕃の郷之口城（山口城、宇治田原町）に入り、一泊した。

「左衛門尉、上様は、名物の茶道具を数多く、本能寺に運び入れしと聞くが、光秀は、己の物としたるや否や――」

「寺は炎上いたせしとのこと。はたして日向守が我が物にできましょうや」

「信長公は、玩物喪志にて身を亡ぼしたるやもしれぬ。また、九仭《キュウジン》の功を一簣《イッキ》に虧《か》くとも申せよう。さてさて、われらは明日からも、難儀がつづくわい」

この故事成語は、二つとも『書経』の「旅獒《リョゴウ》」が出典である。

「ガンブツソウシとは、何でござる――」

家康は、忠次に返辞をせずに、目を瞑《つぶ》った顔を東へ向けた。

驚天動地の朝となった、太陰太陽暦の天正十年六月二日は、ほぼ三か月後から使用される、グレゴリオ太陽暦では七月一日にあたる。

〈参考文献〉

『長篠　設楽原合戦の真実』　名和弓雄　先生　雄山閣
『紀州雑賀衆　鈴木一族』　鈴木眞哉　先生　新人物往来社
『負け組の戦国史』　鈴木眞哉　先生　平凡社新書
『續史料大成　家忠日記』　竹内理三　先生編　臨川書店
『信長の戦国軍事学』　藤本正行　先生　宝島社
『武田信玄像の謎』　藤本正行　先生　吉川弘文館
『検証　本能寺の変』　谷口克広　先生　吉川弘文館
『織田信長家臣人名辞典』　谷口克広　先生　吉川弘文館
『信長と消えた家臣たち』　谷口克広　先生　中公新書
『信長と家康の軍事同盟』　谷口克広　先生　吉川弘文館
『戦国武将の選択』　本郷和人　教授　産経セレクト

『信長公記』　和田裕弘　先生　中公新書
『織田信忠　——天下人の嫡男』　和田裕弘　先生　中公新書
『下剋上』　黒田基樹　先生　講談社現代新書

【著者プロフィール】

杉浦 八浪（すぎうら はちろう）

１９４８年　愛知県半田市生まれ

『信長の凱旋』（幻冬舎ルネッサンス）

『近江屋の旋風』（ブイツーソリューション）

ならぬ勘弁するが堪忍

家康を眄《み》ていた信長

二〇二四年三月十日　初版第一刷発行

著　者　杉浦八浪

発行者　谷村勇輔

発行所　ブイツーソリューション

〒四六六・〇八四八

名古屋市昭和区長戸町四・四〇

電　話　〇五二・七九九・七三九一

ＦＡＸ　〇五二・七九九・七九八四

発売元　星雲社（共同出版社・流通責任出版社）

〒一一二・〇〇〇五

東京都文京区水道一・三・三〇

電　話　〇三・三八六八・三二七五

ＦＡＸ　〇三・三八六八・六五八八

印刷所　藤原印刷

万一、落丁乱丁のある場合は送料当社負担でお取替えいたします。ブイツーソリューション宛にお送りください。

ISBN978-4-434-33532-7